H

Ancien capitaine de police à la brigade criminelle de Paris, Hervé Jourdain est l'auteur de *Sang d'encre au 36* (Prix des lecteurs du Grand Prix *VSD* du polar, 2009), de *Psychose au 36* (2011), du *Sang de la trahison* (Prix du Quai des Orfèvres, 2014), de *Femme sur écoute* (Grand Prix Sang d'Encre, 2017), de *Tu tairas tous les secrets* (2018) et de *Terminal 4* (2020). Nommé récemment commandant, il officie désormais comme analyste au ministère de l'Intérieur.

TU TAIRAS TOUS LES SECRETS

DU MÊME AUTEUR
CHEZ POCKET

SANG D'ENCRE AU 36
PSYCHOSE AU 36
FEMME SUR ÉCOUTE
TU TAIRAS TOUS TES SECRETS

HERVÉ JOURDAIN

TU TAIRAS TOUS LES SECRETS

fleuvenoir

MIXTE
Papier issu de sources responsables
FSC® C003309
www.fsc.org

Pocket, une marque d'Univers Poche,
est un éditeur qui s'engage pour la préservation
de l'environnement et qui utilise du papier fabriqué
à partir de bois provenant de forêts gérées
de manière responsable.

ISBN : 978-2-266-29217-7
Dépôt légal : avril 2020

À ma mère

Que les hommes et mes confrères
m'accordent leur estime
si je suis fidèle à mes promesses ;
que je sois déshonoré
et méprisé si j'y manque.

Extrait du serment d'Hippocrate

PROLOGUE

Les cigales avaient cessé de chanter, le vent avait fui vers d'autres contrées. Ne lui restait que le silence du crépuscule pour compagnon. Et sa respiration, lourde, chaude comme un jour de canicule, haletante après des heures de marche, des kilomètres de fuite au travers d'une forêt dense, cahoteuse, couverte de ronces et d'épines qui avaient fini de lui cisailler les jambes. Elle n'osait bouger la tête, guettait tout bruit impromptu, frissonnait au moindre courant d'air. Elle essuya sueur et poussière accumulées sur son front à l'aide de la frange de sa robe fleurie, rare bout de tissu encore immaculé.

Adossée à un arbre, elle s'était affaissée sous le poids de la fatigue et de son ventre. Son visage fixa un soleil rougeoyant qui se mirait sur la surface du fleuve. Au-delà, elle distingua la silhouette d'un village percé d'un clocher d'ardoises et d'un moulin sans ailes.

Ses sandales n'avaient pas résisté. La lanière de cuir de l'une d'elles s'était brisée au détour d'un sentier abrupt. Elle s'était résolue à jeter la seconde, à force de claudiquer. Malgré ses pieds douloureux et ensanglantés, elle lui avait échappé. Combien de semaines, combien de jours pourrait-elle encore tenir ? La maladie avait eu raison d'elle. La naïveté, aussi. Elle n'espérait plus qu'une chose : donner la vie avant que la mort ne s'empare d'elle.

Elle fixa le cercle de feu devenu couleur de braises. Elle était sèche, plus une larme pour panser sa colère. Elle se redressait tant bien que mal sur des jambes qui refusaient de la porter lorsqu'elle perçut un cri derrière elle. Une présence, *sa* présence. Des pas, lourds. À une dizaine de mètres, peut-être moins. Un homme pressé, qui furetait, tournait en rond, s'immobilisait. Qui téléphonait.

— Aucune trace d'elle par ici ! Elle n'ira pas loin tant qu'on surveillera le pont.

Elle se recroquevilla à l'abri de son chêne, ferma les yeux, blottit sa tête entre ses bras. Ne pas bouger. Patienter, oublier cette sensation étrange d'être grignotée de l'intérieur. Attendre que l'obscurité s'abatte sur les lieux. Que la peur s'estompe, qu'ils abandonnent leurs recherches, que les contractions cessent.

Elle l'entendit maugréer, jurer, cracher au sol. Rebrousser chemin.

Ses jambes fléchies, sa nuque tendue, son dos arqué la brûlaient. Ses pieds et ses mains fourmillaient. La nuit était tombée quand elle se redressa enfin. Les reins et le cou endoloris, la douleur s'atténua après quelques pas, remplacée par une autre catastrophe à laquelle ses mains ne purent rien. La poche des eaux venait de se rompre.

Elle se mit à trembler et à suer. Esseulée sur la berge, elle faisait face aux eaux profondes et noirâtres du fleuve, infranchissables. Elle n'avait plus de force.

Et, un comble pour une guide de la baie de Somme dont les parents chassaient les canards à marée haute, elle ne savait pas nager. Elle fixa le pont de pierre, situé sur sa gauche, faiblement éclairé par une poignée de réverbères fatigués.

Elle posa les mains sur ses flancs, pénétra de nouveau dans cette forêt devenue lugubre, à couvert. L'obscurité lui fatiguait les yeux, la végétation s'attaquait toujours à ses chevilles, les tiges d'arbustes plantés de manière anarchique lui cinglaient le corps et le visage. Elle peinait, mais progressait tout de même. Le halo embrassant le pont prenait consistance. Elle traversa un énième épineux, s'arrêta, observa les alentours. Pas âme qui vive. Elle reprit sa marche en dépit de contractions de plus en plus douloureuses et d'une robe dont une bretelle venait de céder.

Cinquante mètres la séparaient de l'édifice en pierre lorsqu'elle perçut le moteur d'un véhicule. Dissimulée dans un fossé, elle s'arrêta de respirer, redressa timidement la tête quand le silence fut revenu. La place de l'église sur laquelle une fillette d'une dizaine d'années sautait à cloche-pied se trouvait à une encablure. Le son des cloches la stoppa dans son élan. Elle joua avec ses doigts au rythme des coups plus graves que ceux de l'église du Crotoy, compta jusqu'à neuf. 21 heures. Quelques instants plus tard, l'enfant fut rejointe par une femme qui la saisit par la main. Elles s'éloignèrent du centre-bourg, sur la rive opposée. Elle n'avait pas le choix. Elle scruta une dernière fois les lieux, bondit hors de sa cachette et courut le plus vite possible sur un bitume encore chaud.

L'air lui fouettait le visage, le petit être bondissait dans son ventre, la vision de cette mère et de sa fille prenait un contour de plus en plus précis au fil des secondes. Elle se mit à les héler malgré son souffle court. Les deux inconnues se retournèrent. Elles se blottirent l'une contre l'autre à la vue de cette femme sur le point d'accoucher, sale, hirsute, famélique et les yeux exorbités.

— J'ai besoin d'aide !

La mère, yeux et cheveux noirs, le teint hâlé des Perses ou des Arabes, s'immobilisa. Elle ne comprit rien au bégaiement de cette démente qui n'avait plus le réflexe de protéger du regard de la fillette sa poitrine.

— Un médecin. Il me faut un médecin ! supplia-t-elle en tirant sur le bras de la femme.

La fillette réagit la première, s'empara du sac à main de sa mère, en sortit un vieux téléphone portable qu'elle tendit aux mains tremblantes.

— On est où, là ? Dans quelle ville ?

Un panneau, lettres noires sur fond blanc, lui donna la réponse. Elle composa un numéro. Le seul dont elle se souvenait. Ce fut un répondeur qui lui répondit.

— Papa, décroche, s'il te plaît. Je suis vivante, je suis enceinte, papa. J'ai besoin de toi, pardonne-moi. Viens vite, l'endroit, je ne le connais pas, ça s'appelle La Pointe.

Elle raccrocha. Elle composait le 118 quand un puissant 4 × 4 surgit d'un angle de rue, pleins phares. Ils étaient de retour. Elle lâcha le téléphone au moment où elle reprit sa course folle initiée la nuit précédente. Un coup de feu lui coupa les jambes avant qu'elle ait atteint la lisière de la forêt. Son dernier réflexe fut de porter les mains à son ventre pour le protéger du choc.

1

Paris était un petit village, au dire de ses habitants. Et pourtant peu d'entre eux en connaissaient tous les recoins. Parmi les quatre enquêteurs présents sur les berges du port de l'Arsenal, seuls Zoé Dechaume et Hervé Compostel pouvaient se targuer d'avoir déjà fréquenté le site. La première parce que, du temps où le 36 était encore implanté quai des Orfèvres, elle courait deux à trois fois par semaine dans le secteur pour parfaire sa condition physique. Le second parce que, l'année qui avait suivi la mort de son fils, il avait visité à deux reprises un voilier traditionnel de vingt mètres en vente qui était amarré à quelques pieds de l'écluse ouvrant sur le canal Saint-Martin. L'ancien chef de la brigade financière, soucieux de l'étanchéité de la coque, avait finalement mis un terme aux négociations pour privilégier l'achat d'un bateau sorti tout droit d'usine.

Le commandant Guillaume Desgranges et le lieutenant Lola Rivière découvraient sous le soleil de septembre un endroit champêtre en plein cœur de la capitale. Lui s'agaçait de devoir fouler des pavés qui, pour certains, étaient déchaussés. Elle dessinait à main levée le bassin et ses environs. Six cents mètres de long, soixante de large, le plan d'eau, coincé entre la place de la Bastille et le quai de la Rapée, accueillait une soixantaine d'anneaux pour autant de voiliers et de péniches à visiter dans le cadre de l'enquête de voisinage. Une heure plus tôt, le corps sans vie d'une femme avait été découvert immergé, entre un vieux bateau de plaisance baptisé *Canari* et un yacht Jeanneau 51 flambant neuf.

La température prêtait à la langueur. Les lycéens du quartier ne s'y étaient pas trompés. Dans l'indolence d'une année scolaire pas tout à fait entamée, ils avaient investi par grappes les quelques pelouses ombragées situées en contrebas du boulevard de la Bastille. Et tous avaient l'œil rivé sur les plongeurs de la brigade fluviale qui remontaient le cadavre sur le quai protégé par de la rubalise.

Compostel et Desgranges firent immédiatement écran, ils propagèrent leur ombre comme pour le couver, le garder éloigné des regards insolents.

— On la déshabille ? demanda Zoé, qui voulait déterminer les causes de la mort sans tarder.

— Pas ici. Trop de monde. Regarde-les ! Ils ont déjà tous leur téléphone à la main en train de zoomer. On l'embarque ! On fera les constatations à l'IML.

Même si ses décisions étaient parfois sujettes à caution, Desgranges était écouté. Peut-être parce qu'il parlait peu, ou parce qu'il était craint. L'homme avait passé de nombreuses années à la BRI. Il avait planqué dans des soums, avait surveillé et chassé les plus beaux voyous de la région parisienne. Il avait filoché leurs compagnes, scruté les sorties d'école de leurs mômes, pastillé des voitures, écouté leurs conversations téléphoniques. Il s'était battu plus qu'à son tour au moment d'interpeller les plus récalcitrants. Il avait tiré, aussi. Sa mutation à la brigade criminelle, peu après la disparition de sa femme, avait surpris. Beaucoup avaient ri. Comment un type de sa trempe pouvait-il durer au sein de la « brigade des costumes », chez des flics qui réfléchissaient plus qu'ils n'agissaient ? Certains de ses collègues de l'antigang pensaient le revoir très vite. Ils s'étaient trompés. Desgranges avait fait son trou comme adjoint de Bonnot. Avant de devenir commandant et de lui succéder à la tête du groupe qui portait dorénavant son nom.

— Putain ! Elle a morflé ! réagit le brigadier Zoé Dechaume en visant le cadavre à l'arrière du véhicule des pompes funèbres de la ville de Paris.

La robe à franges jaune pastel portée par la défunte laissait apparaître une blessure ventrale d'une vingtaine de centimètres d'où bâillait une partie de ses entrailles.

— Un coup de couteau ?

— Non. Regarde les yeux. Présence de pétéchies, elle s'est noyée. La blessure ventrale est *post mortem*, probablement due à une hélice.

À force de côtoyer la mort, Desgranges en connaissait les grands principes. Au chapitre « noyades » il n'avait plus grand-chose à apprendre, que ce soit en médecine légale ou en anatomie. Par le passé, il avait joué à recomposer un cadavre sans tête retrouvé découpé dans une valise qui avait été repêchée dans le canal de l'Ourcq, s'était creusé la cervelle pour expliquer le suicide d'un homme qui s'était jeté dans la Marne à cause d'un chagrin d'amour, avait travaillé plusieurs semaines à identifier ceux qui avaient lesté le corps d'un étudiant au pied d'une écluse située sur la Seine.

Le chef de groupe s'accroupit, observa le visage de cire zébré par une vilaine plaie au niveau du menton. La morte avait les cheveux courts et blonds, un nez mutin, des lèvres fines surmontées d'un grain de beauté. Elle avait l'air chétive, semblait sourire malgré son regard éteint. Il lui ferma les paupières, saisit une de ses mains. Celle-ci était souple.

Il ne commenta pas, se contenta de soulever la robe, découvrant un soutien-gorge blanc en dentelle. Au milieu, une tache abdominale verdâtre.

— Alors, Zoé ?

— Elle est morte depuis au moins deux ou trois jours.

— Exact. Prends-la en photo et fonce au 36 pour éplucher les télégrammes de « dispa ». Il y a bien quelqu'un qui a dû s'inquiéter de son absence…

Zoé brandit son smartphone, prit un cliché du cadavre, un autre du visage, un dernier du pendentif incrusté de diamants en forme de chouette retenu par une chaîne de cou. Desgranges sortit à son tour du camion et rejoignit ses deux autres collègues. Compostel faisait le point au téléphone avec le substitut du procureur de la République tandis que Lola relevait sur son carnet toutes les immatriculations des bateaux amarrés.

Il y avait du boulot pour dix. Enquête de voisinage, visionnage des bandes de vidéosurveillance de tout le quartier, audition de l'homme qui avait découvert le corps, transport à la capitainerie, relevé des incidents, travail sur les départs et arrivées de bateaux dans le bassin… Desgranges s'empressa de le signifier à son chef de service.

— OK, c'est bon, le coupa Compostel. Je contacte le Bastion, un groupe va venir en soutien.

Depuis le déménagement du siège de la police judiciaire du quai des Orfèvres à la rue du Bastion, le nouveau site était affublé de deux surnoms : le « 36 » pour les amoureux du mythe et de la tradition, et le « Bastion » pour ceux qui entendaient vivre avec leur temps. Même après un an, Desgranges ne décolérait pas de ce changement de site en périphérie de la ville.

En prenant du recul, Hervé Compostel s'apercevait qu'un homme comme Desgranges était capable à lui seul de se rendre maître d'une scène de crime. Pas un adolescent n'avait bronché, et le cadavre avait très vite été pris en charge par les pompes funèbres dans des conditions décentes. Quant aux plongeurs de la brigade fluviale, ils firent profil bas lorsqu'il leur intima l'ordre de ratisser tout le bassin à la recherche d'autres éléments que des chaînes de vélo rouillées.

Les plongeurs se remettaient à l'eau quand le téléphone de Desgranges vibra.

— J'ai un nom, Guillaume ! Cécile Vazeilles, quarante et un ans, éditrice chez Tigre Éditions. L'un de ses amis a signalé sa disparition le week-end dernier.

Zoé Dechaume n'avait pas chômé. La brigade des personnes disparues occupait plusieurs bureaux situés au sixième étage du Bastion, non loin du sien. Sitôt rentrée, elle avait passé en revue toutes les fiches « dispa » renseignées sur le ressort de la préfecture de police au cours du dernier mois. Elles se comptaient par centaines, un carton de feuilles d'imprimante ne suffisait pas à les stocker.

— T'es certaine que c'est la bonne ?

— Oui, grain de beauté sur la lèvre supérieure, la photo annexée à la fiche correspond en tout point.

— Quoi d'autre ?

Le ton était sec. Mais ceux qui côtoyaient Desgranges au quotidien savaient qu'il aboyait plus qu'il ne mordait.

— La déclaration a été faite samedi matin au commissariat du 11e arrondissement par Anthony Lemarchand. Celui-ci est éditeur dans une autre maison. Il précise qu'elle n'est pas rentrée d'une soirée qui se déroulait la veille dans le quartier de la Bastille.

— Où, précisément ?

— Café de la presse. Le bar était privatisé par Tigre Éditions à l'occasion du dixième anniversaire de la boîte. Attends, ce n'est pas tout… Elle était en instance de divorce et, selon Lemarchand, ça ne se passait pas très bien. Il a émis l'hypothèse que le mari puisse être dans le coup. Il ajoute qu'elle était vêtue d'une robe jaune et d'un sac à main en cuir de la même couleur.

— Et elle vivait où ?

— Chez Anthony Lemarchand.

— Ils sont plus qu'amis, alors ?

— Possible. Ce n'est pas indiqué. Il a juste précisé que son appart' avait été cambriolé en milieu de semaine dernière.

— Des choses volées ?

— Oui. L'ordinateur portable de Cécile Vazeilles.

— OK, tu photocopies tout ce que tu peux et tu ramarres ici ! Aboule avec des sandwichs et de l'eau, j'ai l'impression qu'on va passer une bonne partie de la soirée dans le secteur.

Desgranges rangea son téléphone. Il rejoignit Lola Rivière qui enregistrait le témoignage d'une riveraine se plaignant de la présence de nombreux sans domicile fixe dans le quartier. Informée des éléments communiqués par Zoé, elle abandonna son témoin pour se diriger vers une zone ombragée. Le chef de groupe, lui, se rapprocha de Compostel.

— Que diriez-vous d'une bonne bière pour se rafraîchir, patron ? Je vous invite…

— Je vous rappelle qu'on est en service, commandant.

— Arrêtez vos chichis. Venez ! lança Desgranges qui dégrafait son brassard.

Les deux hommes remontèrent les allées et traversèrent le boulevard de la Bastille en direction des commerces. Desgranges pénétra le premier dans le Café de la presse. L'*happy hour* avait rempli la terrasse. L'intérieur était plus clairsemé. D'emblée, Desgranges observa les plafonds et les murs. Aucune caméra apparente. Il se tourna vers la serveuse, une petite brune qui avait remplacé ses sourcils par deux lignes de piercings dorés. Il commanda un demi, Compostel s'arrêta sur un Perrier citron.

— Vous étiez là pour la soirée privée, vendredi soir ?

La serveuse fronça les sourcils, les piercings se touchèrent.

— Vous êtes qui, vous ?

Desgranges lui présenta sa carte. Histoire de gagner du temps, il demanda à parler au patron lorsque le taulier de la Crim' reçut un SMS d'Andrieux, le directeur de la PJ. Compostel s'écarta de quelques mètres et rappela son correspondant. Le regard vissé sur Desgranges, son visage s'assombrit au fil des secondes. Il finit par raccrocher. Sans avoir prononcé plus de dix mots.

— Guillaume !

Le commandant n'entendit pas. Il s'entretenait au téléphone avec le gérant du Café de la presse. Il exigea d'obtenir la liste des invités à la soirée dans les plus brefs délais, lui transmit le numéro de fax de la Crim' avant de couper la communication et de vider d'un trait sa chope.

Hervé Compostel régla les consommations, rattrapa son collègue sur le trottoir. Il lui posa une main sur l'épaule pour l'arrêter.

— Guillaume !

— Oui ! Quoi ?!

Les deux hommes se faisaient face.

— Votre femme, Guillaume…

— Quoi, *ma femme* ? J'ai pas de femme, j'ai plus de femme.

Compostel ne comprenait pas. Lui-même aurait payé cher, très cher, pour que la sienne rentre enfin à la maison.

— Un corps féminin non identifié a été découvert à demi enterré dans les Ardennes…

Le visage de Desgranges était impassible.

— … Elle portait un vêtement sur lequel on a trouvé l'ADN de votre épouse, Guillaume.

— Qu'est-ce que vous voulez que ça me foute ?! Ça fait dix ans qu'elle s'est tirée…

Compostel resta figé. Il l'observa rejoindre ses collègues qui cherchaient le moindre indice aux abords du bassin de l'Arsenal.

2

Le commandant Desgranges connaissait l'endroit par cœur à force de le fréquenter. Il stationnait son véhicule sous la rampe de la ligne 5 du métro, longeait la bâtisse de brique ocre donnant sur la gare d'Austerlitz, grimpait une dizaine de marches, débouchait sur le square Albert-Tournaire puis pénétrait par l'entrée principale dans la maison des morts.

Certains comptabilisaient le nombre d'autopsies auxquelles ils avaient assisté. Un procédurier se targuait d'en avoir réalisé dix-huit la même année. Une autre enquêtrice, à coup sûr une fétichiste, conservait dans un tiroir un stérilet saisi sur le cadavre d'une femme tuée par son amant qu'elle se plaisait à montrer aux stagiaires de passage au 36. Peut-être pour les faire fuir. Ou pour les épater. Ou pour exorciser cet instant de découpe, cet acte de boucherie, ce dépeçage en règle d'un corps qui ressemblait à s'y méprendre au sien.

Parce qu'il avait passé une grande partie de sa carrière dans un autre service, Desgranges était l'un des moins capés de la Crim' dans le domaine de la médecine légale. Pas à titre privé. Dix fois au moins il s'était présenté dans cet institut qui vous glaçait les sangs pour visiter des cadavres en plus ou moins bon état susceptibles de correspondre au profil de son épouse. Il y connaissait tout le monde, les secrétaires, la directrice, le jardinier, la psychologue, les garçons de morgue. Et aucun d'eux n'ignorait son histoire. À leurs yeux, il n'était pas l'officier de police judiciaire de permanence se déplaçant dans le cadre d'une énième assistance, mais le flic dont la femme s'était volatilisée quelques années plus tôt sans jamais réapparaître. Qu'était devenue Sylvie Pensec, épouse Desgranges ? Personne n'en avait la moindre idée. Pourquoi les avait-elle abandonnés, lui et leur fils Victor ? Ça n'était plus son problème.

Il avait remué ciel et terre, à l'époque. La voiture de Sylvie, une Citroën AX rouge, avait été retrouvée garée sur un parking de l'aéroport d'Orly. Pourtant, nulle trace d'un billet d'avion à son nom ou d'une quelconque transaction financière. Il avait harcelé sa belle-famille, persuadé qu'elle était complice de sa fuite. Mais, avec le temps, la flamme s'était éteinte, il s'était résigné, trop accaparé par son job et par l'éducation d'un fils en décrochage scolaire. Aujourd'hui, Victor allait mieux. L'adolescent rebelle était devenu un jeune homme qui suivait une formation en alternance dans le domaine de la banque et qui dormait de temps à autre chez sa petite amie.

Il pénétrait dans la salle de nécropsie n° 1 lorsque son téléphone vibra. La dépouille de Cécile Vazeilles était étendue, nue, sur la table en acier. L'étiquette reliée à sa cheville montrait qu'elle avait été pesée et mesurée. Au sol se trouvaient dans une poche en plastique transparente la robe jaune détrempée et le pendentif en forme de chouette. Occupé à vérifier la radiographie du crâne de la victime sur un négatoscope, le légiste salua à peine Desgranges. De son côté, le garçon de morgue nettoyait le cadavre à l'aide d'un pommeau de douche. La découpe n'allait plus tarder. Le commandant se mit en retrait et jeta un coup d'œil discret à l'écran de son portable. Le message émanait de Lola :

Sac à main de Cécile Vazeilles retrouvé dans poubelle allée du port de l'Arsenal. Absence de porte-monnaie et portefeuille à l'intérieur. Un jardinier des espaces verts de la ville de Paris se souvient d'avoir découvert chaussure à talon jaune canari sur pelouse le lendemain de la soirée Tigre Éditions. S'en est débarrassé. Autre chaussure localisée dans un massif de fleurs. À proximité, une trentaine de mégots écrasés ou jetés sur le quai. Je les ai fait partir au labo.

Il n'osa pas répondre. Toute communication dans les sous-sols de l'Institut était proscrite. De toute manière, c'était inutile. Ses hommes – en l'occurrence ses femmes – connaissaient les principes de base en matière de préservation de traces et d'indices. Il se concentra sur les mouvements du légiste, le vit se saisir d'un porte-documents et se lancer dans un état des lieux externe : « Griffures superficielles dans le sens vertical au niveau des cous-de-pied gauche et droit, égratignure sur le genou droit, plaie ventrale oblique de vingt et un centimètres, ecchymose de trois centimètres de diamètre au niveau de la temporale droite, fracture du nez », releva-t-il tout haut. Puis il confirma la présence de pétéchies sous les yeux avant d'effectuer des prélèvements d'une mousse grise obstruant les cavités buccale et nasale. L'homme de l'art, son scalpel à la main, poursuivit par la recherche de blessures sous-cutanées. Ses gestes étaient assurés, la découpe des tissus rectiligne. Mollets, quadriceps, ischios, biceps et triceps, tous les muscles s'ouvrirent sur une chair rose et tendre. Aucun hématome notable, excepté au niveau des poignets et celui de la tempe.

Le corps nu de Cécile Vazeilles n'était plus qu'un vulgaire objet d'étude. Il ne restait rien de sa féminité, pas même ses ongles manucurés que le légiste s'était empressé de découper et de placer sous scellés pour analyse éventuelle de débris organiques. Son cadavre s'ouvrit en deux après que le médecin eut affûté son outil avec une pierre. Il s'attaqua à la cage thoracique qu'il brisa à l'aide d'un gros sécateur, décrocha les poumons gorgés d'eau qui étaient ponctués de points sombres. Alerte et méticuleux, ce Docteur Maboul jouait à retirer chacun des organes vitaux, à les peser, à en prélever un morceau qu'il glissait dans un seau. Il se saisit de la poche stomacale, la déposa sur une planche de travail, l'étudia. Une odeur de raisin pourri se diffusa dans la pièce. Desgranges leva les yeux sur le légiste, qui rompit le silence :

— À coup sûr du champagne.

Le chef de groupe enregistra l'information. La suite dura une éternité. Il patienta, immobile, les mains jointes derrière le dos, le temps que le médecin légiste dégorge la défunte, examine de près les os hyoïdes, roule de bas en haut la peau du visage par de petits coups de lame pour rechercher d'éventuels hématomes. Desgranges évita de justesse des résidus lorsque le garçon de morgue découpa la calotte crânienne avec une scie circulaire à main. Le cerveau était intact. Le légiste termina son travail sur l'étude de la région pelvienne. Là non plus, aucune trace de violence récente.

— Je vous livre mes conclusions ?

Le chef de groupe le suivit dans la bibliothèque de l'IML. La pièce, parquetée et murée de livres reliés en cuir, donnait sur la Seine. Il s'assit non loin d'un squelette et de bocaux remplis de formol dans lesquels baignaient des fœtus de tailles diverses. Le compte rendu ne tarda pas. Il fut bref. Cécile Vazeilles était morte noyée quatre à cinq jours plus tôt, au vu de sa desquamation. Elle présentait des traces de prise ou de saisie au niveau des poignets. Et les blessures au visage avaient été commises *ante mortem*, au contraire de celle qui traversait le ventre.

— Est-ce qu'on peut imaginer une noyade après une chute accidentelle ? s'enquit Desgranges.

— S'il n'y avait pas ces griffures sur chaque cou-de-pied, je dirais oui. Mais, là, tout laisse croire qu'elle a été frappée avant d'être traînée au sol par les poignets et balancée à l'eau.

Desgranges était d'accord. Il voulait juste se l'entendre dire. Les causes de la mort ne faisaient plus aucun doute. Cette affaire présentait un avantage certain : celui d'éviter de penser à un dossier qu'il n'avait absolument pas envie de rouvrir.

3

Le 36 s'était mis en campagne. Pas moins d'une vingtaine de policiers en civil, répartis par binômes, avaient investi les abords de la place de la Bastille sous la férule de Guillaume Desgranges. Photo de la victime à l'appui, plusieurs équipes interrogeaient les bateliers dont la plupart ne quittaient jamais leur port d'attache, d'autres prenaient contact avec les commerçants du boulevard de la Bastille. Un duo s'échinait à obtenir du chef de poste la liste des mains courantes dressées durant la nuit du meurtre par le commissariat d'arrondissement, une dernière équipe avait filé au siège de la RATP afin de geler les images de vidéosurveillance des stations environnantes dans l'attente d'un complément d'informations.

Les filles, elles, se trouvaient au Bastion. Lola sortait d'une nuit blanche au cours de laquelle elle avait établi l'inventaire du sac à main de la victime qu'elle avait ensuite transporté, avec toutes les précautions utiles, dans les locaux de l'Identité judiciaire pour une recherche d'empreintes. Elle avait passé les heures suivantes devant son ordinateur à faire le résumé de ses premières investigations sur procès-verbaux et à préparer diverses réquisitions judiciaires. Au milieu de la nuit et de cet océan de paperasse, elle s'était offert un entracte en saisissant le nom de la victime sur Google. On voyait celle-ci sourire sur son compte Facebook, on apprenait sur LinkedIn qu'elle avait suivi de manière conjointe des études de lettres à Lille, sa ville d'origine, et un master spécialisé dans les métiers du livre.

Le reste, Lola entendait l'apprendre du mari, Étienne Vazeilles, par ailleurs directeur adjoint de Tigre Éditions, l'une des maisons d'éditions les plus en vue sur la place de Paris. Convoqué la veille par téléphone, celui-ci patientait depuis cinq minutes lorsqu'elle se présenta à lui.

— Étienne Vazeilles ?

La cinquantaine élégante, le regard froid et le cheveu gris, l'homme se leva et répondit à la main tendue.

— Vous avez une petite idée des raisons de votre convocation ?

— J'imagine que c'est à cause de la disparition de ma femme ? Lemarchand doit penser que je l'ai tuée et que je me suis débarrassé de son corps. Je vous préviens, mon avocat sait que je suis ici…

— Suivez-moi dans mon bureau !

Elle lui proposa un café, il refusa. Elle libéra une chaise qui faisait office de portemanteau, l'invita à s'asseoir. Elle s'installa à son tour à son poste, s'empara de sa bouteille d'eau minérale comme l'enfant de son doudou, et le fixa :

— Hier, on a retrouvé le corps sans vie de votre femme.

Les bras de Vazeilles se croisèrent sur son buste droit.

— Où ?

— À deux pas de la Bastille.

Arrogance, amertume, tristesse, son visage n'exprimait rien de tout ça. Il demeurait impassible, attendant la suite.

— Vous ne voulez pas savoir de quoi elle est morte ?

— Mon avocat m'a dit que vous scrutiez tout. Même les questions.

— Le silence, c'est déjà un aveu de faiblesse.

— Mon avocat m'avait dit que vous diriez ça, aussi. De quoi est-elle morte, alors ?

— On l'a retrouvée dans le bassin de l'Arsenal. Noyée.

— Elle savait nager. Ça remonterait à quand ?

— Quelques jours. Peut-être bien la nuit de la fête de votre maison d'édition, au Café de la presse.

— Je n'étais pas en France, ce soir-là. Je ne suis rentré qu'hier d'un voyage de quatre jours aux États-Unis. J'étais parti négocier des contrats avec des agents d'auteurs. Je peux vous transférer mes billets sur votre boîte mail, si vous le souhaitez.

— Cela ne vous disculpe pas pour autant…

Vazeilles se rencogna sur son siège. Son attitude le trahissait.

— Combien ?

— Quoi, *combien* ?

— Combien elle vous réclamait pour le divorce ?

— 300 K. Et on sait qui l'a tuée ? enchaîna-t-il.

— Pourquoi vous changez de sujet ? Et qui a parlé de meurtre ?

— Attendez ! bégaya-t-il. Cécile, elle n'était pas du genre à se suicider.

— Vous l'avez vue quand pour la dernière fois ?

— Au travail. Mais on s'évitait au maximum.

— C'est tout ?

— Oui… Ah, si ! Elle est venue foutre le bordel il y a huit jours chez moi. Soi-disant que l'appartement de son giton avait été cambriolé. Elle me soupçonnait.

— Pourquoi ?

— Vous m'avez vu avec ma chemise vichy et ma veste en tweed ? Vous trouvez vraiment que j'ai la tête d'un monte-en-l'air ?!

— Vous savez ce qui a été dérobé lors de ce cambriolage ? le recadra-t-elle.

— Aucune idée. En tout cas, j'ai déposé une main courante au commissariat central.

Faute de bureau disponible, le brigadier Zoé Dechaume s'était retranché dans l'une des soixante salles d'interrogatoire que comptait le Bastion. L'endroit, habituellement réservé aux auditions des gardés à vue, était sans vie, sans âme. Rien à quoi se raccrocher, pas même une reproduction de toile de maître. Face à elle se trouvait Anthony Lemarchand, éditeur sans emploi, lequel vivait depuis plusieurs mois avec la victime. Une victime « retrouvée morte dans des conditions à élucider », lui dit-elle en sortant de l'ascenseur. L'homme avait stoppé sa progression, s'était pris la tête entre les mains, avait pivoté sur lui-même alors qu'un garde l'observait du coin de l'œil. Il avait cherché ses mots, replié le poing, examiné les extrémités de ses doigts, s'était attaqué à un ongle. Il n'avait pas pleuré.

Zoé ne tergiversait jamais, elle allait droit au but. La peine des autres ne lui faisait pas peur, pas plus que l'affrontement qu'elle cultivait dans les gymnases, entre les lignes blanches des terrains de badminton

— On se fréquentait depuis deux ans. Mais cela faisait seulement trois mois qu'elle s'était installée chez moi. On comptait se marier une fois son divorce prononcé.

— Des problèmes avec M. Vazeilles ?

— Bien sûr. Il refusait qu'elle s'en aille ! Ce type est d'un égoïsme... Il n'a pas bien vécu ce qu'il lui a pourtant fait subir...

— C'est-à-dire ?

— C'est-à-dire qu'il couchait avec tout ce qui bouge, sans aucun scrupule ni discernement. Il l'a rendue malheureuse à un point que vous n'imaginez même pas ! Elle ne supportait plus de le voir, y compris dans un cadre professionnel. Cécile voulait lui échapper complètement. Chez Tigre Éditions, il lui menait la vie dure, elle devait sans arrêt lui rendre des comptes. C'est pour ça qu'on envisageait de monter notre propre structure.

— Une nouvelle maison d'édition ?

— Oui. On avait trouvé des locaux, il n'y avait que le financement qui posait problème...

— Hmm ?

— La banque ne voulait pas nous prêter la somme nécessaire. Mais, la semaine dernière, Cécile est rentrée de très bonne humeur. Elle sautait de joie, disait qu'elle avait la solution. Que l'argent ne serait plus un problème, qu'on n'aurait même pas besoin d'emprunter.

J'ai insisté pour savoir quel stratagème elle avait trouvé, elle n'a jamais voulu me répondre.

« Le lendemain de cette annonce, l'appartement d'Anthony Lemarchand était cambriolé, l'ordinateur portable de Cécile Vazeilles volé.

— C'est tout ?

— Oui, rien d'autre. Par contre, celui ou ceux qui ont fait ça ont fouillé partout. Vous devriez interroger Charlotte, elle sait peut-être quelque chose…

— Charlotte ?

— Charlotte de Bussy. Elle est traductrice pour Tigre Éditions. C'est… C'était la meilleure amie de Cécile.

— Autre chose ?

— Non, rien. Enfin… si, depuis une ou deux semaines, elle portait autour du cou un bijou incrusté de faux diamants en forme de chouette. Au Moyen Âge, on clouait une chouette sur sa porte afin de conjurer le sort. Je lui ai demandé si elle ne cherchait pas à se protéger de quelqu'un, elle s'est moquée de moi.

À la différence d'Étienne Vazeilles, Anthony Lemarchand n'avait pas d'alibi. Il avait passé la soirée seul, une pile de manuscrits sous les yeux, alors que sa compagne buvait du champagne au Café de la presse. Sans nouvelles d'elle, il s'était inquiété au milieu de la nuit, avait tenté de la joindre à de nombreuses reprises. C'est dans la matinée, après avoir contacté la directrice de Tigre Éditions et Charlotte de Bussy, qu'il s'était rendu à son commissariat de secteur pour signaler sa disparition.

Déserté par les forces vives de la brigade criminelle, le sixième étage ne comptait plus que quelques chefs de groupe occupés à des tâches administratives. Tandis que Dechaume et Desgranges filaient en compagnie d'Anthony Lemarchand perquisitionner le domicile de ce dernier et fouiller les affaires personnelles de Cécile Vazeilles, Lola hérita de l'homme qu'elle détestait le plus au monde : Kaminski. Un an plus tôt, sans le soutien de Compostel, elle n'aurait sans doute pas su résister à la pression que lui infligeait le flic le plus misogyne qu'elle ait eu l'occasion de croiser dans sa courte carrière. Sitôt dans la voiture qui les menait au domicile d'Étienne Vazeilles, celui qu'elle surnommait « Barbe bleue » s'empressa de jaser :

— T'es au courant pour Desgranges ?

Elle ne mordit pas à l'hameçon.

— Il paraît que les gendarmes ont retrouvé la trace de sa femme, continua-t-il.

Lola restait concentrée sur la route. Bien que le sujet soit tabou au sein de son groupe, elle connaissait dans les grandes lignes l'histoire de la disparition de Sylvie Desgranges.

— Son ADN a été découvert sur le cadavre d'une femme enterrée dans un bois. Elle serait peut-être coupable d'un meurtre.

La conductrice jeta cette fois-ci un coup d'œil dans le rétroviseur. Étienne Vazeilles semblait happé par le fil d'actualité qu'il faisait défiler sur son smartphone.

— Je t'ai demandé de m'accompagner, pas de me faire la causette. Alors ferme-la !

Kaminski se tut, satisfait. Lola, elle, ruminait. Elle n'était pas informée de ces éléments et ne pouvait se permettre de contacter Zoé en pleine opération de perquisition. Il s'amusa à la voir s'agacer dans l'appartement du veuf, à l'observer fouiller sans trouver quoi que ce soit de notable. Elle entendait rentrer au Bastion au plus vite.

Au retour, une bonne nouvelle l'attendait. Une empreinte digitale avait été isolée sur le sac à main de la victime découvert dans la poubelle aux abords du bassin de l'Arsenal. Le pouce droit d'un sans domicile fixe qui avait fait l'objet deux semaines plus tôt d'une procédure pour violences volontaires sur le parvis de la gare de Lyon, à cinq cents mètres du lieu du crime.

Lola Rivière et Zoé Dechaume faisaient partie de la jeune garde de la brigade criminelle. Elles n'étaient pas les seules femmes ni les pionnières, tant s'en faut, mais le fait qu'elles partagent le même bureau apparaissait comme révolutionnaire. Rares femmes dans un monde masculin où la virilité répondait parfois à la violence, elles traçaient leur route chacune à leur manière, provoquant leur environnement, se jouant des codes. Si Lola avait punaisé derrière son fauteuil plusieurs posters « ero guro », Zoé avait profité du déménagement du 36 pour exposer trois majestueux godemichés en bois d'ébène qui prenaient la poussière depuis des décennies dans les anciens locaux de la brigade de répression du proxénétisme. La mise en lumière de ces objets, saisis peu après la loi Marthe Richard dans un lupanar réservé aux femmes, n'avait qu'un but : troubler les collègues masculins de passage et leur rappeler qu'ils n'avaient pas le monopole de la lutte contre le vice.

Bien que plus réservée, ce fut Lola qui encouragea son aînée à se rendre dans le bureau du commissaire divisionnaire Hervé Compostel.

— On peut vous voir cinq minutes, patron ?

Il releva la tête. Vu leurs mines graves, il s'attendait au pire.

— C'est quoi, cette histoire au sujet de Guillaume ? Il y a des bruits qui courent…

Assis dans son fauteuil, il bascula en arrière.

— … Il paraît que sa femme aurait commis un meurtre ?

— À ce que je vois, radio PP a encore fait des siennes…

Il évoquait la rumeur, celle qui se diffusait comme une traînée de poudre dans les couloirs des services de la préfecture de police et qui dénaturait beaucoup d'informations.

— Je vous arrête tout de suite. La femme de Guillaume n'a tué personne. Pour être franc, on n'est même pas certains qu'elle soit encore en vie. Mais vous comprendrez que je ne peux rien vous dire à ce sujet. C'est une affaire privée, qui ne concerne que Desgranges, et comme il ne semble pas avoir très envie de remuer le passé…

Il attendit qu'elles sortent. Elles firent tout le contraire. Zoé pivota pour refermer la porte du bureau avant de rejoindre Lola qui s'était assise face à son taulier. Elles n'entendaient pas ressortir de la pièce sans un minimum d'explications.

— N'insistez pas, je ne vous dirai rien. Et je vous rappelle que vous avez une enquête sur le feu.

— Guillaume est notre chef de groupe. On a besoin de savoir, insista Zoé.

— Il ne le souhaite pas.

— Sauf que les non-dits sont source des pires rumeurs, relança Lola. Vous n'êtes pas sans savoir que se taire, c'est laisser se propager le mensonge. Et dire la vérité, c'est faire taire le mensonge.

Compostel la regarda. Il ne connaissait pas ce proverbe. Cette fille ne cessait de l'épater. Il baissa les yeux.

— Le cadavre d'une femme a été retrouvé dans un parc naturel régional il y a plusieurs semaines. Les analyses effectuées par la gendarmerie sur ses vêtements ont montré que l'un d'eux supportait l'ADN de la femme de Desgranges. C'est tout ce que je sais.

— Et cette morte, qui c'est ?

— On l'ignore. En tout cas, ce n'est pas Sylvie Desgranges.

— Et elle est morte de quoi, cette femme ?

— On arrête là les questions. Retournez bosser, maintenant !

— Dernière chose, patron, insista Zoé en se levant. Quelle gendarmerie est saisie de l'enquête ?

— Dehors !

Elles filèrent au Gyrophare, la brasserie voisine qui leur servait de point de rendez-vous à la première heure et de lieu de restauration rapide lorsque le temps leur était compté. L'ancien policier qui faisait office de gérant avait connaissance des problèmes diététiques de Lola et de la carence en fer provoquée par sa maladie. Malgré l'heure tardive, il lui prépara un boudin noir aux pommes tandis que Zoé commandait comme à son habitude un cheeseburger maison. Elles terminaient leur repas par un café lorsque leur chef de groupe pointa le bout de son nez.

— Le SDF est introuvable. Plusieurs équipes arpentent le 12e arrondissement à sa recherche. Ce n'est pas tout, on a une deuxième piste. Selon Brigitte Furlan, la fondatrice et codirectrice de la maison d'édition que je viens d'auditionner, Cécile Vazeilles s'est disputée avec une blogueuse d'une trentaine d'années présente à la soirée.

— À quel sujet ?

— Une histoire de manuscrit qu'elle lui aurait transmis pour lecture. Elle n'en sait pas plus. Zoé, tu peux creuser cette piste ?

— Sans souci. Qu'est-ce qu'elle t'a dit d'autre, la directrice ?

— Rien de sensationnel. Cécile Vazeilles dirigeait seule la collection « Tigre Noir ». En bref, elle s'occupait de la publication de huit à dix romans policiers dans l'année. Elle m'a aussi remis toute la liste des invités à la soirée avec leurs coordonnées : pour l'essentiel des employés de Tigre Éditions, des auteurs, des libraires, des blogueurs, quelques journalistes aussi.

Les deux filles l'écoutaient attentivement. Il poursuivit son monologue :

— J'ai demandé à Compostel de me libérer des effectifs supplémentaires pour interroger tout ce petit monde. Pour le moment, les recherches vidéo ne donnent rien, les images du boulevard de la Bastille sont trop sombres. Et, parmi les bateliers, pas le moindre témoignage probant. J'ai également convoqué Charlotte de Bussy. Elle était présente à la fête, et c'était la meilleure amie de la victime…

— Je l'entendrai, coupa Lola qui affichait un visage cerné.

— Parfait. Même si ce meurtre semble *a priori* crapuleux, il faut tout envisager.

Lola et Zoé ne dirent rien. La fatigue accumulée depuis trente-six heures se faisait déjà ressentir. Elles attendaient une réaction, une confidence de la part d'un homme qui venait d'apprendre que son épouse avait laissé une trace ADN quelque part. Elle ne vint pas. Guillaume les abandonna très vite, prétextant la lecture en urgence de nombreux procès-verbaux en retard.

5

— Nom, prénom, date et lieu de naissance ?

— De Bussy Charlotte, je suis née le 14 décembre 1975 à Pontoise.

— Profession ?

— Traductrice pour Tigre Éditions. Je fais également office d'écrivain fantôme pour Tigre et d'autres maisons.

Lola releva la tête.

— En fait, une à deux fois par an, j'écris à la commande des biographies à la place de personnalités qui soit n'en ont pas le temps, soit n'en ont pas les capacités rédactionnelles.

— Qui, comme personnalités ?

— Des politiques, des acteurs, des cuisiniers de renom…

— Et des voyous, aussi ?

Le joli visage de Charlotte de Bussy s'éclaircit. Lola faisait référence au dernier coup éditorial de la maison Tigre, un ouvrage consacré à Dylan Bellanger, qui s'était vendu à plusieurs centaines de milliers d'exemplaires.

— Dylan a mauvaise réputation. Il faut reconnaître qu'il n'a pas toujours fait les bons choix.

Ancien footballeur professionnel d'un club des Hauts-de-France devenu, après la rupture des ligaments croisés de son genou droit, chanteur dans un boys band mort-né, Dylan Bellanger cumulait les interviews sur les plateaux télé dans le cadre de la promotion de son autobiographie. Pressenti pour participer à un jeu d'aventures de téléréalité, il était également dans le viseur des policiers de la brigade de répression du banditisme qui le soupçonnaient d'avoir participé, affublé d'un masque de Trump, au braquage d'une banque.

— Ce n'est pas lui. Dylan n'est pas un braqueur. D'ailleurs, il a décidé de reverser une partie des bénéfices de son livre à une association caritative qui vient en aide aux orphelins de pompiers et de policiers.

Le témoignage anonyme accusant Bellanger et recueilli par la BRB n'avait pu être confirmé. L'environnement de Dylan Bellanger avait été traité, son domicile perquisitionné. Aucune arme, aucun masque de carnaval d'un quelconque président américain, aucun billet marqué n'y avait été découvert.

Lola regarda l'écran de son ordinateur. Les minutes défilaient. Pourtant, elle se donna encore un petit quart d'heure pour combler ses lacunes dans le domaine de l'édition.

— Il vous faut combien de temps pour écrire ce type d'ouvrages ?

— Quelques semaines. Avec Dylan, on s'est mis au vert pendant une quinzaine de jours, à raison de plusieurs heures d'entretiens par jour. À l'issue, j'avais assez de matière pour dresser son portrait et faire le récit de sa vie.

— Et qu'est-ce qui fait qu'un livre marche ou ne marche pas ?

— Alors ça, c'est la grande question des auteurs. Ils sont tous convaincus qu'il y a une recette. Moi, je ne crois pas. Bien sûr, il y a des prérequis : écriture de qualité, mise en place soutenue du livre par l'éditeur, caractère « bankable » de l'auteur. Je crois surtout que la réussite du livre tient au bouche à oreille. Aujourd'hui, tout le monde ne jure que par la presse, les libraires et les réseaux sociaux. Moi, je suis persuadée que l'ouvrage de Dylan a rencontré un franc succès car son histoire touche un public très large. Les lecteurs ont de l'empathie pour lui, pour ce jeune parti de rien qui, condamné à échouer à cause d'une vilaine blessure, a persisté et a percé dans un autre domaine. C'est sa volonté qui plaît tant, la rage de s'en sortir, lui l'enfant qui a grandi dans une HLM miteuse, dans un univers qui le destinait au pire à la délinquance, au mieux à travailler à la chaîne dans une usine.

L'enquêtrice l'arrêta pour recentrer la discussion sur l'essentiel :

— Vous connaissez le nouveau compagnon de Cécile ?

— Anthony ? Bien sûr. Tout le monde se connaît, dans le milieu de l'édition. Anthony et Cécile envisageaient de monter leur propre boîte.

— Avec quels fonds ?

— L'argent d'un emprunt complété par celui du divorce. Il était question de 300 000 euros d'indemnités.

— Anthony nous a aussi fait part d'un cambriolage. Cécile vous en avait parlé ?

— Oui. Elle disait que c'était un coup de son mari qui cherchait à lui nuire, à récupérer un fichier. Le soir de la fête, au Café de la presse, j'ai pu discuter un peu avec elle. Elle avait beaucoup bu, elle était en colère contre lui. Elle m'a avoué qu'elle allait lui faire cracher jusqu'au dernier centime.

— Pourquoi cette haine ?

— Le soir même de leur mariage, il la trompait déjà.

— De quel fichier parlait-elle ?

— Je ne sais pas. Elle n'a pas voulu me le dire.

— Et cette histoire de bijou en forme de chouette qu'elle portait autour du cou depuis peu ?

— Ça aussi, c'était un mystère. Je ne comprenais pas pourquoi elle portait ce pendentif, ça ne lui ressemblait pas, c'était du toc. Elle n'arrêtait pas de rire de ma remarque.

— Vous ne savez donc pas qui le lui a offert ?

— Certainement pas quelqu'un de très riche, en tout cas ! Cet objet ne vaut guère plus de 2 euros dans un bazar.

— Selon vous, qui peut tirer bénéfice de sa mort ? reprit Lola.

— Surtout Étienne, à cause du divorce. Mais il était à l'étranger le jour de la fête.

— Cécile s'entendait bien avec ses auteurs ? Pas de conflits particuliers ?

Charlotte ne put s'empêcher de sourire.

— Je vous mets au défi de trouver un auteur satisfait de sa relation avec son éditeur. Mais de là à tuer… Pour être franche avec vous, Cécile entretenait de bonnes relations avec la plupart d'entre eux. La preuve, c'est qu'ils s'apprêtaient tous à la suivre dans sa future maison d'édition. Lorsque Brigitte l'a appris, elle s'est mise dans une colère noire, d'ailleurs.

— C'était quand ?

— Il y a deux semaines, environ.

La codirectrice de Tigre Éditions n'avait absolument pas évoqué cet événement devant Guillaume Desgranges. Coiffure à la garçonne, cheveux auburn, regard acier, visage fin, ses traits tirés montraient qu'elle dormait peu. Réunions, négociations, planifications avaient usé cette femme d'à peine cinquante ans. Brigitte Furlan s'était contentée de rappeler que Tigre était son bébé, un bébé sain, affublé d'un nom polysémique, qui rappelait à la fois l'animal, l'un des plus grands fleuves d'Asie et le personnage de Clemenceau dont elle admirait la fougue. Outre quelques mégots de cigarettes mentholées écrasés dans un cendrier, celle qui avait décliné le catalogue de la maison d'édition en plusieurs collections avait laissé comme trace de son passage dans les nouveaux locaux du 36 la longue liste des convives présents au Café de la presse, avant d'insister sur la piste de la blogueuse aperçue en train d'invectiver Cécile Vazeilles.

Passionnée de romans noirs et d'histoires ésotériques, chroniqueuse de deux à trois romans chaque semaine sur un site bien référencé, la blogueuse se trouvait en salle d'interrogatoire face à Zoé Dechaume. Genevoise de vingt-six ans installée à Paris pour des études de marketing, peu coutumière des gardes à vue, elle ne cessait de renifler depuis qu'une équipe de police lui avait passé les menottes sur le seuil de sa porte. Ses sanglots avaient redoublé au moment où les flics avaient procédé à la perquisition de son appartement.

— Je n'ai tué personne.

— Vous connaissiez cette femme ?

Cathy Zing hocha la tête. Elle avait rencontré Cécile Vazeilles une seule fois, au Café de la presse. Pour lui reprocher de ne pas lui donner de nouvelles d'un manuscrit transmis un an plus tôt à Étienne Vazeilles, un homme qu'elle avait croisé un jour sur un salon du livre en banlieue parisienne.

— Étienne m'avait alors dit qu'il passerait mon manuscrit à la directrice de la collection « Tigre Noir ».

— Et il l'a fait ?

— Il m'a juré que oui. C'est pour ça que j'ai profité de mon invitation à la soirée pour demander des comptes à sa femme.

— Et elle, qu'est-ce qu'elle vous a dit ?

— Elle semblait tomber des nues. Elle m'a répondu qu'elle n'avait jamais eu mon manuscrit entre les mains. Et que, dans tous les cas, elle répondait par courrier aux auteurs.

— L'un des deux vous a donc menti, c'est bien ça ?

Elle opina.

— Et vous pensez que c'est elle ?

— Je ne sais pas, je ne sais plus… Je ne vois pas pourquoi Étienne n'aurait pas fait passer mon texte.

— Vous le connaissez bien, « Étienne » ? coupa Zoé.

— J'ai déjeuné plusieurs fois avec lui à Paris.

— C'est tout ?

Cathy Zing baissa la tête.

— C'est tout ? insista Zoé, qui l'observait se frotter les doigts de manière compulsive.

— On est allés à l'hôtel, aussi. Il m'a dit qu'il avait lu quelques pages de mon manuscrit, que j'avais une patte, se reprit-elle. Mais je vous jure que je n'ai pas tué sa femme, sanglota-t-elle de nouveau.

— Et vous le voyez toujours ?

— C'est arrivé une seule fois. J'ai tenté de le rappeler depuis, il n'a jamais décroché.

Zoé compatissait. Elle mit très vite un terme à l'audition et fila faire son compte rendu à Desgranges. Celui-ci n'était pas dans son bureau. Quant à Lola, elle avait le combiné de son téléphone fixe à l'oreille et les yeux rivés sur le répertoire national administratif. Elle cherchait à identifier le parc naturel dans lequel le cadavre d'une femme supportant l'ADN de l'épouse de Guillaume avait été découvert.

— Tu fais quoi, là ? demanda Zoé.

— J'appelle les gendarmeries une à une. Je vais bien finir par trouver.

Le lieutenant Rivière n'était jamais aussi performant que derrière un bureau. Si Zoé aimait avant tout le contact physique et le travail de terrain, Lola pouvait rester les yeux rivés à l'écran d'un ordinateur des heures durant, persévérante, à la recherche de l'infiniment petit, le nez dans les réseaux sociaux et les bases de données.

— Si Guillaume l'apprend…

— Il n'y a pas de raison qu'il l'apprenne. Et si lui ne se sent pas concerné, moi, ça m'intéresse.

— Cette histoire, c'est un nid à emmerdes, tempêta Zoé.

6

Le permanent de nuit de l'état-major de la police judiciaire n'eut aucun scrupule. Son premier coup de téléphone fut destiné à Hervé Compostel, le chef de la brigade criminelle. Son deuxième appel réveilla Guillaume Desgranges, lequel invita son interlocuteur à prévenir ses deux collaboratrices dans les plus brefs délais. Une demi-heure plus tard, les quatre policiers se trouvaient dans les murs d'un Bastion désert, pas tout à fait réveillés.

Zoé préparait du café, Lola relisait dans le couloir un procès-verbal d'interpellation remis par un policier en uniforme, Compostel paraissait optimiste, et Desgranges perplexe. Et pour cause, le propriétaire de l'empreinte digitale laissée sur le sac à main de Cécile Vazeilles venait d'être interpellé à l'issue d'un contrôle d'identité dans l'enceinte de la gare d'Austerlitz.

— Ça chamboule tout notre agenda !

— De quoi vous vous plaignez, Guillaume ? On vous sert le principal suspect sur un plateau, et vous n'êtes pas satisfait ?!

— Je n'aime pas travailler dans la précipitation, c'est tout. Et je trouve qu'il y a encore trop de zones d'ombre dans la vie de Cécile Vazeilles.

Le silence s'abattit sur le groupe alors qu'ils buvaient leur café. Cet instant était inestimable, il précédait une nouvelle journée marathon. Lola se tourna vers les fenêtres, sa tasse à la main. Les sommets des tours Eiffel et Montparnasse clignotaient de rouge dans un ciel sombre. Les couleurs de la France illuminant la grande roue du jardin des Tuileries éclairaient la place de la Concorde. Son regard panoramique s'arrêta sur l'immaculé Sacré-Cœur qui couvrait de toute sa bienveillance la butte Montmartre.

— Tu en es où de tes recherches ? entendit-elle dans son dos.

Lola se retourna vers Zoé qui soufflait sur son café pour le refroidir.

— Je crois que j'ai trouvé.

— Alors ?

— Tu sais qu'il y a cinquante et un parcs naturels régionaux en France ?

— Arrête de jouer aux devinettes !

— Tu es déjà allée à Reims ? demanda Lola, qui connaissait la réponse.

— Ben oui, et j'y retourne demain avec mon club pour le premier match de la saison. Pourquoi ? Le cadavre a été découvert au milieu des vignes, c'est ça ?

— Pas tout à fait. Je t'expliquerai plus tard, glissa Lola alors que Desgranges s'approchait d'elles.

Zoé les abandonna. Elle finit son café, fila dans son bureau récupérer quelques notes, puis descendit à l'étage inférieur où l'attendait Jean-Denis Didier, *alias* JDD, selon les informations que celui-ci avait communiquées à l'occasion d'une précédente garde à vue. Originaire de Brest, âgé de vingt-quatre ans, il était couvert d'un sweat à capuche sombre et portait un jean sale et râpé. Ses baskets étaient usées jusqu'à la corde. L'enquêtrice le salua et se présenta. Il ne répondit pas. Voûté sur sa chaise, la tête baissée, il ne bougea pas. Son visage, rond, mangé par une barbe fournie, semblait inexpressif. Cet homme, à l'odeur pestilentielle, paraissait au fond du trou.

— Café ? lança-t-elle alors qu'elle prenait acte de la mention « suspicion de gale » portée au feutre rouge sur le billet de garde à vue qui trônait sur la table de la salle d'interrogatoire.

— Qu'est-ce qu'ils ont fait de mon chien, les condés ?

Zoé feuilleta son dossier, se saisit du procès-verbal d'interpellation. Le chien de JDD, un beauceron de quelques mois, avait été transféré au commissariat du 13e arrondissement.

— Ne t'inquiète pas, il est à l'abri.

— Il est où ?

— Dans le 13e, au poste de police.

— Te fous pas de ma gueule ! répéta-t-il. Je veux mon chien, je suis sûr qu'ils l'ont envoyé à la fourrière, ces bâtards !

— Il s'appelle comment, ton chien ?

JDD releva la tête.

— Qu'est-ce que ça peut te foutre ?

— J'aime les animaux, c'est tout.

— Te fous pas de ma gueule ! répéta-t-il. Je vous connais, vous, les flics ! Vous êtes juste bons à nous brosser dans le sens du poil pour obtenir ce que vous voulez.

— T'es libre de croire ce qui te chante, Jean-Denis. Moi, je te dis juste que j'aime les chiens et que je m'engage à ce que ton chiot ne finisse pas à la fourrière. Je peux même t'assurer que, au poste du 13e, ils ont la nourriture nécessaire pour des semaines et des semaines de pension.

— Attends ! Des semaines de pension ? Tu veux m'envoyer au ballon, c'est ça ?! Je suis là pour quoi, au fait ?

On avançait. Même s'il y avait de la friture dans les échanges, le contact était établi.

— Une histoire de sac…

— Quel sac ?

— Un sac à main… Tu veux un café ? proposa de nouveau Zoé.

— Lâche-moi, avec ton kawa. Quel sac à main ?

— Tu dors où, en ce moment ? dit la flic qui entendait garder le contrôle de l'audition.

— Sur un carton, gare d'Austerlitz.

— Elles sont où, tes affaires ? Tu as bien un sac à dos, non ?

Silence.

— Depuis quand tu dors gare d'Austerlitz ?

— Quelques jours.

— Et avant ?

— Pourquoi tu me demandes ça ?

— Réponds à mes questions. Après, je t'expliquerai.

— Non, tu m'expliques d'abord…

Zoé peinait. Elle revint en arrière.

— Comment tu l'as baptisé, ton chiot ?

— Clochard. Comme dans *La Belle et le Clochard*. Sauf que des belles, y en a pas beaucoup qui s'arrêtent quand je tends la main…

— Et Clochard, il est vacciné ?

— Tu m'as vu ? Tu crois que j'ai les moyens ?

— Tu veux que je m'en occupe ?

— Tu me baratines, jamais tu le feras.

— OK, tant pis pour toi. Je vois que t'es un mec coincé. Ça ira pour cette fois, je repasserai plus tard.

Zoé n'avait pas franchi la porte qu'il la rappela.

— Hé ! Attends ! Je veux bien un café, finalement…

7

J'interviendrai pour les protéger si elles sont affaiblies, vulnérables ou menacées dans leur intégrité ou leur dignité.

Extrait du serment d'Hippocrate

Les hurlements de chien battu n'en finissaient pas. Elle était pliée en deux sur son lit, les draps jetés au sol. Elle tremblait, elle suait, elle souffrait.

Une femme en blouse blanche se trouvait à ses côtés, elle tentait de lui maintenir la tête, lui passait un gant mouillé sur le front pour faire baisser sa fièvre.

Les autres patients, réveillés par les cris de douleur, s'étaient agglutinés sur le seuil.

— Elle saigne ! intervint l'un d'eux.

Des taches de sang couvraient une partie de la housse. On lui retira son bas de pyjama en coton, il ne s'agissait pas de règles douloureuses.

— Allez chercher le Professeur !

— Je crois qu'il consulte.

— Allez le chercher, vite !

La malade claquait des dents, désormais, alors qu'on nettoyait avec le gant ses fesses ensanglantées. Le supplice durait. Les chuchotements des autres patients aussi. Ils prirent fin au moment où une porte claqua.

— Qu'est-ce qui se passe, ici ?

Voix grave et chaude.

— Je n'arrive pas à arrêter l'hémorragie.

— Elle a pris le potage que je t'ai demandé de lui donner ?

— Oui, monsieur. Elle a tout bu.

— Parfait. Ces écoulements, c'est bon signe. C'est le début de la purge. Une bonne semaine de ce régime, et sa maladie ne sera plus qu'un mauvais souvenir.

La malade ouvrit péniblement les yeux sur un homme chauve, grand et frêle. Il devait approcher la soixantaine. Un bouc grisonnant donnait du corps à un visage taillé à la serpe. D'un geste, il fit débarrasser les lieux puis sortit une boîte métallique de sa poche. Il souleva le couvercle, se saisit d'une petite cuiller, la remplit d'une poudre terreuse.

— Ouvre la bouche ! ordonna-t-il tout en lorgnant sur son corps nu et mince.

— C'est quoi ?

— Ne t'inquiète pas, c'est 100 % naturel. La douleur va rapidement s'estomper.

Le goût était âcre et amer. Elle eut du mal à avaler. Il lui tendit un verre d'eau, lui indiqua plusieurs ouvrages et magazines déposés sur sa table de chevet. La malade l'écoutait, le regard de nouveau alerte, la violence des crises soudain gommée par un état d'asthénie musculaire. Il quitta la pièce sans un mot. Elle ferma les yeux, enfin, sans jamais trouver le sommeil. Avec pour seule compagnie des convulsions et, pour la première fois de sa vie, des hallucinations.

8

L'avocat d'Étienne Vazeilles avait refusé de répondre à la convocation de Guillaume Desgranges. Il était soumis au secret, il n'entendait divulguer aucune information relative à la procédure de divorce de son client. Le conseiller de Cécile Vazeilles, lui, n'eut pas les mêmes scrupules. La mort de la directrice de la collection « Tigre Noir » rendait caduque toute notion de confidentialité. Et ce qu'il déclara, après à peine cinq minutes d'audition dans le bureau de Lola Rivière, surprit toute l'équipe :

— Étienne Vazeilles ne voulait pas débourser le moindre centime dans le cadre de son divorce, il n'admettait pas que sa femme le quitte. Au final, il a cédé. Un accord sur une somme de 300 000 euros a été trouvé avec mon collègue de la partie adverse. Mais, en début de semaine dernière, Cécile m'a rappelé pour me dire qu'elle et son mari avaient revu la somme à la hausse.

— À la hausse ?

— Oui. Ils auraient négocié entre eux. Ni l'avocat de Vazeilles ni moi n'avons été mis dans la boucle.

Et là, elle m'annonce un accord sur une indemnité de 1 000 000 d'euros ! Connaissant son mari, je n'en revenais pas.

— Qu'est-ce qui s'est passé ?

— Aucune idée. J'ai interrogé Cécile Vazeilles, elle est restée nébuleuse avec un propos du genre : « C'est ça ou bien il va pointer à Pôle emploi tout le restant de sa vie ! »

Un mystère était levé. Celui de la joie de Cécile Vazeilles quelques jours avant sa mort, qui annonçait à son nouveau compagnon qu'elle avait le financement pour leur projet de maison d'édition. Restait à savoir pourquoi elle avait obtenu de son mari une telle somme. Et si ce pourquoi était lié à sa mort.

— À mon avis, elle le tenait par les couilles, commenta Desgranges.

— Cela me conforte dans l'idée qu'un bon dépoussiérage de Tigre Éditions serait le bienvenu, répondit Compostel.

Une demi-heure plus tard, ce dernier, Desgranges et Lola Rivière, assistés de cinq autres enquêteurs, investissaient les locaux de la maison, situés au cinquième étage d'un hôtel particulier de Saint-Germain-des-Prés.

— Qu'y a-t-il ? demanda Brigitte Furlan en les voyant pénétrer dans son antre.

— Perquisition ! ordonna le chef de la brigade criminelle.

L'ancien patron de la brigade financière Hervé Compostel était rodé à ce genre de pratique. Il ne comptait plus les fois où, en compagnie de magistrats téméraires, il avait passé des jours entiers à saisir les comptes de grandes entreprises qui siégeaient aux quatre coins de la France pendant que ses collaborateurs se brûlaient les doigts avec la cire chaude des scellés. Aujourd'hui, s'il n'était plus question de percer des quintaux de factures ni de les relier avec de la ficelle pour les rendre inviolables, la mission avait pour but de faire la lumière sur les relations entre les différents salariés de l'entreprise.

— Je ne comprends pas, un journaliste sur France Info a mentionné ce matin que vous aviez arrêté un suspect ? s'inquiéta de nouveau la directrice.

— C'est vrai. Il n'empêche que nous avons plusieurs zones d'ombre à éclaircir. Vous pouvez m'indiquer où se trouve le bureau de votre adjoint ?

Étienne Vazeilles n'était pas arrivé. Sa collègue fit office de témoin alors que Desgranges forçait ses tiroirs. Le chef de groupe ne mit pas longtemps à découvrir, sous une pile de dossiers, le manuscrit de Cathy Zing, la Suissesse avec laquelle il avait couché quelques mois plus tôt.

— Quel est le rôle précis d'Étienne Vazeilles au sein de Tigre Éditions ? s'enquit Compostel.

— Il parle plusieurs langues. De fait, il s'occupe principalement du domaine étranger. Il n'a que peu de contacts avec les auteurs francophones.

La plupart des employés étaient sortis de leurs bureaux. Ils observaient les flics prendre des photos de toutes les pièces et lister sur des blocs-notes l'ensemble des documents découverts. Lola Rivière, elle, avait un tout autre rôle. Seule cyber-enquêtrice de la brigade criminelle, elle avait pris le contrôle d'un poste de travail et transférait sur son ordinateur portable tous types de fichiers et dossiers accessibles *via* l'intranet de la société.

En présence de Brigitte Furlan, Compostel et Desgranges investirent ensuite le bureau de la défunte. Livres entassés, classeurs remplis de pochettes épaisses, agenda noirci de rendez-vous ; les deux hommes appelèrent Lola à la rescousse. Cette dernière s'assit au poste de travail de Cécile Vazeilles et se connecta à sa boîte mail professionnelle. Aucun courriel ne lui parut suspect ou menaçant.

Elle se redressait lorsqu'elle aperçut trois cartons disposés contre une cloison, marqués au feutre noir du sigle CDB. Les initiales de Charlotte de Bussy.

— Charlotte a accepté de reprendre la collection dirigée par Cécile. Il est normal qu'elle récupère son bureau, précisa Brigitte Furlan qui, dans ses murs, avait abandonné le tabac pour le vapotage.

Leurs recherches furent interrompues par un SMS. Zoé venait de leur transmettre une information. Les deux hommes en prirent connaissance en même temps :

Téléphone de la victime retrouvé suite à déclaration de JDD.

— Bon boulot ! Un succès de plus à mettre à l'actif de votre groupe, Guillaume. Je pense qu'on va remballer et rentrer au bercail, ajouta-t-il à la manière des flics de terrain.

— L'idéal serait d'avoir des aveux, répondit Desgranges qui jouait les insatisfaits.

Ils s'apprêtaient à repartir en équipe. Tous étaient rassemblés dans le hall, à l'exception de Lola qui poursuivait ses investigations. Elle se trouvait en compagnie de Brigitte Furlan dans le bureau de la comptable de la maison, une jeune femme blonde et timide, un peu gironde, vêtue d'une tunique bleu pastel qui mettait en valeur son regard azur. De bonne grâce, Linda Mercier communiqua tout ce que réclamait l'enquêtrice : chiffres de vente des ouvrages édités par Tigre depuis trois ans, comptabilité de la société sur le même laps de temps, totalité des contrats éditoriaux depuis cinq ans. Lola chargea sa clé USB de plusieurs dizaines de mégaoctets de données alors que la comptable, en douce, lui remettait sa carte de visite.

9

Le cas Jean-Denis Didier avait été le sujet d'âpres discussions au comptoir du Gyrophare.

Zoé Dechaume avait passé sa journée à s'occuper du sans domicile fixe, à le mettre en confiance, à lui offrir des cafés, à le questionner sur son chiot, à obtenir de lui la planque de son butin, en l'occurrence un porte-monnaie en peau de serpent qu'il espérait revendre et un smartphone dont la batterie était déchargée. Au dire de Desgranges, il manquait pourtant l'essentiel : les aveux. Il jugea nécessaire de reprendre la main sur l'audition du gardé à vue. Si JDD ne cédait pas au charme d'une femme, il allait finir par rompre sous les coups de boutoir d'un homme. Zoé se redressa, en colère, et fit claquer la porte de la brasserie en partant.

— Récapitulons, Jean-Denis. Rappelle-moi ce qui s'est passé la semaine dernière, dans la nuit du vendredi au samedi.

— Elle est où, la fille ?

— C'est moi qui m'occupe de toi, maintenant.

— Pourquoi c'est pas elle ?

— C'est moi qui pose les questions. Alors, qu'est-ce qui s'est passé dans la nuit du vendredi au samedi ?

— J'ai déjà répondu à ta collègue, dit-il en soutenant le regard du commandant de police. Je veux la fille.

Lola et Compostel, chacun dans son bureau, suivaient l'échange sur leur ordinateur. Ils savaient tous deux que Desgranges ne tarderait plus à se lever, à poser le plat des mains sur la table, à avancer le buste et à forcer la voix. Ce qu'il fit.

— Écoute, connard ! Arrête de faire l'idiot avec moi ou tu risques de passer un sale quart d'heure !

Surnommé « Ravaillac » par ses anciens collègues de la BRI après avoir tiré avec son arme de service sur la statue d'Henri IV à l'issue d'une soirée arrosée, Guillaume Desgranges s'était assagi au fil des années. Il restait pourtant peu enclin à la diplomatie. Deux ans plus tôt, c'était Zoé en personne qui avait dû tempérer ses ardeurs à l'occasion d'un chantage téléphonique effectué par des voyous de banlieue prétendant avoir enlevé son fils. Auparavant, c'étaient dix fonctionnaires de police qui étaient intervenus au domicile de son beau-frère, qu'il avait soupçonné à la suite de la disparition de sa femme.

Avérée pour certains de ses collègues, d'autres pensaient que cette indignation était feinte. Ces derniers voyaient là une manière de cacher une vérité que lui seul connaissait.

— Alors ?

Jean-Denis Didier souffla. Il cédait.

— Dans la nuit, j'ai quitté mon campement qui se trouvait dans un recoin, à quelques mètres de l'écluse qui sépare le bassin de la Seine. J'ai traversé un ponton, j'ai longé la capitainerie et le long du bassin en direction de la Bastille…

— Dans quel but ?

— Clochard et moi, on avait faim. Je voulais aller fouiller les poubelles des restos qui sont à proximité de l'Opéra Bastille. Il y a toujours plein de restes.

— Continue…

— En marchant, mon pied a cogné contre quelque chose. J'ai baissé la tête, c'était jaune. Je me suis penché, je l'ai ramassé, c'était un sac à main. J'ai pas pu m'empêcher de fouiller dedans.

— Pourquoi ?

JDD souleva les épaules.

— Tu ne l'avais pas vu, le sac ?

— Non, il faisait sombre. J'ai pris le porte-monnaie et le téléphone, et j'ai balancé le sac dans la poubelle d'une allée.

— Ensuite ?

— Ensuite, je suis remonté vers l'Opéra Bastille et j'ai fouillé les ordures.

— T'as des problèmes de mémoire ?

— Non ?

— Pourtant, t'oublies des choses…

— Je vois pas.

Un grand coup de poing s'abattit sur la table. Le clavier rebondit et alla s'écraser au sol.

— Arrête de te foutre de ma gueule ! Dis-moi la vérité !

— Quelle vérité ? Je vous jure que je dis la vérité.

Les doigts de JDD se contorsionnaient, il avait peur.

— Tu vas finir au trou si tu mens ! T'es déjà allé en zonzon ?

Les yeux baissés, il acquiesça. Ses lèvres se mirent à trembler.

Guillaume Desgranges se tut. Il plongea les mains dans ses poches, perplexe devant ce jeune homme qui ne lui inspirait que de la pitié.

— Tu l'as vue, au moins, cette femme ?

JDD fit non de la tête.

— Alors comment t'as fait pour la taper… ?

— Je pouvais pas, monsieur.

— Pourquoi ?

— Parce que j'avais Clochard à l'intérieur de mon blouson. Je l'aime trop pour le secouer.

— Pourquoi tu n'avoues pas ? T'as honte de t'être attaqué à une femme ?

— Je m'attaque pas aux femmes seules, moi. Vous pouvez éplucher mon casier, vous verrez…

— Tu sais que t'es pas près de le revoir, ton Clochard…

— Je l'ai pas tuée, cette femme ! Je l'ai même jamais vue !

Desgranges expira, il n'avait pas fait mieux que Zoé, même sans la présence d'un avocat. Le gardé à vue se jeta aux pieds de la flic lorsqu'elle pénétra dans la salle d'interrogatoire avec le chiot dans ses bras.

Le « flag » était terminé. Le commissaire divisionnaire Hervé Compostel avait contacté le parquet, s'était fendu d'une synthèse la plus complète possible. Jean-Denis Didier, en pleurs, avait été transféré au palais de justice voisin par le souterrain qui reliait le Bastion au nouveau centre de tri des délinquants parisiens. Il fut mis en examen avant de prendre la route de la maison d'arrêt de Nanterre dans un convoi cellulaire.

Sitôt effectué le déferement de Jean-Denis Didier, Compostel, Desgranges et les deux filles se retranchèrent dans une pièce aménagée en salle de repos. L'amicale de la brigade criminelle avait offert un grand canapé d'angle, un flic bricoleur avait posé plusieurs étagères dans cette pièce aveugle qu'aucun fonctionnaire ne voulait occuper en raison de l'absence de lumière naturelle. Le chef de la Crim', pour faire bonne figure, avait acheté sur ses deniers personnels un réfrigérateur qui avait rapidement fait le bonheur des policiers sédentaires, ceux qui n'arrivaient toujours pas à se mélanger aux autochtones de la porte de Clichy à l'heure du coup de feu. Des policiers Playmobil se mêlaient à des figurines Avengers sur une table basse, une vue aérienne de l'île de la Cité et des photos de tous les groupes de la brigade criminelle posant sur les toits de l'ancien 36 décoraient l'ensemble.

Ce petit « chez-soi » servait de salle de débriefing pour les affaires sordides. Le temps s'y arrêtait, les glaçons s'entrechoquaient dans des verres dépareillés, les jambes se posaient sur la table basse, les langues se déliaient, les petites erreurs passées se transformaient en anecdotes, les instants douloureux s'effaçaient derrière les rires. Le groupe se recomposait.

Guillaume Desgranges fut le premier à quitter le Bastion. Victor n'avait pas cessé de l'appeler au cours de l'après-midi. Hervé Compostel n'avait pas les mêmes contraintes. Son fils était mort, son divorce prononcé, personne ne l'attendait. Et sa villa, située en bordure du parc de la Roseraie à L'Haÿ-les-Roses, trop grande pour un homme seul, l'étouffait. Il revivait, pourtant. Sa relation avec Patricia Langlois, médecin urgentiste à l'hôpital d'Évry, prenait corps. Il l'avait rencontrée un an plus tôt, à la suite de la blessure récoltée par Lola lors de la perquisition de la cellule de David Ribeiro à Fleury-Mérogis, un voyou retrouvé mort dans un cimetière au lendemain de son acquittement. Mais leurs obligations professionnelles et leurs systèmes d'astreinte respectifs rendaient leurs occasions de se voir trop rares.

— La femme de Guillaume était médecin aussi, non ? demanda Zoé.

— Toujours sur la brèche, à ce que je vois, sourit-il en piochant dans le pot de bretzels.

— Que voulez-vous ? On ne se refait pas. Je vous rappelle que je suis flic et fille de flic. Double peine.

Zoé Dechaume était précisément la fille de l'ancien directeur de la police judiciaire parisienne. Elle l'avait longtemps caché, n'en jouait pas. Si elle démontrait des qualités d'animatrice au sein de son club de badminton, elle demeurait la moins gradée du groupe Desgranges. Ce statut d'équipier subalterne ne l'empêchait pas de donner régulièrement son point de vue sur les décisions qui lui paraissaient inopportunes.

— Elle était infirmière au service ophtalmo de l'Hôtel-Dieu.

— Et vous avez du neuf sur l'enquête des gendarmes ? rebondit Lola qui se contentait d'un jus de tomate non assaisonné sur lequel lorgnait Clochard.

— Rien qui vous concerne. Vous allez faire quoi de ce chiot ?

Elles ne savaient pas.

— Probablement une garde alternée, réagit Zoé.

— Quoi ?! Ça va pas ! Et tu veux que je le mette où, ce clébard ?

— Regarde comme il t'apprécie. Il t'a déjà adoptée, lui répondit une Zoé espiègle en s'arrachant du canapé. De toute façon, moi, ce week-end, je suis prise. J'ai compèt'.

— Hé ! Pas si vite ! cria Lola.

Mais Zoé avait déjà disparu au fond du couloir.

10

Lola roulait en direction de l'est sous un ciel mordoré. Les champs moissonnés, de part et d'autre, annonçaient la fin de l'été. De gros tracteurs, ici ou là, noyés dans des nuages de poussière, labouraient la terre avant que celle-ci ne soit gonflée par les premières pluies. Lola ne connaissait rien au monde rural. La ville était son univers. Annecy durant l'enfance, La Haye dans le cadre de ses études, Singapour pour son premier poste, puis Paris et le 36. Qu'importe le lieu, elle se fondait dans la masse, ne sentait pas le regard des autres, échappait aux questions incessantes sur son état de santé.

Lola pensait à cette affaire de meurtre au port de la Bastille, une enquête au goût d'inachevé, sans aveux, comme tant d'autres crimes ignobles que leurs auteurs n'avaient pas le courage d'affronter face à un enquêteur. Les mots de Jean-Denis Didier étaient restés enfouis. Ni l'empathie de Zoé ni la rudesse de Desgranges n'avaient eu raison d'un sans domicile fixe qui, contrairement à tant d'autres sans logis, ne s'était pas réfugié derrière l'absence de souvenirs liée à une consommation excessive d'alcool. Regard hirsute noyé sous une chevelure sauvage et abondante, JDD leur était apparu humain, attaché à son chiot qu'il protégeait du froid, qu'il nourrissait du mieux qu'il pouvait.

L'approche de la gare de péage la libéra de cette amertume dans laquelle elle était plongée. Un autre défi l'attendait quelques dizaines de kilomètres plus loin. Elle n'avait pas grand-chose dans sa besace excepté deux éléments : la confirmation par la gendarmerie de Givet que le corps d'une femme avait été découvert en partie enterré dans le parc naturel des Ardennes à la mi-août ; et un entrefilet paru dans *L'Ardennais* qu'elle était allée piocher sur Internet au milieu de la nuit précédente. Selon le quotidien local, le cadavre avait été découvert par un certain Gaël D., habitant de La Pointe, au cours d'une séance de running dans les sous-bois.

Lola Rivière réduisit l'allure de son véhicule de service à quelques centaines de mètres de la borne de paiement. Elle baissa le pare-soleil, se saisit du passe de la brigade. Mauvais réflexe. Elle le remit en place, sortit sa propre carte bancaire et régla alors que Clochard avait bondi sur ses cuisses. Elle repoussa le chiot sur le siège passager et redémarra avant de prendre la route de Charleville-Mézières. La ville franchie, elle progressa vers le nord en direction de la Belgique, le long des méandres de la Meuse qui épousaient des paysages vallonnés et boisés aux couleurs de l'automne.

Le parc régional recouvrait une bande forestière de plus de vingt-cinq kilomètres sur dix de large. La commune de La Pointe, dernier village avant la frontière, semblait coincée entre la Meuse et une sorte de promontoire naturel au sommet duquel on distinguait les ruines d'une forteresse. Lola franchit un pont sous un ciel devenu gris et déboucha face à une église massive, en pierre bleue, dont le haut du clocher était recouvert d'ardoise. À deux pas, la mairie au fronton de laquelle un panneau lumineux affichait *13:12*. Elle se gara. Le parking était désert. Précédée de Clochard, elle sortit de l'habitacle en grimaçant. Le jeune chien collait sa truffe contre le bitume, il remuait la queue. Lola s'étira, se saisit de son téléphone. Pas de SMS, aucun appel. Elle tourna sur elle-même, des toits pentus et gris protégeaient des maisons de ville serrées, aux murs épais et jaunes, dans lesquelles se calfeutraient les habitants. Elle verrouilla son véhicule, releva la fermeture Éclair de sa veste, s'accroupit. Clochard s'approcha, elle l'agrippa puis s'aventura dans les ruelles sinueuses. D'écarts en demi-tours, elle découvrait une commune gagnée par la quiétude. Elle rebroussa chemin, aperçut un couple de personnes âgées qui la regardaient de biais, longea la rue principale qui bordait le fleuve. La boulangerie et l'épicerie étaient fermées. Seule l'enseigne de la pharmacie clignotait malgré la présence de barrières de protection qui condamnaient tout stationnement devant le commerce.

La porte d'entrée coulissa et bipa. Aucun client à l'intérieur. Lola aperçut les rayonnages. Le royaume des malades était aussi celui des bêtes. Jouets et croquettes avoisinaient les produits de santé, crèmes solaires et autres coupe-faim. Une jeune rousse, lunettes autour du cou, sortit d'une remise. Un badge était épinglé côté cœur sur sa blouse. *Justine Kaufmann, pharmacienne vétérinaire*. Lola continua de scruter les lieux puis se tourna vers le rayon des accessoires pour animaux.

— Je peux vous aider ? proposa la commerçante avec un sourire de circonstance.

— On m'a offert ce beauceron, mentit Lola en présentant Clochard du bout des bras. Vous me conseillez quel type de nourriture ?

— Il a quel âge ?

— Quelques semaines.

— Le type d'alimentation importe peu. Le beauceron a un gros appétit et mange de tout, y compris des croquettes à base de fruits et de légumes. Il a surtout besoin de grand air et d'exercice. Vous vivez dans la région ?

— Non, je suis parisienne. Je ne suis que de passage.

— Ce n'est pas un chien d'appartement, vous savez ?

Lola savait. Elle ne répondit pas, s'empara d'un sac de croquettes, d'une laisse, d'un collier et d'une gamelle qu'elle déposa sur le comptoir.

— Vous devriez lui prendre ça, également, insista la pharmacienne en lui présentant une balle en caoutchouc. Ce type de chiot est très joueur. Il va accaparer beaucoup de votre temps. J'imagine que vous avez récupéré son carnet de vaccination ? demanda la professionnelle. S'il n'est pas protégé, je peux m'en occuper durant votre séjour dans notre région…

— Non, merci. C'est gentil. Je le ferai en rentrant à Paris.

— Le plus tôt sera le mieux, en tout cas. Il n'y en a que pour cinq minutes…

Lola n'y prêta pas attention, tendit sa Carte bleue à la pharmacienne. Et choisit ce moment pour se lancer :

— Dites-moi, je suis à la recherche d'un garçon prénommé Gaël qui vivrait dans votre joli village…

— Vous ne connaissez pas son nom de famille ?

— Il fait de la course à pied, précisa-t-elle.

— Vous lui voulez quoi ?

— Je l'ai croisé un jour sur une course. Il a promis de me faire découvrir le parc naturel.

Le visage de la rousse s'éclaira.

— Gaël Diniz. Il habite au Moulin neuf, sur la route de la forteresse. Si vous le voyez, dites-lui que ses produits énergétiques sont arrivés.

Lola ne mit pas longtemps à trouver sa route. S'il avait perdu ses ailes, le moulin, situé au bout d'un chemin cahoteux, semblait veiller depuis plusieurs siècles sur un méandre de la Meuse. Elle stationna son véhicule sur le bord de la départementale, finit à pied avec Clochard aux basques. La vieille porte en bois du bâtiment céda sous une légère pression. Personne ne vivait plus là depuis bien longtemps. Elle se retourna, observa sur sa droite une vieille longère devant laquelle des vêtements de sport séchaient sur un étendoir. Non loin de là, une enfant, de dos, pas plus d'une dizaine d'années, jouait à faire rouler une toupie au sol à l'aide d'une ficelle.

— Bonjour, je…

La fillette, yeux noirs et teint mat, se retourna d'un coup. Elle se redressa et s'enfuit à l'intérieur de l'habitation, laissant son jouet à la merci des jeunes canines de Clochard. Lola se dirigea vers la porte, frappa. Pas de réaction. Elle abaissa la poignée. Entrée verrouillée. Elle se mit à crier :

— Monsieur Diniz ? J'aimerais vous poser des questions, je viens de Paris…

Pas de réponse. Elle insista, toqua de nouveau. La fillette s'était enfermée. Elle abandonna, arracha la toupie de la mâchoire enragée de Clochard, la jeta par terre et retourna vers sa voiture. Le lieutenant tentait de mettre ses idées au clair lorsqu'elle aperçut, de l'autre côté du fleuve, la silhouette longiligne d'un homme qui semblait effectuer des accélérations le long d'un chemin de halage.

Lola grimpa dans l'habitacle et démarra.

11

La foulée aérienne, le visage impassible, l'homme fixait au loin une ligne invisible qu'il ne cessait de franchir, avant de briser son effort. Il trottinait quelques secondes, opérait un demi-tour, réparait ses poumons puis s'élançait de nouveau, la nuque tendue, les muscles gonflés, le torse nu et droit perlé d'eau. La présence d'une inconnue assise sur le capot d'une Citroën ne le perturba pas. Grisé par la vitesse, il sculptait son corps, menait une guerre intérieure, repoussait ses limites, défiait les brûlures et les douleurs.

Lola s'impatientait sous un ciel de plus en plus chargé. Elle consulta son téléphone. Toujours rien. Elle leva son appareil, enclencha l'application photo, fit le point sur le corps en mouvement et cliqua. Elle s'empressa d'envoyer le cliché à Zoé, sans le moindre commentaire. Pas de réponse.

Elle se rassit dans l'habitacle, écouta des morceaux de blues, ressortit, joua avec Clochard qui tentait de se défaire de son nouveau collier alors que Diniz continuait de fendre l'air. Des gouttes de pluie, lourdes, vinrent s'écraser sur la carrosserie. Lola ne tenait plus. Elle fit quelques pas, s'arrêta au bord de la piste en terre battue, le héla alors qu'il passait à son niveau. Aucune réaction. Ce type était une machine à courir, rien ni personne ne semblait être en mesure de stopper son entraînement. Il souffla en bout de piste, se relança. Immobile au bord du chemin de halage, le col relevé, les cheveux trempés par la pluie, elle tendit un pied à son passage. Il s'étala de tout son long sur une terre blanche et aride.

— Hééée !

Les mains dans les poches, Lola ne bougea pas. Agressé par Clochard qui mordait la pointe de ses chaussures, Diniz se releva avec difficulté.

— Vous ne pouvez pas tenir votre chien en laisse ?!

— Et vous ne pouvez pas vous arrêter quand on vous le demande ?

Plié en deux, il dressa un état des lieux : genou droit en sang, bassin éraflé. Lola prenait plaisir à regarder son corps vibrer au rythme de ses pulsations cardiaques. Il semblait avoir récupéré et époussetait son short lorsqu'elle se présenta.

— Lola Rivière, j'enquête sur la mort d'une femme retrouvée enterrée dans les bois. Vous êtes bien Gaël Diniz ?

L'Ardennais fixa la plaque d'immatriculation.

— Vous êtes gendarme ?

— Oui.

Premier mensonge.

— Mes collègues de La Pointe m'ont communiqué votre adresse.

— Vous êtes passée chez moi ?

— Affirmatif. Visiblement, le Moulin semble en froid avec les étrangers…

— Qu'est-ce que vous me voulez ? Vos collègues m'ont déjà questionné une demi-journée entière là-dessus…

— Que vous m'emmeniez sur le lieu de découverte du cadavre.

— Pour quoi faire ? Ils ne peuvent vous y conduire, eux ?! L'adjudant Levert connaît l'emplacement !

— J'aime bien avoir l'inventeur du corps sous la main…

« Inventeur du corps ». Une expression de flic, le terme juridique apposé en marge du procès-verbal d'audition qu'il avait signé dans les locaux de la gendarmerie.

— Je suis vraiment obligé ?

La moue qu'elle fit valait réponse.

— Je vous laisse d'abord vous doucher, concéda-t-elle.

Elle s'apprêtait à lui ouvrir la porte passager lorsqu'il déclencha de nouveau son chronomètre. Elle le vit s'éloigner au petit trot et remonter en direction du Moulin.

Elle reprit en main son iPhone. Zoé avait répondu à l'envoi de la photo :

Beau gosse ! J'aurais préféré être à ta place.

Un échange de textos suivit :

Sauf que je ne sais pas jouer au badminton, moi.

Je t'apprendrai. Par contre, à ce que je vois, t'aimes bien mater les joggeurs.

L'image de Zoé transmise dans la foulée lui fit perdre son sourire : celle du corps nécrosé d'une femme couchée sur le dos dans un frigo de l'IML de Reims.

12

Lola avait patienté devant le Moulin pendant une bonne demi-heure en consolant un Clochard effrayé par les violents traits de pluie qui s'abattaient sur le toit de la Citroën. L'arc-en-ciel qui encadrait la Meuse tint ses promesses. Le temps s'éclaircit au moment où le trentenaire pénétrait dans l'habitacle.

— Vous me guidez ?

— C'est tout droit.

— Votre genou, ça va ?

— Hmm.

— Vous allez faire la gueule pendant tout le voyage ?

Lola ne se reconnaissait pas. Sa timidité avait disparu.

— Je suis désolée, ajouta-t-elle pour rompre la glace. On va jusqu'où ?

— Au prochain carrefour, vous prendrez la direction de Givet. Ensuite, vous suivrez la route de l'étang.

— Vous travaillez dans le secteur ?

— Je suis ingénieur sécurité à la centrale. Je ne suis là que depuis quelques mois.

— La centrale ?

— La centrale nucléaire de Chooz. Tout ça, je l'ai déjà dit à Levert. Vous n'avez pas lu son rapport ?

Elle se tut, se concentra sur la route, éternua à cause de l'eau de toilette au jasmin du jeune homme. À l'arrière, Clochard dormait, la truffe à deux centimètres de sa nouvelle balle en caoutchouc. Lola s'enfonçait au ralenti dans les bois, sur un chemin de terre, jouait du volant afin d'échapper aux nids-de-poule. Ils se rapprochaient. Le véhicule stoppa devant une barrière qui interdisait toute progression.

— Le reste se fait à pied, indiqua Diniz.

— C'est loin ?

— Plusieurs centaines de mètres.

— Et vous faisiez quoi, dans ce secteur, lorsque vous avez découvert son cadavre ?

— À votre avis ?

Levert lui avait déjà posé la question. Il courait. Il arpentait les vallons boisés du parc naturel des Ardennes, contournait les obstacles, sautait au-dessus des arbres couchés sur la piste, évitait les ronces mélangées aux premières feuilles mortes, courbait l'échine pour échapper au fouet des branchages, crapahutait dans les côtes.

— Je préparais la MaXi-Race.

— Autour du lac ?

— Vous connaissez ?

— J'ai grandi à Annecy. Vous l'avez terminée ?

— J'ai fini deuxième.

Elle ne put s'empêcher d'exprimer une marque de respect. La course de près de cent vingt kilomètres traversait entre autres le Semnoz et le col des

Contrebandiers. Les meilleurs parcouraient la distance en moins de treize heures.

Diniz marchait devant, vite, enjambait les racines et les ornières à la manière d'un danseur. Elle courait presque pour le suivre. Il ralentit enfin à l'orée d'une clairière, s'écarta un peu de la piste avant de se planter devant une bande de terre meuble, aride, environnée d'herbes folles. Lola comprit. Elle déposa Clochard au sol, sortit son téléphone, prit un cliché. Elle se déplaça au milieu de la clairière et, de la même façon, fit une vidéo panoramique. On apercevait à un ou deux kilomètres à vol d'oiseau les immenses cheminées blanches de la centrale de Chooz.

— Vous venez souvent ici ?

— J'ai dû y passer deux ou trois fois, pas plus. On est assez loin des chemins classiques de randonnée. Il faut se perdre pour se retrouver là.

Ou être fou, pensa Lola qui s'accroupit sur cette jachère qui avait fait office de cimetière.

— Hormis vous, qui est susceptible de fréquenter cet endroit ?

Il ne réfléchit pas longtemps. Ça aussi, l'adjudant Levert lui avait demandé.

— Des randonneurs. Plus sûrement des braconniers, il y en a un grand nombre, dans la région.

— Ils chassent quoi ?

— Vous êtes dans les Ardennes, mademoiselle. En priorité des sangliers. Vous devriez contacter Jean-Paul Kaufmann, c'est le garde nature du parc. Il en connaît un rayon, dans ce domaine.

— Kaufmann ? Comme la pharmacienne ?

— Oui, c'est son père. Vous le trouverez facilement, il vit de l'autre côté du fort de La Pointe.

Lola essaya de se connecter. Pas de réseau. Elle finit par ranger son appareil, attrapa Clochard qui pourchassait les papillons.

— Vous me ramenez ?

— Sans souci. Vous savez où je pourrais loger, dans le coin ?

— Vous ne dormez pas à la gendarmerie de Givet ?

— J'évite. Je ne suis pas une adepte du casernement.

— Vous avez quel grade ?

— Lieutenant.

Pour une fois, elle ne mentait pas.

— Elle est morte de quoi, cette femme ? J'imagine qu'on ne se déplace pas de Paris sans raison, quand même ?

— Je ne travaille pas sur les causes de sa mort. Plutôt sur son identification, répondit Lola Rivière. Il n'y a pas pire pour une famille que d'attendre, d'espérer le retour plus qu'hypothétique d'un fils ou d'une fille.

Gaël Diniz plissa les yeux. Cette mimique le rendait encore plus touchant.

— Je suis vraiment désolée, pour votre genou…

— Pas grave. J'ai connu pire. À l'Ultra-Trail du Mont-Blanc, j'ai fait une chute de plusieurs mètres alors que je courais sur une crête. Ça ne m'a pas empêché de finir.

— Dites-moi, c'était qui, la fillette qui m'a fermé la porte au nez, ce midi ?

— Qui ça ?

— Une fillette, chez vous…

Il détourna la tête.

— Je ne vois pas de qui vous parlez.

Avant de poursuivre :

— Si vous tenez absolument à rester dans le secteur, je vous invite à contacter Mme Camus. C'est la mairesse du village, elle possède deux ou trois gîtes à l'entrée de la commune. Je crois qu'ils sont inoccupés en ce moment.

Lola le remercia. Elle observa à la dérobée ses quadriceps et son fessier alors qu'il remontait vers le Moulin. Le SMS qu'elle consulta alors la ramena à la raison :

Suis à la gare de Charleville-Mézières. Je t'attends.

13

Zoé Dechaume avait fini par s'installer en terrasse d'une brasserie qui jouxtait la gare. Elle sirotait un Schweppes citron lorsque Lola la rejoignit. Sa journée avait été dense. Levée aux aurores, elle avait foncé à la gare de l'Est, sauté dans le premier train pour Reims avec son sac de badminton sur le dos. Arrivée à destination, elle s'était rendue à l'institut médico-légal où reposait le cadavre de la femme sans nom. Une secrétaire lui avait demandé sa carte, Zoé avait fini par signer un registre avant de marcher en silence dans les pas d'un garçon de morgue qui l'avait dirigée dans les sous-sols du bâtiment. Les néons grésillaient, les murs étaient sales, le sol gris. L'homme avait ouvert une trappe métallique sur un air froid et vicié. L'enquêtrice avait aussitôt reculé, le regard braqué sur ce corps difforme, détruit, bouffé par la nature et son habitat.

Selon la copie du rapport d'autopsie qu'elle avait consultée dans la foulée, le cadavre avait séjourné face contre terre durant un mois avant sa découverte. Au fil des heures et des jours, des escouades d'insectes nécrophages s'étaient nichés, développés et reproduits dans et aux abords du macchabée. Les orbites avaient été évidées, les tympans visités, les lèvres forcées, la bouche pénétrée. Les mouches bleues croisaient d'autres diptères dans les cavités gonflées par les larves de coléoptères. Le légiste avait prélevé de nombreux spécimens. Certains avaient été plongés dans du formol, d'autres avaient été conservés vivants dans des tubes aérés afin de dater au mieux la mort de la victime. Puis il avait autopsié ce qui pouvait encore l'être. Les meilleurs morceaux avaient été dévorés : cœur, poumons, rate, foie. Le larynx était intact, aucune fracture n'était signalée, pas plus que la présence de corps étrangers. En résumé, rien n'évoquait une mort violente. Ce décès paraissait inexplicable chez un sujet féminin qui ne semblait pas avoir plus de cinquante ans au vu de l'examen odontologique.

— Et les fringues ? s'enquit Lola qui roulait en direction de la zone commerciale de la préfecture des Ardennes.

— Gardées par les gendarmes. Mais, *a priori*, hormis l'ADN de la femme de Guillaume, aucun élément d'identification n'a été relevé. Par contre, j'ai récupéré une copie de l'odontogramme et les premiers résultats de l'anapath'.

— Et ?

— Et elle avait des traces d'ibogaïne dans les tissus.

Lola ne savait pas ce que c'était. Zoé, qui avait travaillé un temps à la brigade des stupéfiants, l'aida :

— C'est une drogue naturelle extraite des racines d'un arbuste. Elle est principalement utilisée dans le cadre d'un rite initiatique gabonais vieux de plusieurs millénaires.

— Ça ne pourrait pas être lié à son ensevelissement prolongé au milieu de la forêt ?

Zoé sourit, mais mit très vite fin à sa moquerie :

— L'iboga ne pousse que dans la forêt équatoriale d'Afrique centrale. Guillaume t'a contactée ? lança Zoé pour changer de sujet.

— Non.

Il m'a laissé un message cet après-midi, le juge qui a mis JDD en examen lui a transmis une commission rogatoire avec une « liste de courses » impressionnante. Bref, on a du pain sur la planche.

Lola ne fut pas surprise. Il y avait encore trop de zones d'ombre dans l'affaire Vazeilles. Elle se concentra sur la route, finit par apercevoir l'enseigne de matériel de location qu'elle recherchait. Sur le parking, Zoé peina à s'extraire du siège et balança Clochard à l'arrière au moment de descendre du véhicule. Elle avait les jambes en compote. Ses adversaires rémoises ne lui avaient laissé aucun répit durant les deux matchs qu'elle avait disputés plus tôt dans la journée.

À leur retour, le sac de badminton de Zoé était couvert d'urine. Elle devint folle de rage, s'empara du clébard qu'elle projeta sous une voiture en stationnement pendant que Lola glissait leur achat dans le coffre. Lola eut plus de mal à calmer sa collègue qu'à récupérer Clochard qui était roulé en boule sous le châssis du véhicule.

Zoé ne décoléra pas jusqu'au domicile de Mireille Camus. Elle oublia finalement ses raquettes alors que Lola se garait en face du gîte. Un enfant au visage blafard et rondouillard, le crâne nu et lisse, guère plus de huit ans, se tenait sur une trottinette poussée par une jeune fille du même âge. Zoé était obnubilée par l'aspect maladif du garçon, Lola n'avait d'yeux que pour la fillette qui l'avait fuie quelques heures auparavant devant le domicile de Gaël Diniz. Lola avait à peine posé un pied par terre que la gamine récidiva. Son camarade de jeu cria pour la retenir. Ses paroles se transformèrent en une toux rauque qui eut pour effet d'attirer Clochard.

14

La veille, Mireille Camus, la propriétaire de trois maisons de ville transformées en gîtes, les avait accueillies avec chaleur et un accent bien local. Le lot des sempiternelles questions avait suivi. « Qui vous a dirigées ici ? », « D'où venez-vous ? », « Que venez-vous faire dans notre coin perdu ? » Lola s'était contentée d'évoquer un week-end de repos au milieu de la verdure, loin des affres de la capitale. Ce qui, au final, n'était pas faux. En guise de bienvenue, les filles eurent droit à un petit encas et à une dégustation d'une eau-de-vie de poire locale dans le salon de leur hôtesse, une pièce encadrée de murs blancs couverts de thermomètres de tout type et de tout âge. Les conseils de visite suivirent, tout comme les recommandations d'usage formulées avec le sourire. « Pensez à bien fermer la porte à double tour en cas d'absence, des vols ont été signalés dans les parages la semaine dernière », « à La Pointe nous faisons le tri sélectif, vous trouverez les poubelles dans la remise », « tout élément détérioré ou cassé vous sera facturé », « n'oubliez pas de me régler le montant de la location avant votre départ définitif », etc. « Mme Prudence » leur avait ensuite présenté son fils. Connor n'avait pas huit ans, mais dix ans, il était en CM1 à l'école élémentaire de La Pointe, et sa calvitie était due à une maladie rare. Le sourire de Mireille Camus était devenu grave, et l'ambiance soudain pesante alors qu'elle retenait contre elle son fils qui ne cessait de lorgner sur la bête à poil que Lola portait dans ses bras avec l'espoir qu'il ne lui urine pas dessus.

— Elle s'appelle comment ? avait demandé l'enfant.

— Clochard. C'est un mâle.

— Harmonie, elle, c'est une fille…

— Harmonie ? La fillette avec laquelle tu jouais quand on est arrivées ?

— Non, Harmonie, c'est la chienne à Vincent.

— File dans ta chambre ! avait coupé sa mère. Tu as besoin de te reposer.

Il avait obéi, grimpant avec difficulté les marches qui le conduisaient à l'étage.

— Excusez-le, il est parfois fatigant.

— Ça fait longtemps qu'il est malade ? avait demandé Zoé.

— Depuis le départ de son père, à peu près. Il avait trois ans, il n'a pas supporté.

Les filles avaient abandonné Mireille Camus puis s'étaient retranchées dans leur gîte autour du plan IGN du parc naturel des Ardennes que Lola avait extrait du kit de présentation de la région. La carte couvrait toujours la table basse quand Lola avala son petit déjeuner. Une tasse de thé à la main, Zoé, elle, scrutait les dos des ouvrages empilés sur une étagère. Des bandes dessinées d'*Astérix* et de *Thorgal* accompagnaient quelques thrillers américains et des romans Harlequin écornés. À n'en pas douter des bouquins abandonnés par les derniers vacanciers. Ce fut le bandeau rouge d'un livre broché qui accrocha son regard. Il était signé par un grand chroniqueur littéraire : *Une ode à l'amour. Phénoménal et émouvant.* Sur fond noir, le titre apparaissait en lettres de sang : *Ce soir, mon petit garçon, mon enfant, mon amour.* Il était signé Mireille Camus. Leur Mireille Camus, celle dont la photo était filigranée sur la quatrième de couverture en compagnie de Connor.

— T'as vu ?

Lola se saisit du livre tendu. Le résumé débutait par les paroles d'une chanson triste de Serge Reggiani. *Ce soir, mon petit garçon, mon enfant, mon amour, nous sommes seuls. Seuls face à la maladie, à cette maladie sans nom, incurable, qui t'entraîne dans des contrées toujours plus lointaines.* Ce soir, mon petit garçon, mon enfant, mon amour *est le récit d'une femme qui a quitté son métier d'infirmière pour se consacrer exclusivement à son fils dont la vie ne tient qu'à l'amour qu'elle lui porte.*

— On l'embarque ? suggéra Zoé. Ça a l'air bien !

— Hors de question ! Prends les références, tu l'achèteras à Paris. Allez, habille-toi ! On a une randonnée à faire.

Clochard dans leurs pattes, les bras chargés, elles refirent l'itinéraire que Lola avait emprunté avec Gaël Diniz. Elles se perdirent, croisèrent un vététiste qui jouait l'équilibriste dans les ornières, rebroussèrent chemin, débouchèrent enfin dans la clairière qui avait été, durant un mois environ, le lieu de sépulture d'une femme dont elles ne savaient rien. Malgré une tenue légère et décontractée, Zoé était en sueur. Elle posa au sol le détecteur de métaux qu'elles avaient loué la veille au soir.

— C'est où ?

— Ici, précisa Lola d'un coup de menton en indiquant un bout de terre nue reniflé par le chiot.

Zoé sortit son BlackBerry enfoui dans la poche arrière de son short en jean et mitrailla la zone sous tous les angles. Flic jusqu'au bout des ongles, elle entendait garder une trace de leurs recherches. Elle finit par ranger son appareil, allongea la tige du détecteur, inséra la pile de 9 volts fournie, alluma l'engin et se mit à balayer l'espace. Lola, en appui sur le manche d'une pioche, patientait.

— Tu es sûre de savoir t'en servir ? lança-t-elle après plusieurs minutes de recherche infructueuses.

— Tu peux toujours prendre le relais, si tu te sens meilleure…

Lola céda, comme toujours. Zoé s'entêtait, inutile de la contrarier. Elle finit pourtant par douter et souleva le détecteur en direction du médaillon de cou de Clochard qui se trouvait à l'arrêt. L'appareil bipa, le chiot sursauta. Elle reprit donc ses fouilles, aidée de Lola qui s'était mise à piocher la terre ramollie par l'averse de la veille.

— Tu sais que j'ai un grand-père qui a monté la plus grosse enseigne de pompes funèbres en France ?

— Et alors ? répondit Lola.

— Alors, les lieux de sépulture, ça me connaît. Et c'est pas celui-là qui va me résister.

Lola s'épongeait le front lorsque le détecteur bipa de nouveau. Son ricanement s'arrêta sur-le-champ, elle se jeta sur la motte de terre survolée un instant plus tôt. Celle-ci recelait une médaille dorée, ronde, d'un centimètre de diamètre. De l'or, sans aucun doute. Lola la frotta avec la pulpe de son pouce. Le relief de la Vierge Marie couvrait le recto, une date était gravée sur le verso sous un cœur vendéen. Elles n'eurent pas le temps de se réjouir.

— Qu'est-ce que vous faites ici ?!

Voix puissante, masculine. Elles se retournèrent sur deux Jack Russell Terrier et un homme d'une soixantaine d'années, le visage buriné, le cheveu gris, recouvert d'une gabardine sur laquelle était cousu un insigne représentant une tête de loup. Il portait un fusil à l'épaule. Les deux filles se regardèrent puis le fixèrent. Comme de coutume, ce fut Zoé qui prit la parole :

— Et vous êtes ?

— Kaufmann. Lieutenant de louveterie. Qu'est-ce que vous faites sur ce site ?

« Lieutenant de louveterie ». Elles rirent sous cape jusqu'à ce qu'il sorte de sa poche intérieure une commission préfectorale protégée dans un rabat translucide. Jean-Paul Kaufmann, le père de la pharmacienne de La Pointe, était un régulateur assermenté du parc national des Ardennes, chargé entre autres de la gestion des nuisibles et de la lutte contre le braconnage.

— On cherche des traces du passé. On nous a signalé cet endroit comme un possible site antique dédié à une déesse romaine, mentit Lola qui serrait la Vierge Marie dans son poing droit.

— On vous a mal renseignées, il ne faut pas rester là. Cet endroit n'a été défriché que très récemment.

— Il est à qui, ce terrain ?

— À l'État. Pour votre gouverne, je doute que le moindre Romain ait mis un jour les pieds ici. Vous devriez plutôt aller fouiner du côté de la citadelle, à La Pointe. Avec un peu de chance, vous pourrez tomber sur une pièce de bronze ou une assiette en étain.

Elles obtempérèrent. Lola reprit sa pioche, Zoé le détecteur.

— Dites, il n'y a pas d'homme avec vous ?

— Pourquoi ? Les fouilles archéologiques sont réservées à une catégorie de personnes en particulier ? cingla Zoé.

Il ne répondit pas, se contenta de les suivre à distance jusqu'à leur véhicule. Il s'abstint de les interroger sur leur plaque minéralogique parisienne qu'il n'omit pas d'enregistrer dès leur départ.

Alors qu'elles quittaient les Ardennes pour Paris, la même immatriculation laissa une trace indélébile à hauteur du radar installé sur la route qui reliait Fumay à Charleville-Mézières. L'esprit accaparé par le Moulin de La Pointe, Lola roulait alors vingt kilomètres à l'heure trop vite, tandis que Zoé chiffrait leurs dépenses après un week-end consacré à comprendre la disparition de la femme de leur chef de groupe.

15

Zoé avait mal dormi. Et pour cause, Clochard, dont elle avait pris le tour de garde, ne l'avait pas laissée en paix. Pire, le jeune beauceron s'était enroulé au milieu de la nuit dans la tunique posée sur l'assise d'une chaise, qu'elle comptait revêtir pour ce premier jour de la semaine.

Elle avala un café en catastrophe et prit le chiot qui, derrière la baie vitrée, observait le lent courant de la Marne. Une fois n'est pas coutume, elle monta en douce à l'arrière d'un bus qui la conduisit à Créteil, s'arrêta non loin du lac, devant l'hôtel de police. Le chien déposé au local canin, elle en ressortit dix minutes plus tard, courut en direction de la bouche de métro la plus proche, s'assit dans la rame jusqu'à la station Invalides pour patienter plusieurs minutes sur le quai de la ligne 13 avant de grimper dans l'une des boîtes à sardines à roulettes. Une heure quarante après être sortie de chez elle, elle retrouvait l'air libre à la station Porte de Clichy. Sept minutes plus tard, elle poussait la porte du Gyrophare. L'endroit était vide, Desgranges ne l'avait pas attendue. Elle salua le gérant d'un geste de la main, ressortit, trouva son badge au fond d'une poche, l'accrocha sur le revers de sa veste et pénétra dans le Bastion.

— Tu as fait quoi de Clochard ?

— Je l'ai déposé pour la journée chez une voisine, mentit-elle. J'allais quand même pas le ramener ici, si ?

— Je te préviens, Guillaume est de très mauvais poil, dit Lola. Il m'a à peine dit bonjour.

— Laisse tomber, ça lui passera, dit-elle en allumant son ordinateur.

— Il nous attend de pied ferme dans son bureau.

La raison était simple : aucune d'entre elles n'avait daigné répondre aux messages qu'il leur avait laissés la veille.

— Tu as la médaille ? demanda Zoé.

— Ouais. Je t'ai noté sur un Post-it la date indiquée au revers. 16.04.2006.

— Pas vraiment la date de naissance de notre macchabée, ça. Ou alors c'est que cette Vierge n'a rien à voir avec le cadavre.

— Ça serait pas de bol…

Hormis le relevé d'une empreinte dentaire complète et la médaille, les deux enquêtrices n'avaient pas de pistes d'identification potentielle.

— On pourrait creuser l'environnement de la femme de Guillaume. Elle n'a peut-être pas disparu toute seule…

Lola y avait pensé. Les archives du dossier étaient conservées au 36. Les locaux de la brigade des personnes disparues, anciennement installés rue du Château-des-Rentiers, dans le 13e arrondissement, se trouvaient désormais au même étage qu'elles, de l'autre côté du bâtiment. Mais le badge des flics de la Crim' ne leur permettait pas d'y pénétrer.

Assis à son bureau, Desgranges rongeait son frein. Il avait énormément d'estime pour ses deux collaboratrices mais, lorsqu'il y avait du boulot sur le feu, il ne tolérait pas qu'elles fassent les mortes, y compris le dimanche.

— Le juge d'instruction a interrogé Jean-Denis Didier. Ce dernier maintient qu'il n'a pas tué Cécile Vazeilles. Le pire, c'est que le juge l'a trouvé sincère. Je vous la fais courte, il veut qu'on bétonne le dossier sous quinze jours. Et, sans élément supplémentaire, il m'a dit qu'il le libérerait.

Aucune ne broncha. Elles attendaient les ordres, debout.

— On reprend tout de zéro, on relit les auditions de JDD, on relève les contradictions, on retourne voir les SDF et vous me remuez ciel et terre pour retrouver les quelques bateliers qui manquaient à l'appel le jour des constatations. On n'oublie pas l'environnement de la victime. Je veux qu'on vérifie tous les alibis, et vous me lancez des réquisitions téléphoniques pour tous les protagonistes.

— Y compris pour Étienne Vazeilles ?

— J'ai dit *tous* ! Je veux la totale, croisement de données, épluchage de tous les comptes, identification de tous les contacts.

Elles se retranchèrent dans leur bureau. Alors que Lola s'emparait d'une copie de la procédure, Zoé baissa le store et remplit deux grandes tasses de café. Un long et fastidieux travail de déchiffrage débutait. Quinze jours n'y suffiraient pas, même avec le soutien moral du commissaire divisionnaire Hervé Compostel qui vint les saluer en milieu de matinée alors qu'elles croulaient sous la paperasse, les prises de notes et les sollicitations judiciaires à adresser aux opérateurs téléphoniques et aux banques.

Les premiers retours de réquisitions, reçus par mail, parvinrent à l'heure du déjeuner, alors qu'elles s'étaient accordé vingt minutes de pause autour d'un club sandwich et d'une boisson énergétique. Lola, spécialiste informatique, passa les heures suivantes à intégrer les données dans un logiciel de téléphonie. Zoé, elle, était en capacité de résumer les faits après s'être infusé les dizaines de procès-verbaux qui composaient la procédure de flagrance.

Cécile Vazeilles, quarante et un ans, directrice de la collection « Tigre Noir », était morte noyée, en toute vraisemblance à l'issue d'une soirée organisée au Café de la presse à l'occasion du dixième anniversaire de la maison d'édition Tigre. En instance de divorce avec Étienne Vazeilles, directeur adjoint, elle vivait depuis peu chez Anthony Lemarchand, éditeur avec lequel elle comptait monter sous peu une boîte, et dont le domicile avait été « visité » la semaine précédente.

Le sac à main de la défunte avait été retrouvé dans une poubelle voisine, supportant l'empreinte d'un pouce appartenant à un SDF. L'une des chaussures à talons de la victime gisait dans un massif de fleurs, à deux pas du bassin. Une ecchymose à la temporale droite, une fracture du nez, ainsi que des traces de prise aux poignets laissaient peu de doute sur l'origine de la noyade. La victime avait été frappée au visage, traînée puis jetée à l'eau. Pourtant, si Jean-Denis Didier avait reconnu le vol du porte-monnaie et du téléphone, il niait l'avoir frappée et encore moins tuée.

Au contraire d'Anthony Lemarchand, Étienne Vazeilles, homme à femmes, avait un alibi. Il se trouvait aux États-Unis lors de la fête de sa maison d'édition qu'il codirigeait avec Brigitte Furlan. Charlotte de Bussy, traductrice et *ghostwriter* d'un ancien footballeur professionnel en pleine reconversion, s'apprêtait à récupérer le poste de directrice de collection de sa meilleure amie. Et des interrogations sérieuses subsistaient. Pourquoi Étienne Vazeilles avait-il accepté, peu avant la mort de sa femme, de verser une indemnité de 1 000 000 d'euros initialement fixée à 300 000 euros ? Et qui avait remis un pendentif en forme de chouette à la défunte ?

Il était 18 h 20 lorsqu'elle redressa la tête. Le siège de Lola était vide. Zoé releva le store de la pièce, sortit à la recherche de sa collègue, progressa dans le couloir qui ressemblait tant à celui d'un hôpital, passa devant le bureau ouvert de Desgranges. Celui-ci, concentré, était seul. Elle fit un tour complet du Bastion, descendit à l'étage inférieur. Aucune trace d'elle. Elle revint à son poste, certaine de la retrouver. Erreur. Elle s'empara de son portable posé à côté de son clavier. Un SMS l'attendait :

Je crois que j'ai trouvé. Le cœur vendéen sur la médaille, c'est le symbole de la fraternité sacerdotale Saint-Pie-X. Prends soin de Clochard. À demain.

Zoé tenta de la rappeler. Lola ne répondit pas.

16

Lola stationna son véhicule devant la salle de la Mutualité, dans le 5ᵉ arrondissement. Elle fit quelques pas sur le trottoir, stoppa sous le portail roman d'un clocher. Un écriteau annonçait la couleur : *Vous pénétrez dans la maison de Dieu. Veuillez respecter le lieu saint et porter une tenue correcte : épaules couvertes, pas de minijupe, pas de short, pas de bermuda*. Elle ne se signa pas, ne s'agenouilla pas, ne mit pas son cellulaire en mode « réunion ». L'obscurité la perturba un peu moins que cette quinzaine de veuves qui pleuraient en récitant un chapelet. Plus loin, quelques personnes priaient dans le plus grand des silences face à l'autel. Elle attendit un long moment, en retrait, adossée à une colonne. Un jeune homme vint à sa rencontre.

— Vous cherchez ?

— J'aimerais consulter le registre des baptêmes.

— Dans quel but ? demanda celui qui ressemblait trait pour trait à un séminariste de bande dessinée.

Elle ne se força pas à répondre. Un bon geste valait mieux que cinquante discours. Elle sortit sa carte de police, la lui colla sous le nez. Il regarda autour de lui, sembla réfléchir.

— Suivez-moi !

Ils dépassèrent la chaire, traversèrent le transept. Un curé, vêtu d'une chasuble mauve, préparait le dernier office à proximité de l'autel. Lola se présenta à lui et renouvela sa demande. Du haut de son mètre quatre-vingt-dix, il la déshabilla du regard. Elle frissonna et crut bon de lui montrer la médaille qu'elle sortit de son porte-monnaie.

— Quelle date ?

— 16 avril 2006. C'était le jour de Pâques, précisa-t-elle.

— Pâques est notre fête liturgique la plus importante. Ce jour-là, on a entre trente et quarante cérémonies de baptême !

Elle ne répondit pas, le suivit dans la sacristie. L'homme d'Église se dirigea vers un meuble à tiroirs, sortit un livre couvert de cuir doré qu'il posa à plat sur une table en acajou et commença à tourner les pages.

— Voici !

Lola observa la liste, prit plusieurs photos à l'aide de son téléphone. Elle referma le registre, satisfaite.

— Je vous avais prévenue, vous avez un grand choix !

Elle ne commenta pas. Ne lui dit pas non plus qu'elle venait d'identifier la femme retrouvée morte dans les Ardennes. Une certaine Virginie Deloncle née le 21 septembre 1972 à Brioude, dans la Haute-Loire. Car, hormis elle, tous les autres baptisés du jour étaient mineurs.

Elle le remercia, regagna la sortie alors qu'un organiste jouait un menuet. Elle fut saisie par la lumière et la chaleur qui régnaient encore sur la capitale en cette mi-septembre. Dos à l'église intégriste Saint-Nicolas-du-Chardonnet, fief parisien de la fraternité sacerdotale Saint-Pie-X, elle tourna la tête en direction des arènes de Lutèce et de la rue Monge, là même où vivaient Guillaume Desgranges et son fils.

17

Lola et Zoé avaient grillé l'étape du briefing habituel du Gyrophare. Elles entendaient faire payer sa mauvaise humeur à leur chef de groupe. Elles se mettaient en retrait, aussi, de peur de découvrir des choses peu avouables sur son compte.

Fait rare, Zoé était arrivée la première dans un Bastion pas tout à fait réveillé. Et pour cause, elle dissimulait dans un sac de sport entrouvert un chiot qui ne cessait de gigoter.

Clochard s'arrêta de gémir au moment où Lola poussa la porte du bureau. Des liens s'étaient noués durant ce court séjour dans les Ardennes. Les retrouvailles joyeuses firent vite place à l'inquiétude de l'enquêtrice. Comment allaient-elles gérer la présence du beauceron durant une journée entière dans un lieu fermé ? Zoé la rassura, elle s'occupait de tout, à condition que Lola récupère son tour de garde le soir même.

Leur café avalé, elles se mirent au travail. De manière implicite, les deux enquêtrices se répartirent les tâches. À Zoé la poursuite de l'affaire Vazeilles, à Lola les recherches sur Virginie Deloncle. Le lieutenant ne s'était pas arrêté à la visite de l'église Saint-Nicolas-du-Chardonnet. Dès son retour à son domicile, elle avait surfé sur Internet. Une Virginie Deloncle avait ouvert quelques jours plus tôt un compte Instagram sur lequel elle ne publiait que des photos de la région de Québec. Une autre proposait des coupes de cheveux à domicile sur un site de petites annonces gratuites. Rien de plus.

La consultation des fichiers de police lui offrit une bien plus grande masse de données. Sept femmes identifiées sous ce nom possédaient un véhicule en France ; aucune d'entre elles n'était née en 1972. Quatre Virginie Deloncle avaient voyagé dans l'espace aérien français au cours des dix-huit derniers mois ; aucune née en 1972, là non plus. Neuf homonymes avaient démarché une administration pour l'établissement d'une carte d'identité ou d'un passeport ; aucune née un 21 septembre. La recherche porta ses fruits sur le quatrième fichier. Virginie Deloncle, celle qui s'était fait baptiser sur le tard à Saint-Nicolas-du-Chardonnet, était connue des services de police et de gendarmerie. Trois ans et demi auparavant, elle avait fait l'objet d'une garde à vue au commissariat de Neuilly-sur-Seine après s'être enchaînée dans un couloir de l'Hôpital américain. Lola se leva de son fauteuil, Clochard l'imita. Elle récupéra un répertoire administratif, recopia un numéro, contacta dans la foulée le service des archives de police de la ville la plus riche de France. Dix minutes plus tard, elle recevait dans sa boîte mail une copie de la procédure relative à l'interpellation de la femme retrouvée morte dans les Ardennes.

— Je crois bien que nous sommes tombées sur une militante pro-vie, souffla Lola.

— Pardon ?

— Une militante anti-IVG, si tu préfères. Avec une dizaine d'autres activistes, elle a tenté de perturber une interruption volontaire de grossesse dans un centre hospitalier, estimant que l'avortement était contraire à la justice divine.

— Comment ça s'est fini ?

— Un simple rappel à la loi. Le procureur n'a pas voulu que le mouvement s'appuie sur une quelconque peine pour faire la publicité de leur combat.

— Quoi d'autre ?

— Célibataire, sans enfants. J'ai une adresse : 47, rue de Sèvres, 6e arrondissement de Paris. Elle était coiffeuse à domicile.

— On a les noms des autres militants ?

— Oui, ils se réclament tous d'une association cultuelle basée à Saint-Nicolas-du-Chardonnet.

— Peut-être que la femme de Guillaume fréquentait cette église, tu ne crois pas ?

Lola ne savait pas. Elle connaissait moins bien Desgranges que Zoé qui, parfois, avait dormi chez lui afin d'échapper à de longs allers-retours en banlieue au cœur de la nuit, en marge d'enquêtes énergivores et chronophages.

— En tout cas, la femme de Guillaume ne fait pas partie des interpellés.

18

Comme la veille, elles avaient déjeuné sur le pouce à tour de rôle. Concentrées, silencieuses, aucune d'elles ne s'aperçut que Clochard avait souillé un coin du bureau. Elles avaient besoin de prendre l'air, de sortir du Bastion, de filer au domicile de Virginie Deloncle, par exemple. Ou de retourner humer les abords du bassin de l'Arsenal. Elles ne pouvaient pas, n'en avaient pas le temps. Trop d'éléments à exploiter, trop d'interrogations à éclaircir.

Et Zoé stagnait. Elle avait sous les yeux les chiffres des ventes réalisées suite à la commercialisation de l'autobiographie de l'ancien footballeur écrite avec l'aide de Charlotte de Bussy. Pourquoi l'ouvrage phare de Tigre Éditions, avant de devenir un best-seller, avait connu un franc succès exclusivement dans les libraires de la capitale ?

— La maison d'édition a peut-être privilégié une mise en place en deux temps afin d'éviter les risques, non ? soumit Lola.

Zoé semblait perplexe. Mais ce qui la gênait le plus concernait les échanges téléphoniques d'Étienne Vazeilles.

— Il y a deux semaines, il a totalement cessé de communiquer avec une certaine Linda Mercier alors que celle-ci tentait de l'appeler au moins vingt fois par jour…

— C'est la comptable de Tigre Éditions. À l'issue de la perquisition, elle m'a remis sa carte de visite avec son numéro de téléphone perso.

— C'était peut-être juste un plan drague, non ?

— Le mieux est que tu le lui demandes. Tu peux toujours jouer les entremetteuses, réagit une Lola pleine de cynisme.

— Pourquoi ? Tu es plutôt branchée femmes ?

— Autant que toi, ma cocotte.

Côté sentiment, les deux filles étaient en pleine traversée du désert. Pourtant, les candidats ne manquaient pas, dans le milieu policier. Mais Zoé n'arrivait pas à digérer sa dernière aventure en date avec un prof de sport qu'elle avait affronté à l'occasion d'une compétition, quand Lola peinait à vaincre sa timidité.

Leur petit jeu s'arrêta au moment où Desgranges poussa la porte. Il aperçut le chien, eut un geste de dépit.

— Lola ! C'est toi qui avais le véhicule de permanence, ce week-end ?

Pas de bonjour : Guillaume Desgranges était donc toujours fâché.

— Oui ?

— Le patron veut te voir. C'est qui, elle ? demanda-t-il après avoir posé le regard sur le cliché de Virginie Deloncle qui trônait sur le bureau de sa collaboratrice.

— T'es certain de ne pas la reconnaître ? tenta-t-elle en lui glissant sous les yeux le cliché de la coiffeuse à domicile qu'elle avait récupéré sur Facebook.

— Je devrais ?

— Elle fréquente Saint-Nicolas-du-Chardonnet. Peut-être que tu l'as croisée en allant acheter ta baguette, non ?

Il secoua la tête.

— Et pourquoi tu t'intéresses à cette femme ?

— Elle possède un yacht sur le port de l'Arsenal, mentit-elle.

— Suis-moi ! coupa-t-il.

Hervé Compostel les attendait dans son bureau. Il ne les invita pas à s'asseoir.

— Vous étiez où, dimanche, Lola ?

— Avant-hier ? s'enquit-elle afin de gagner quelques secondes.

Il ne cilla pas.

— Pourquoi ? Qu'est-ce qui se passe ?

— Je vous demande où vous étiez dimanche. Dimanche après-midi, pour être précis. Vous aviez bien le véhicule de permanence avec vous ? Votre nom figure sur le registre…

Guillaume Desgranges avait les bras croisés, Lola les mains jointes derrière le dos. Quant à leur chef de service, il tenait un avis de contravention.

— J'étais chez moi. Je n'ai pas bougé de Paris, mentit-elle.

Desgranges, muet, remua légèrement. Compostel s'adressa à lui :

— Laissez-nous, Guillaume. Et fermez la porte derrière vous, s'il vous plaît.

Le chef de groupe obtempéra. Compostel revint à la charge :

— Et ça, vous pouvez m'expliquer ? poursuivit-il en lui tendant le document.

Elle s'en saisit, le lut à voix basse. L'immatriculation correspondait bien à l'un des véhicules de la brigade criminelle ; celui qu'il lui arrivait de conserver le week-end pour gagner en urgence le 36, en cas de besoin.

— La RD 900, je ne vois pas du tout où ça se trouve.

— Les Ardennes, Lola. Route reliant Fumay à Charleville-Mézières.

— Non, désolée, je ne vois pas. Pour tout vous avouer, je ne suis pas certaine d'être en mesure de pouvoir placer ce département sur une carte… À mon avis, on est victimes d'une doublette.

— Pardon ?

Hervé Compostel savait très bien ce qu'était une « doublette » et les ravages que cela engendrait. Des propriétaires recevaient par paquets de dix des avis de contravention exorbitants et passaient des jours entiers à lutter pour prouver leur innocence et rétablir leur quota de points sur leurs permis de conduire. La flic lui rendit le document.

— Lola, arrêtez de me prendre pour un lapin de six semaines ! Si je réclame la photo radar, il y a de fortes chances que je tombe sur votre bobine ! Je sais très bien ce que vous êtes allée foutre dans les Ardennes…

Aucune des filles n'avait remarqué le flash. De fait, la photo avait été prise par l'arrière du véhicule. Lola ne risquait rien. Elle décida pourtant de jouer cartes sur table :

— On a identifié le cadavre.

— Qui « on » ?

— Zoé et moi.

— Il ne manquait plus qu'elle, dit-il par dépit.

— La morte, celle qui portait un pull couvert de l'ADN de la femme de Guillaume, fréquentait l'église Saint-Nicolas-du-Chardonnet. À deux cents mètres du domicile des Desgranges. Drôle de coïncidence, non ?

19

Lola et Zoé ne communiquaient plus que par mails avec leur chef de groupe. Il apprit ainsi qu'elles étaient parties voisiner dans le quartier de la Bastille en compagnie de leur chien d'adoption. Elles revinrent au bout de deux heures sans élément nouveau mais avec Linda Mercier, qu'elles avaient « harponnée » au moment où celle-ci terminait sa journée de travail.

Les filles l'installèrent dans leur bureau, face au poste de travail de Zoé. Café et boissons fraîches lui furent proposés, histoire de la mettre à l'aise. Elle refusa. À peine assise, Lola ouvrit sa boîte mail qui s'était remplie en son absence. Zoé, elle, se connecta à son logiciel d'audition et débuta un interrogatoire en grande partie axé sur les nombreux fichiers saisis au sein de la maison d'édition lors de la perquisition. La comptable n'eut pas réponse à tout. Elle ne savait pas comment se décidait le fait que tel auteur ait des à-valoir plus importants ou une meilleure mise en avant que tel autre, elle ne participait pas aux réunions stratégiques.

— Et si je vous dis qu'un livre en particulier se vend à Paris et nulle part ailleurs. Comment vous l'expliquez ?

— Je suis comptable, pas analyste. Mon job, c'est de vérifier que les comptes sont à l'équilibre ; rien de plus.

— Vous avez un avis, quand même, non ?

— De quel livre parlez-vous ?

— L'autobio de Dylan Bellanger.

Lola tourna l'écran de son ordinateur vers elle afin qu'elle puisse visualiser le tableur des ventes de l'ouvrage. Elle se redressa avec difficulté, se saisit de la souris et fit défiler les colonnes. Elle se rassit.

— Vous avez là un cas typique des mystères de l'édition. Le livre se vend bien dans la capitale durant deux jours et nulle part ailleurs. Ensuite, les chiffres explosent dans toute la France.

— Mais ça doit bien s'expliquer ?

— Je vous l'ai dit, je ne suis pas armée pour répondre à cette question.

— Et vous êtes armée pour quoi, alors ? s'agaça Zoé.

— Pour vous parler des comptes de la société, par exemple, lâcha la comptable au regard azur.

— Pourquoi ? Il y a des bizarreries ? rebondit Lola qui, dans le même temps, exploitait les résultats d'un tout autre dossier.

— Le terme « bizarrerie » n'est pas adéquat. Je lui préfère celui d'« abus de biens sociaux ».

Lola et Zoé se regardèrent. La comptable s'apprêtait à trahir sa boîte.

— On n'est pas à la brigade financière, ici, vous savez. Ils sont trois étages plus bas. On peut vous y conduire si vous avez des révélations à faire, proposa Lola.

— Et si ces révélations sont liées à Cécile Vazeilles ?

Les deux enquêtrices étaient tout ouïe. Même Clochard leva le museau.

— Quelques jours avant sa mort, je lui ai remis une clé USB sur laquelle j'avais enregistré une copie des comptes de l'entreprise. En particulier le listing des opérations bancaires que son mari effectuait avec l'une des cartes de crédit de la société.

— Et ?

Lola reprit le contrôle de son ordinateur. Quelques clics plus tard, elle avait le fichier en question sous les yeux.

— Et si vous traduisez bien certaines lignes de compte, vous verrez qu'il y a la preuve de quelques coups de canif au contrat de mariage.

La cyber-enquêtrice fit défiler la page. Elle comprit très vite. Cinq ou six fois par mois, des chambres du même hôtel parisien étaient louées avec la Carte bleue de Tigre Éditions attribuée à son directeur financier.

— C'est peut-être des chambres réservées pour des auteurs provinciaux de passage à Paris, non ?

— Non, répondit Linda Mercier. D'abord parce que ce n'est pas lui qui se charge des déplacements des auteurs. Et puis parce que je me trouvais avec lui dans ces chambres.

Le beauceron se redressa totalement. Il remua la queue, s'approcha de Lola tandis que Zoé emboîtait les pièces du puzzle une à une. Linda Mercier était en colère contre Étienne Vazeilles. Un amant qui ne prenait plus ses communications depuis plusieurs semaines. Pour se venger de lui, elle avait tout raconté à Cécile Vazeilles.

— Elle est un peu rude, votre vengeance, non ?

— Vous croyez ? dit-elle en soulevant le bas de son chemisier pour laisser apparaître une grossesse de quelques mois.

— Vous êtes d'accord pour que l'on consigne tout ça ?

Elle acquiesça avant d'ajouter :

— Je veux qu'il paie. En plus, ce connard continue de fréquenter la même chambre.

Lola laissa Zoé seule face à la comptable. Elle fila vers la cage d'ascenseur, descendit dans les sous-sols, poussa la porte de l'Identité judiciaire et se dirigea vers le local de séchage des scellés. La robe de Cécile Vazeilles, fendue par un coup d'hélice, était suspendue à un cintre. À proximité, dans un meuble en plastique à tiroirs, après s'être munie de gants de protection, elle trouva le pendentif découvert autour du cou de la défunte. Ce n'était pas un bijou. Seulement une clé USB de forme originale.

— Pourquoi lui avoir remis une clé en forme de chouette ? demanda Lola une fois revenue dans son bureau.

— La chouette sert à conjurer le mauvais sort. Je me suis dit que c'était le symbole idéal pour lutter contre Vazeilles.

Le crépuscule s'emparait de la ville lorsqu'elles raccompagnèrent Linda Mercier vers l'ascenseur, Clochard à la traîne. Poussant leurs chariots métalliques, les femmes de ménage avaient investi l'étage. Lola les observa tandis que Zoé désirait filer à son entraînement au plus vite.

— Tu m'attends au rez-de-chaussée ? J'ai oublié un truc là-haut…

— Dépêche-toi !

Zoé patienta dix minutes devant le bâtiment coloré. Elle s'impatientait. Que faisait Lola ? Un SMS lui donna la réponse :

J'ai réussi à pénétrer dans le local d'archives de la brigade des personnes disparues. J'en ai pour la nuit. Occupe-toi bien de Clochard. Promis, demain, je prendrai mon tour de garde. Bises.

— La salope !

20

Je ne tromperai jamais leur confiance
et n'exploiterai pas le pouvoir hérité
des circonstances pour forcer les consciences.

Extrait du serment d'Hippocrate

Sans surprise, il l'accueillit dans son cabinet, sous les combles du corps de ferme. Comme la veille, au milieu de la nuit. Elle bâillait à s'en décrocher la mâchoire, avait les pires difficultés à se concentrer sur les propos du Professeur qui palabrait sur les causes des pathologies.

— La maladie, ça ne surgit pas du néant. La maladie, c'est ni plus ni moins le résultat d'un épisode qui a été refoulé.

L'homme se tut. Il la fixait de son regard intense.

— C'est-à-dire ?

— C'est-à-dire que vous avez vécu par le passé un traumatisme. Un traumatisme que vous avez sans aucun doute refoulé.

Nouveau silence. Elle réfléchissait, fouillait dans sa mémoire. Il poursuivit :

— Et la gravité de la maladie, en général, correspond à la gravité du traumatisme.

Elle ouvrit la bouche, cligna des yeux. L'homme était assis face à elle, dans un fauteuil en acajou de style Empire. Il tenait dans sa main droite sa paire de lunettes cerclées. Sa main gauche lissait par moments sa barbe grise, soignée. Il présentait tous les attributs de l'homme sage.

— Je ne comprends pas… Je n'ai pas vécu de traumatisme, moi…

— Vous en êtes bien certaine ?

Le front de l'homme se plissa. Il se gratta la joue, décroisa les jambes pour les recroiser dans l'autre sens avant de combler de nouveau le silence :

— On a tous vécu des traumatismes, je suis bien placé pour le savoir, dit-il en regardant vers la droite, en direction d'une bibliothèque couverte d'encyclopédies et d'ouvrages relatifs à la psychothérapie. Il n'y a pas beaucoup de souvenirs que l'on enterre au plus profond de soi-même.

Elle déglutit. Sa pomme d'Adam faisait le yo-yo.

— Ces souvenirs enfouis sont le terreau de votre maladie. Si vous voulez la soigner, il faut travailler à en trouver la cause. C'est votre seule chance de guérir.

Les secondes s'éternisaient. Il attendait une réponse. À l'étage inférieur, le parquet craqua. Il tourna la tête en direction du vasistas, observa le ciel étoilé qui couvrait, au loin, la vallée boisée de la Meuse. Il fixa ses lunettes, se redressa, fit deux pas, de manière à se tenir derrière sa patiente. Son ton se fit moins sucré :

— Vous voulez mourir ou guérir ?

Il posa alors une main sur son épaule. Elle frémit.

— Le meilleur mode de défense psychique est de tout effacer lorsque l'on subit un traumatisme très grave. Et je peux vous dire, vous affirmer par expérience, que ce refoulement s'opère d'autant mieux si cela implique quelqu'un de son environnement proche.

Elle se rencogna dans son siège.

— Ne me fuyez pas, je suis là pour vous aider. Si nos routes se sont croisées, ce n'est pas le fruit du hasard. Vous êtes assise dans mon bureau car le destin en a décidé ainsi. Il y a une force qui veut que vous guérissiez, que vous viviez.

— Qu'est-ce que je dois faire ?

— Vous laisser guider. Allongez-vous !

Elle se déplaça, tel un automate, posa la tête sur un coussin élimé. Son hôte baissa le store du seul vasistas puis se cala derrière son bureau sur lequel il trouva un bloc-notes vierge.

— Parlez-moi de votre famille.

Elle l'entendit s'emparer d'un feutre et tirer deux grands traits.

Sa mère s'appelait Françoise, elle avait cinquante-neuf ans. Elle était secrétaire de direction. Son père, décédé cinq ans plus tôt, était imprimeur.

— Dans quelles circonstances est-il mort ?

— Une crise cardiaque.

— Comment ça se passait, avec lui ?

— On était différents, et puis il était très actif.

— C'est-à-dire ?

— Il présidait une association d'anciens combattants et un club de bridge. Ça lui prenait tout son temps.

— Ce n’est pas une raison pour se désintéresser de ses proches, si ?
— C’est que…
— Vous avez des frères ou des sœurs ?
— Non.
— Vous le regrettez ?
La question la désarçonna.
— Je… Je ne sais pas. Peut-être. Vous savez, mes soucis de santé sont arrivés alors que j’étais jeune, j’accaparais tout leur temps.
— Ou peut-être bien que votre mère n’a pas voulu courir le risque d’avoir une autre fille, non ? suggéra le thérapeute.
— Comment ça ?
Il ne répondit pas. Il poursuivit pendant près d’une heure l’entretien en l’axant sur la famille en général et l’enfance de sa jeune patiente en particulier. Jusqu’à s’intéresser à ses souvenirs, ses angoisses, ses cauchemars.
— Que diriez-vous d’une séance de canalisation pour clore cette entrevue ? demanda-t-il en regardant sa montre.
— En quoi ça consiste ?
— Je m’assois à vos côtés, épaule contre épaule, vous vous détendez au maximum. Vous n’avez rien à faire, c’est moi qui travaille. Je vais tout simplement retranscrire vos pensées profondes, décoder votre inconscient. Sauf qu’il faut vous attendre à découvrir des choses pas forcément plaisantes à entendre. Mais je vous rappelle que votre guérison passera par là.

Elle se redressa, expira profondément comme il le lui demanda, durant de longues minutes. Le bruit du papier que l’on gratte envahit la pièce. On ne l’arrêtait plus.

— Stop ! coupa-t-il.

— Quoi ?

— J'ai dit stop. C'est fini pour aujourd'hui.

— Quoi ? Qu'est-ce qu'il y a ? s'enquit-elle.

— On reprendra demain, il se fait tard.

— Qu'est-ce que vous avez vu ? Je veux savoir.

— C'est trop tôt. Vous n'êtes pas prête. Demain, peut-être…

— Si, dites-moi. Je vous en supplie !

— Non, demain. Allez vous coucher !

— S'il vous plaît ? quémanda-t-elle après avoir posé une main sur son épaule.

Il se leva, fit volte-face. La séance était terminée.

21

Hervé Compostel s'était trouvé face à un dilemme. Lola lui avait servi sur un plateau le nom du macchabée découvert dans le parc naturel des Ardennes alors que les gendarmes se creusaient encore la tête pour l'identifier. Sa collaboratrice avait agi en dehors du cadre légal. Mais il ne se voyait pas garder cette info dans un tiroir. Cette femme, qui qu'elle soit, avait le droit à une sépulture. Assis derrière son bureau, dos à la capitale, il finit par décrocher le combiné de son téléphone, contacta une secrétaire, lui demanda de le mettre en relation avec le parquet de Charleville-Mézières. La voix rocailleuse de son interlocutrice trahissait une consommation de tabac excessive. Il se présenta et en vint au fait :

— Vous êtes bien chargée d'une enquête sur la mort d'une femme découverte dans le parc national des Ardennes ?

— On cherche surtout à l'identifier pour rendre le corps à sa famille. Parce que, au vu de l'autopsie, rien ne permet de conclure à une mort violente. On a un joli odontogramme qu'on a transmis à tous les dentistes de

France et de Navarre *via* leur magazine professionnel, mais aucun d'eux n'a pour le moment pris la peine de se manifester.

— J'ai peut-être un nom…

— …

— Virginie Deloncle. Elle habite à Paris, dans le 6e arrondissement.

— Et qu'est-ce qui vous fait croire ça ?

Le commissaire divisionnaire s'était préparé à la question. Il s'apprêtait à utiliser une recette vieille comme le monde.

— C'est une info d'un indic'. Je ne peux pas vous en dire plus.

— Il est fiable, votre « tonton », au moins ?

— En général, oui.

— Et qu'est-ce qui lui fait dire que c'est bien cette Virginie Deloncle ?

— Il a refusé de s'étendre sur le sujet.

— Mais cette femme, elle est signalée disparue chez vous ?

— Non.

— Envoyez-moi un mail, je veux au moins une trace écrite, ordonna la substitute. Et allez me faire une vérif' de dom' avant que je lance les grandes manœuvres.

Il sourit. Elle raccrocha.

22

Zoé avait passé l'une de ses pires soirées. La séance d'entraînement de l'équipe U11 qu'elle dirigeait avait viré au cauchemar. Pendant plus d'une heure, Clochard avait fait le spectacle. Il courait de long en large dans le gymnase derrière les volants de badminton qui percutaient le sol avant de broyer les plumes avec ses crocs de plus en plus puissants. La suite ne fut pas meilleure. Les jeunes pousses du club ne cessaient de s'inquiéter en le voyant haleter, la langue pendante, étendu comme une serpillière sur le bord du terrain, épuisé par tant de courses folles.

Le curseur de la colère du brigadier monta d'un cran au milieu de la nuit. Elle était en plein rêve quand Clochard se mit à aboyer. Son téléphone vibrait sur sa table de chevet. Elle ouvrit un œil, s'empara de l'appareil et décrocha :

— Lola, j'te jure, demain, à la première heure, je te tue !

— J'ai trouvé le dossier de la femme de Guillaume. Les collègues ont fait du bon boulot, ils ont traité toutes les pistes.

— Et ?

— Et rien. Ils ont auditionné tous les contacts téléphoniques de Sylvie Desgranges sur l'année écoulée. *Grosso modo*, plus d'une centaine de personnes, des collègues à elle, des membres de la famille. Ils ont fait cinq ou six enquêtes de voisinage à Orly, ils ont mis la pression sur le gérant du parking situé à côté de l'aéroport sur lequel son véhicule a été retrouvé.

— C'est pour ça que tu m'appelles ? Dis-moi au moins qu'elle utilisait les services d'une coiffeuse à domicile qui s'appelait Virginie Deloncle !

— Non. Aucune trace d'elle dans la procédure.

— Ou qu'elle fréquentait le monde pro-vie ou l'église Saint-Nicolas-du-Chardonnet !

— Non plus. Par contre, l'étude de ses mouvements bancaires montre qu'elle a retiré pas mal de fric à des distributeurs automatiques autour de son lieu de travail dans les semaines qui ont précédé sa disparition.

— Combien ?

— Quelques centaines d'euros.

— C'est peu pour refaire sa vie ou pour vivre dans la clandestinité.

Lola ne répondit pas.

— Ils ont enquêté sur Guillaume ? demanda Zoé qui, redressée, empêchait le chiot de grimper sur son lit.

— Ouais. Ils ont étudié sa fadette. Dans les premiers temps, il a tenté de joindre le portable de sa femme trente ou quarante fois par jour. En revanche, il y a un truc…

— Quoi ?

— Il s'est déplacé de nuit dans les Ardennes trois mois après la disparition de sa femme.

Zoé ne se rendormit pas.

21

Guillaume s'était arrêté au Gyrophare. Il y était resté plus longtemps que d'habitude, avec l'espoir d'être rejoint par ses deux collègues de groupe. Il leur en voulait de ne pas avoir répondu à ses appels le dimanche précédent. Peut-être leur en demandait-il trop ? Peut-être avaient-elles besoin de souffler comme ça avait été son cas au moment de quitter la BRI pour la brigade criminelle ? Comme d'autres, il était obnubilé par la réussite, par la résolution des enquêtes. Il savait le temps précieux, la mémoire des témoins fugace, les données des disques durs volatiles. Chaque heure qui s'écoulait était un pas supplémentaire vers l'échec. Et il n'y avait rien de pire que de se morfondre à tourner et retourner dans tous les sens les pistes d'un dossier dont la couverture colorée pâlissait au fil des mois.

Quel que soit leur rapport à l'effort et au sacrifice, il devait reconnaître que Lola et Zoé avaient bien bossé la veille. Avec l'aide de la comptable, elles avaient percé d'un coup deux mystères : l'origine du pendentif en forme de chouette qui n'était autre qu'une vulgaire clé USB contenant les comptes de la société, et la cause de la renégociation à la hausse du divorce entre Cécile et Étienne Vazeilles.

Comme elles, le commandant de police était convaincu que le mari avait commandité le cambriolage au domicile d'Anthony Lemarchand afin de récupérer la clé et tout autre support informatique susceptible de l'incriminer. Qui en était l'auteur ? Guillaume Desgranges avait sa petite idée. Dans une salle d'audition du Bastion, noyée au milieu d'autres, la question suivante ne désarçonna pas le codirecteur de Tigre Éditions :

— Pouvez-vous me parler de vos relations avec Dylan Bellanger ?

— C'est l'un des auteurs de la maison. Il a principalement travaillé en collaboration avec Charlotte de Bussy. Ils ont fait du bon boulot, leur livre est un succès qui nous remplit de joie.

— Mais encore ?

— Qu'est-ce que vous voulez savoir, au juste ?

— La teneur de vos relations ?

— Les relations classiques d'un codirecteur avec un auteur.

— C'est vous qui vous êtes occupé du contrat d'édition ? demanda le chef de groupe qui connaissait la réponse.

— Non.

— Alors pourquoi tous ces appels entre vous deux, la semaine précédant la mort de votre épouse ?

— Je voulais faire la connaissance de l'auteur phare du moment. Je l'ai invité à déjeuner, aussi. Je m'occupe personnellement des droits étrangers. On cherche à le faire traduire dans un maximum de pays. D'où la nécessité de le rencontrer.

Guillaume sourit. L'argent était le nerf de la guerre, pour cette maison d'édition. Tout le contraire de son administration qui dépensait sans compter pour être efficace.

— Et avec M. Bellanger, vous avez déjeuné à quel endroit ?

— Au Lapérouse.

— Rien que ça !

— Il le mérite, vu tout ce qu'il nous rapporte.

Desgranges n'insista pas. Les réponses étaient claires, il passa à d'autres sujets tels que l'assurance vie contractée quelques mois après son mariage. Puis il lui fit signer sa déposition et le remercia avec la chaleur due à un veuf.

Il remonta à son bureau, chercha le numéro de téléphone et l'adresse du restaurant Lapérouse dans les Pages jaunes, vérifia les dépenses professionnelles de Vazeilles parmi les fichiers enregistrés sur le réseau de la Crim'. Le directeur adjoint de Tigre Éditions apparaissait en effet comme un habitué de la célèbre brasserie implantée dans un hôtel particulier du XVIIIe siècle situé sur les quais de Seine.

Desgranges s'empara d'un ordinateur portable, le relia à une prise murale par un gros câble orange et le démarra. Une suite de mots de passe lui permit de mettre en route un logiciel dont l'usage coûtait les yeux de la tête à l'Administration. Plusieurs fenêtres, toutes vides, s'affichèrent. Il laissa la machine connectée, se saisit de sa veste, verrouilla son bureau et rentra chez lui.

24

Mon premier souci sera de rétablir,
de préserver ou de promouvoir la santé
dans tous ses éléments, physiques et mentaux,
individuels et sociaux.

Extrait du serment d'Hippocrate

Rongée par l'ennui, elle finit par tendre la main en direction de la pile de livres et de magazines déposés sur sa table de chevet, tous usagés. De nombreuses pages étaient écornées, des Post-it de petite taille marquaient les passages essentiels.

Le premier ouvrage avait pour thématique le complot mondial contre la santé et l'influence du lobby de l'industrie pharmaceutique sur la médecine. Le deuxième, à visée médicale, faisait le constat que le taux de mortalité par cancer chez les religieux cloîtrés en France était plus élevé que la moyenne. Les conclusions étaient claires : écartés de la société, motivés par une tendance autodestructrice latente, les sujets somatisaient et tombaient plus facilement malades.

— Tu devrais lire le *Science et Avenir* de novembre 1973, intervint la femme en blouse blanche qui venait de pénétrer dans la pièce. Sur la base d'une étude faite sur des animaux subissant l'élevage intensif, on sait que ceux-ci sont plus sujets que les autres à développer certains types de cancers. Cela prouve encore une fois que le cancer n'est qu'une maladie psychosomatique.

— Je n'ai pas de cancer, moi !

— Je sais bien. Tiens ! Prends cet ouvrage et lis-le. Ce livre recense plus de neuf cents maladies d'origine psychosomatique, dont la tienne. Il y est écrit aussi que le corps peut guérir de toutes les maladies, à condition de l'aider.

— Comment ?

— En te purifiant, en te régénérant. Cela passe par des jeûnes, et par une introspection poussée. Le corps naît avec une quantité d'énergie définie. Il semble que tu as brûlé tout ton carburant. Le Professeur est là pour t'aider à remettre les compteurs à zéro. Mais, bien sûr, il faut que tu le veuilles.

— Qu'est-ce que je dois faire, exactement ?

— Te laisser guider. Tu seras entourée comme il se doit. Mais attention, le chemin sera long. Ta maladie est sérieuse, la combattre et en venir à bout nécessitera du temps.

— Il est possible de prévenir ma famille ? Seulement quelques mots… pour la rassurer.

— C'est défendu.

— S'il te plaît ! supplia-t-elle.

— Si le Professeur l'apprend, il va tous nous punir.

La garde-malade l'observa quelques instants. Elle paraissait si fragile…

— D'accord. Attends-moi, je reviens.

Attendre, elle n'avait que ça à faire.

25

Lola avait pénétré dans le local d'archives en suivant une femme de ménage. Elle y avait passé la nuit, assise à califourchon devant les cartons remplis de signalements de disparition, avant de ressortir au petit matin par une porte coupe-feu. Elle avait mal au dos et ne cessait de bâiller, tout comme Zoé, quand celle-ci fut jointe par Compostel.

— Équipez-vous ! On sort.

— Tous les deux ?

Question stupide. Il avait raccroché.

Le patron de la Crim' n'arrivait pas à lui en vouloir d'avoir joué au détective privé loin de son territoire de compétence durant le week-end. Il appréciait sa compagnie. Il la savait discrète et professionnelle, elle l'avait montré l'année précédente au cours d'une enquête qui lui avait permis de faire la lumière sur le suicide de son fils.

— On va où ? demanda-t-elle lorsqu'elle l'eut rejoint.

— Rue de Sèvres. Au 47. C'est bien l'adresse de Virginie Deloncle ?

Elle confirma.

Ils mirent une demi-heure à sortir du périphérique et à remonter tout le 15e arrondissement. Rue haussmanienne à double sens, une voie de bus, des places de stationnement réservées aux livreurs du Bon Marché, Lola abaissa à l'intention des patrouilles le pare-soleil passager sur lequel était collée une plaque *Police*.

Certaines fenêtres de l'immeuble étaient ouvertes, tout comme la porte d'entrée protégée par une armature en fer forgée qu'ils actionnèrent grâce à un bouton-poussoir. À l'intérieur, pas de boîtes aux lettres, pas de tableau nominatif. Lola frappa au carreau de la porte vitrée en verre dépoli de la loge. Une femme vint ouvrir.

Le nombre de concierges chutait à vue d'œil, à Paris. Pas dans ce quartier. Vigie, femme de ménage et repasseuse, parfois nounou, souvent informatrice, elle était la mémoire des lieux. Celle-ci ne dérogeait pas à la règle. Virginie Deloncle, dont Lola lui présenta la photo, avait en effet disparu. Un voisin, ancien cadre de l'Éducation nationale, l'avait vue quitter l'immeuble au petit matin avec un gros sac sur l'épaule.

— C'était quand ? s'enquit Compostel.

— Il y a trois ans. Le 12 avril 2015.

Les deux flics se regardèrent. Quelque chose clochait.

— Et personne n'a signalé sa disparition ?

— C'est que ça va et ça vient, dans les chambres de bonne.

— Et le reste de ses affaires ?

— Le proprio a tout jeté. Normal qu'il récupère son bien, non ?

Un bien qui ne faisait l'objet d'aucun contrat de location, mais d'un règlement de la main à la main.

Lola était dépitée. Plus de trois ans de retard dans une enquête, c'était l'échec assuré.

— J'ai juste mis de côté le courrier qu'elle reçoit, ajouta la concierge qui se précipita dans sa loge pour les satisfaire.

Lola se saisit d'une liasse épaisse de courriers bancaires. Elle visa les cachets, chercha la plus ancienne, la décacheta sous les yeux de son chef de service. Les trois derniers mouvements concernaient, dans l'ordre, l'achat d'un billet aller Paris gare de l'Est-Sedan en date du 12 avril 2015 à 7 h 23, un retrait de 500 euros dans un distributeur de Bruxelles le 14 avril 2015, et un autre retrait du même montant le 17 avril 2015 à Charleroi.

— Il ne lui est rien arrivé de mal, au moins ?

— Non, mentit Lola. Cela faisait longtemps qu'elle vivait ici ?

— Plusieurs années. Elle était coiffeuse à domicile.

Lola le savait déjà.

— Elle avait de la famille ?

— Aucune idée.

La concierge mit un certain temps à communiquer le nom du propriétaire. Elle ne voulait pas qu'il ait d'ennuis avec le fisc par sa faute. Elle rentrait dans sa loge lorsque Lola revint sur ses pas, seule.

— Dites, cette photo, là, ça vous parle ?

La bignole regarda avec attention l'écran du smartphone que l'enquêtrice lui collait sous les yeux. Ce fut un non catégorique.

Elle fut soulagée. La concierge ne semblait pas connaître Guillaume Desgranges dont Lola possédait plusieurs clichés pris à l'occasion de soirées ou de décrochages effectués après des journées de travail harassantes.

26

Desgranges avait repris son habitude de boire un petit noir au comptoir du Gyrophare. Pas les filles. Il tourna les pages d'un canard à la va-vite, répondit à peine au tenancier, gagna le Bastion, franchit les portiques, se dirigea vers le bureau de ses deux collaboratrices afin de crever l'abcès et renouer le dialogue. Porte fermée. Il sortit son téléphone, changea d'idée, fila chez Compostel. Le patron recensait les tailles de la centaine de policiers de son service afin de commander des tenues de scène de crime adéquates pour chacun d'entre eux.

— Je cherche le lieutenant Rivière et le brigadier Dechaume, monsieur.

— Lola est à Cochin pour des examens, et Zoé m'a demandé une demi-journée de congé, répondit-il sans lever la tête.

Il allait faire demi-tour lorsqu'il se ravisa.

— Patron ?

— Oui ?

— Je suis leur chef de groupe, non ?

— Oui.

— Alors pourquoi je suis le dernier informé de leur absence ?

Il attendait une réponse quand il aperçut le chiot de JDD assis dans un coin de la pièce.

— Vous me faites quoi, là ? Qu'est-ce qu'il fout ici, ce clebs ?

— Asseyez-vous, Guillaume.

Desgranges avait sa mine des mauvais jours. Il ne bougea pas d'un pouce. Compostel poursuivit malgré tout :

— Elles ne veulent que vous aider…

— M'aider en quoi ?!

— Elles enquêtent sur la mort de cette femme enterrée dans les Ardennes.

Le visage du commandant de police se contracta. Les maxillaires tendus, la pomme d'Adam tendue, l'une de ses paupières était agitée par un tic nerveux.

— Je vous ai dit que je m'en foutais. J'ai fait une croix sur elle. Ma femme, elle est morte ! De quoi elles se mêlent, bordel de merde ?! Elles sont où ?

— Elles seront là en début d'après-midi, sans faute. Quant à votre femme, jusqu'à preuve du contraire, rien n'indique qu'elle soit décédée…

Desgranges se boucha les oreilles. Il fit volte-face, franchit le seuil de porte et la claqua de colère.

27

Sylvie Pensec, l'épouse de Guillaume, avait disparu la première, dix ans plus tôt. Virginie Deloncle, elle, avait été découverte morte à des centaines de kilomètres de son dernier domicile connu après avoir quitté Paris. La première avait échappé à toute traçabilité, la seconde avait acquis un billet de TGV à destination de Sedan, à quelques dizaines de kilomètres seulement du lieu de découverte de son cadavre.

Les résultats des recherches bancaires effectuées par Lola au retour de la visite de l'immeuble bourgeois de la coiffeuse à domicile ne s'arrêtaient pas à deux retraits d'espèces. Son seul compte avait été tout bonnement asséché par une trentaine de débits sur une période de quinze mois, tant à Bruxelles qu'à Charleroi. Sa dernière trace de vie remontait à l'été 2016.

Hervé Compostel les croyait parties enquêter rue de Sèvres, à la recherche d'une piste. Photo de Virginie Deloncle dans la poche, elles s'étaient retrouvées sur les quais de la gare du Nord et avaient grimpé dans le premier Thalys de la journée. Elles connaissaient toutes deux Bruxelles. L'une y avait participé à plusieurs séminaires lors de son passage à Interpol, l'autre, alors junior, s'y était déplacée afin d'affronter l'équipe belge de badminton lorsqu'elle évoluait dans le pôle Espoirs France. Ceci ne les empêcha pas de se tromper de route en sortant de la gare du Midi et d'emprunter une avenue sur laquelle des librairies proposaient beaucoup d'ouvrages en langue arabe. Au panneau *Molenbeek*, elles rebroussèrent chemin et s'engouffrèrent dans le métro.

La banque se trouvait dans une rue pavée et commerçante, encadrée par un magasin de souvenirs et un restaurant italien. Les commerces étaient tous fermés, les touristes encore endormis. Les filles filèrent deux cents mètres plus loin, au pied du Manneken-Pis. Elles se prirent en photo sous la statue en bronze puis se rendirent sur la Grand-Place. Celle-ci était déserte. Elles trouvèrent refuge dans une brasserie, commandèrent un petit déjeuner alors que la cime du clocher de la mairie éclatait sous les premiers rayons du soleil.

Zoé régla la commande au comptoir. Elles sortirent, s'arrêtèrent à hauteur d'un groupe de touristes chinois qui lorgnaient les quelques tableaux exposés par un peintre amateur. Elles quittèrent à regret cet endroit qui n'avait pas son pareil à Paris, passèrent devant plusieurs militaires en patrouille et retournèrent aux abords de la banque qui venait d'ouvrir ses portes. La tension monta d'un cran dans le sas. Zoé, la plus intrépide, prit les choses en main. Elle fila vers l'hôtesse d'accueil avec un grand sourire.

— Police nationale ! clama-t-elle. On s'intéresse à cette personne, ajouta-t-elle en se tournant vers Lola qui sortit la photo de Virginie Deloncle. On aimerait savoir si elle est cliente chez vous.

L'employée les observa sans baisser les yeux sur le cliché.

— Votre carte, s'il vous plaît ?

Lola blêmit. Elle ne savait pas du tout si les cartes de police belges ressemblaient aux françaises. Zoé, elle, ne douta pas. Elle sortit sa brème, la colla sous le visage de la banquière, en masquant au mieux l'angle tricolore.

— Il me faut aussi un exemplaire de votre commission rogatoire, précisa cette dernière.

Rivière et Dechaume se regardèrent. Elles n'avaient rien de tout ça. Et pour cause, elles n'avaient reçu aucun mandat officiel pour enquêter sur la disparition de Virginie Deloncle. Elles évoquèrent l'oubli du document, étaient désolées, elles allaient repasser dans la journée pour régulariser la situation.

— En attendant, vous pouvez nous dire si vous la connaissez ? On pense qu'elle escroque votre agence…, insista Zoé.

L'argument ne prit pas. Elles furent sommées de revenir avec des documents officiels et contraintes de présenter le cliché de la disparue dans les commerces environnants. Là aussi, les deux Françaises firent chou blanc.

Il était presque midi lorsqu'elles posèrent les pieds sur le quai de la gare de Charleroi. Plus question de faire du tourisme, Compostel allait s'impatienter et Desgranges s'énerver. Elles se pressèrent en direction du centre-ville et ciblèrent le distributeur automatique de billets fréquemment utilisé par Virginie Deloncle.

— Je ne le sens pas, dit Lola tout essoufflée.

— Attends-moi là, si tu veux.

Les flics étaient toujours en binôme. La laisser pénétrer seule dans l'établissement rendrait son discours moins crédible. Elle se décida donc à la suivre et poussa elle-même la porte de l'agence protégée par un vigile non armé. Le cerbère les observa progresser vers le guichet derrière lequel se tenait un homme d'une quarantaine d'années en costume. Il avait un fort accent et un joli sourire.

— Que puis-je pour vous, mesdemoiselles ?

— Police nationale ! répéta Zoé en ouvrant à la diable son porte-cartes. On s'intéresse à cette femme, elle est cliente chez vous et on pense qu'elle utilise une fausse identité.

Le directeur de l'agence se saisit de la photo tendue. Il fit une moue de réprobation.

— Quel est son nom ?

Le stratagème avait fonctionné. Lola se décrispait et Zoé souriait comme jamais lorsque son téléphone se mit à vibrer.

— Virginie Deloncle. Elle a retiré pas mal d'argent à votre distributeur il y a un peu plus de deux ans. On aimerait consulter vos images de vidéosurveillance…

— Deux ans ! Je suis désolé, on ne conserve qu'un mois d'images, c'est la loi. Et, il y a deux ans, on avait même pas de caméra sur le DAB extérieur. Par contre, je peux regarder si cette femme possède un compte à son nom dans l'une de nos succursales…

— Volontiers, dit Zoé alors qu'elle prenait la direction de la sortie pour prendre connaissance du message laissé par son chef de groupe.

Le banquier s'assit, s'y reprit à deux fois pour accéder à son fichier clients, entra les données. Au bout de dix minutes, il put annoncer que trois Virginie Deloncle possédaient un compte courant sur le territoire belge. Aucune dans la région de Charleroi, aucune née en France.

— Je suis navré, conclut-il.

— Et si je vous précise les horodatages des retraits bancaires de Virginie Deloncle, vous pouvez nous communiquer la liste des opérations concomitantes ou voisines ? sollicita Lola.

— Non, c'est impossible, dit-il alors que le vigile lui faisait un signe de la main.

— Pourtant, vous…

— Non, je vous dis. Notre système d'exploitation n'est pas assez performant.

Lola, l'informaticienne, doutait de ses propos. Quelque chose la tracassait. Son téléphone collé à l'oreille, Zoé comprit la première. Elle se trouvait sur le trottoir lorsqu'elle vit débouler trois policiers en tenue qui s'engouffrèrent dans la banque. Ceux-ci n'eurent aucun scrupule à délester Lola de son arme et de ses papiers d'identité. Zoé s'enfuit au pas de course quand elle comprit que les forces de l'ordre se tournaient dans sa direction.

28

Desgranges s'était isolé avec l'espoir qu'une dizaine de fichiers audio enregistrés sur le logiciel d'écoutes téléphoniques, qu'il avait lancé la veille, suffiraient à lui remonter le moral. Assis à son bureau, il cala un casque sur ses oreilles, brancha la prise jack sur l'ordinateur et cliqua sur la première ligne. Durée d'appel de vingt-quatre secondes, Étienne Vazeilles, au sortir du Bastion, contactait un taxi G7. Conversation sans intérêt. Le chef de groupe passa aux suivantes. Elles lui rendirent le sourire. Il les retranscrivit comme suit :

Conversation n° 2 en date du mercredi 19 septembre 2018 à 15 h 37 entre Étienne Vazeilles et Dylan Bellanger :

Dylan Bellanger : Allô ?
Étienne Vazeilles : Salut Dylan, je sors du Bastion.
Dylan Bellanger : Du quoi ?
Étienne Vazeilles : Du Bastion. Le 36, quoi. Les flics de la PJ, ils sont aux Batignolles, maintenant.
Dylan Bellanger : Et ?

Étienne Vazeilles : C'était pour ma femme. Et le flic de la Crim' m'a posé des questions sur le cambriolage.

Dylan Bellanger : Attends, je croyais qu'ils avaient arrêté un lascar !

Étienne Vazeilles : Ouais, n'empêche qu'il m'a posé plein de questions sur nos relations.

Dylan Bellanger : Quelles questions ?

Étienne Vazeilles : Il a vu qu'on avait échangé pas mal d'appels, il y a trois semaines.

Dylan Bellanger : Hé, t'es où là ?

Étienne Vazeilles : Dans un taxi. Porte de Clichy.

Dylan Bellanger : Raccroche et passe me voir. Parle pas au téléphone.

Étienne Vazeilles : Arrête ta parano…

Dylan Bellanger : J'te dis de pas baver au tél. Passe me voir, je suis chez oim (il raccroche).

Message n° 1 en date du mercredi 19 septembre 2018 à 15 h 39 d'Étienne Vazeilles à Dylan Bellanger :

Dylan, arrête ta parano. J'ai pas le temps de passer chez toi, là. Il faut que je file chez Tigre. Juste un mot pour te dire que si le flic te demande pourquoi on s'est appelés si souvent, c'était pour parler des ventes, pour négocier un nouveau contrat, et pour se retrouver au Lapérouse pour déjeuner. Notre déjeuner au Lapérouse, c'était le 2 septembre. Retiens la date, au cas où on t'interroge. À bientôt.

29

Maman,

Je ne sais pas par où commencer. Sache tout d'abord que je vais bien même si je ne t'ai pas donné de nouvelles depuis un moment. Il est par ailleurs possible que tu n'en reçoives pas d'autres avant longtemps.

En effet, au cours des derniers jours, j'ai pris une décision capitale, celle de m'en remettre à un nouveau professeur qui obtient d'excellents résultats, à la condition de respecter à la lettre ses recommandations. Parmi celles-ci, toute sortie de la clinique dans laquelle je me trouve et toute communication avec les proches sont défendues. En t'écrivant aujourd'hui, j'ai conscience de commettre une entorse au règlement, mais je ne pouvais pas te laisser dans l'inquiétude, chose qu'a très bien comprise une responsable de la structure.

J'imagine aussi que mon employeur a dû te contacter et te parler de soucis professionnels que j'aurais eus récemment. Il n'en est rien. J'ai en réalité décidé de démissionner pour me consacrer entièrement, durant les mois à venir, à ma santé. Le stress au travail n'a fait qu'aggraver ma maladie ces dernières années. Toutefois, je te conjure de ne le contacter sous aucun prétexte.

Sache que je suis entre de bonnes mains, bien meilleures que celles du Pr Lacombe. Entourée de patients en voie de guérison, prise en charge par un personnel humain et sensible, pour la première fois j'ai toute confiance.

Je t'embrasse et t'annonce d'ores et déjà que tu me trouveras totalement guérie lors de notre prochaine rencontre.

Ta fille

P.-S. : Ne fleuris pas la tombe de papa à la Toussaint. Il ne le mérite pas.

30

Zoé avait commis une erreur majeure. Il n'y avait pas de police nationale en Belgique, mais plusieurs polices fédérales.

Lola attendait sur une chaise, face au bureau d'un vieil inspecteur divisionnaire qui lui avait retiré les menottes dès son arrivée au poste de police. L'affaire était grave, elle était qualifiée d'ingérence, l'ambassadeur de France à Bruxelles avait été sommé de s'expliquer. De fil en aiguille, le Quai d'Orsay avait contacté le cabinet du ministre de l'Intérieur qui avait joint la préfecture de police, laquelle avait dérangé le directeur de la police judiciaire. Ce dernier, Thomas Andrieux, n'avait eu d'autre choix que de mettre Compostel sur le gril et de lui ordonner la rédaction dans l'heure d'un rapport circonstancié.

La première réaction du patron de la Crim' avait été d'appeler Zoé. Celle-ci, de retour sur le sol français, dans les toilettes d'un train, avait décroché et tout expliqué. Elle s'en voulait d'avoir abandonné sa collègue.

— Qu'est-ce que je dois faire, monsieur ? Je dois retourner en Belgique ?

— Surtout pas ! Vous rejoignez directement votre chef de groupe. Il vient de partir avec une équipe de l'Identité judiciaire au domicile de Dylan Bellanger. Je vous préviens, il est très remonté.

Il lui raccrocha au nez. Compostel se leva, glissa les mains au fond de ses poches, se tourna vers Paris. Il avait échappé à toute sanction lors du vol de scellés dans les locaux de la brigade financière qu'il dirigeait au moment du suicide de son fils. Cette fois-ci, il pouvait faire une croix sur sa carrière. Il allait servir de fusible. Il le méritait, il n'avait pas été assez vigilant. Il savait ses subalternes capables du pire, surtout pour faire la lumière sur la disparition de la femme de leur chef de groupe adoré.

Il se rassit, s'installant derrière son clavier, commença à écrire quelques mots. Il cherchait les bonnes formules, ne les trouvait pas. Il effaçait, corrigeait, répondait aux coups de fil de Thomas Andrieux qui réclamait sans cesse des nouvelles. Quand il releva la tête, son regard se figea sur la plaque de rue du quai des Orfèvres qu'il avait fixée sur le mur, en face de son poste de travail. Il allait pouvoir la remballer, la jeter au fond d'un carton qu'il remiserait dans son grenier. Il croisa les jambes, se pencha en arrière, fit défiler les centaines de noms qui composaient son répertoire téléphonique. Trois ou quatre pourraient l'aider, il en était certain. Des grands patrons avec lesquels il s'était bien comporté du temps où il faisait éplucher les comptes de leur société, des types qui seraient ravis de se servir de leur entregent contre salaire. Il se remit à taper. Un quart d'heure plus tard, il relut à voix haute son courrier, dans lequel il exonérait sa collaboratrice de toute responsabilité et proposait sa démission en échange de sa libération.

— Tu ne comprends rien, Hervé. Il n'y a pas de deal ! tempêta Andrieux au téléphone une fois que celui-ci eut lu le rapport. Si tu continues de la couvrir, tu vas tomber avec elle. En Belgique, ils sont remontés. D'autant qu'il semblerait qu'elle n'était pas toute seule dans l'histoire…

— Elle n'a fait qu'exécuter mes ordres, insista Compostel. Si la préfecture de police veut faire un exemple, je suis leur homme. Mais je veux qu'elle sorte indemne de ce merdier ! Tu m'entends, Thomas ?

Le directeur Thomas Andrieux avait très bien compris. Il coupa sèchement la conversation.

31

Tous les services de police judiciaire connaissaient Dylan Bellanger. Il vivait en région parisienne depuis cinq ans, logé à proximité de l'île Seguin par le dernier club de football qui avait tenté de relancer sa carrière. S'il n'était pas allé au terme de son contrat, il n'avait pas rendu son joli appartement avec vue sur la Seine. Depuis, il était soupçonné d'avoir braqué une banque avec un masque de Trump sur le visage et avait été contrôlé en état d'ivresse au volant d'un Peugeot 3008 en quittant le Penalty, une boîte de nuit bien connue de la brigade des stupéfiants dans laquelle il avait des parts avec deux autres anciens footballeurs professionnels.

Le personnage détonnait dans le petit milieu de l'édition. Ses nombreux échanges téléphoniques avec Étienne Vazeilles mais aussi avec Charlotte de Bussy ne cessaient d'interroger les enquêteurs. Il était une pièce rapportée, tout comme le sans domicile fixe qui, quelques mois plus tôt, avait fait la une des quotidiens après avoir poignardé à mort un ancien parlementaire qui l'avait hébergé quelques jours pendant une période de grand froid.

Bellanger était torse nu lorsqu'il ouvrit la porte de son appartement aux policiers. Desgranges se dirigea d'emblée vers la chaîne hi-fi, coupa le flow de PNL qui résonnait jusque dans le hall de l'immeuble. Il le toisa et lui demanda de se couvrir. Les muscles de l'ancien footballeur étaient dessinés à la perfection. Brun aux yeux gris-vert, visage harmonieux, Bellanger avait tout pour charmer son public. Il obéit à Desgranges, s'empara d'un tee-shirt posé sur l'accoudoir de son canapé en cuir.

— Vous êtes seul ?

Bellanger confirma. Desgranges scruta les accès, fit quelques pas dans le couloir, poussa les portes de la salle de bains et de la chambre, revint près du locataire.

— Qu'est-ce qui vous amène ?

— La mort de Cécile Vazeilles.

— J'espère que le salaud qui a fait ça va prendre cher…

— Moi aussi, répondit Desgranges en se contenant alors que Zoé débarquait haletante. On a d'ailleurs arrêté un suspect. Malgré tout, au gré de l'enquête, on a soulevé certaines incohérences…

— Si je peux vous aider…

— Vous le pouvez.

Zoé trouvait à son chef de groupe un air à la Columbo, sans la gestuelle.

— On a remarqué que vous échangiez beaucoup avec Étienne Vazeilles, ces derniers temps ?

Il opina.

— On négocie un nouveau contrat.

— Pour quel type de projet ?

— J'ai des révélations à faire sur le milieu du foot. À la fédé, ils vont en prendre plein la gueule. C'est juste une bande d'incompétents qui ne pensent qu'à se goinfrer au Fouquet's sur le dos des millions de licenciés.

— Vous êtes déjà allé au Fouquet's, vous ?

— Oui, deux ou trois fois.

— Et au Lapérouse ?

— Oui, une fois. Avec Étienne, justement.

— Quand ça ?

— Il y a quelques jours, pour déjeuner.

— Quel jour, précisément ?

— Le 2 septembre.

Bellanger avait bien retenu la leçon.

— Et comment vous expliquez vos relations téléphoniques avec Charlotte de Bussy ?

— Attendez ! C'est elle qui m'a aidé à écrire ma bio ! On est devenus très proches.

— *Très proches* à quel point ?

Il répondit par un sourire plein de malice avant d'ajouter :

— Il y a deux mois, vos collègues de la BRB, lorsqu'ils sont venus me perquisitionner à la suite d'un braquage qu'ils voulaient me mettre sur le dos, ils ont trouvé un string en dentelle au milieu des draps. C'était le sien.

Pour la première fois, Desgranges se tourna vers Zoé. Celle-ci avait recouvré ses couleurs après avoir traversé en courant un bout du bois de Boulogne depuis le métro le plus proche. Elle traduisit son regard, se tourna vers ses collègues de l'IJ et se lança à l'assaut de l'appartement pour une perquisition en bonne et due forme.

— Vous faites quoi, là ?

— Notre travail. J'en reviens à votre déjeuner avec Étienne Vazeilles, vous pouvez me dire ce que vous avez commandé au Lapérouse ?

Bellanger tourna la tête en direction de Zoé qui soulevait les coussins du canapé. Elle passa au coin cuisine, ouvrit les tiroirs, remua la vaisselle. Méthodique, elle s'éloigna vers la chambre à coucher. Le locataire la suivait pas à pas.

— Il ne faut pas que mes activités vous empêchent de répondre au commandant Desgranges, intervint-elle alors qu'il épiait son travail.

— Je ne sais pas, je ne sais plus. Vous savez, je cuisine rarement. Je mange souvent au resto.

— Pourtant, vu la bouteille que vous avez commandée, vous devriez vous en souvenir, non ? coupa Desgranges.

— …

— Un coteaux-du-layon 1987. Votre année de naissance, non ?

— Oui, maintenant que vous le dites, répondit-il de manière crispée.

Bellanger se défendait mal. Aucun grand cru n'avait été consommé lors de ce repas.

— Et votre Peugeot 3008, il est garé où ? s'enquit Zoé.

— Je l'ai prêté à un ami.

— Mais, habituellement, vous le garez où ?

— Dans la rue, devant l'immeuble.

— Et ça, c'est quoi ? demanda-t-elle en lui plaquant un contrat de location de box sous les yeux.

Il ne répondit pas. Il regardait dans tous les sens, il était acculé, il s'asphyxiait. Zoé scrutait les nombreux vêtements entassés dans des armoires coulissantes, elle vida au sol la panière à linge sale, ramassa une chemise présentant une petite tache brune sur le bas de la manche droite. L'enquêtrice tendit le vêtement à un collègue de l'IJ qui le plaça sous scellés.

Ils ne trouvèrent rien dans la cave. Et le véhicule de Bellanger, effectivement, ne se trouvait pas dans le box. Une surprise les y attendait, toutefois : des cartons remplis du livre autobiographique de Dylan Bellanger occupaient tout l'espace. Desgranges et Zoé estimèrent leur nombre à plus de mille. Le chef de groupe crut qu'il avait braqué un camion de livraison de son propre bouquin.

— Je les ai achetés, s'étrangla Bellanger.

— Où ?

— J'ai fait le tour de toutes les librairies parisiennes.

— Pourquoi ?

La question de Desgranges était stupide. Lui revinrent en mémoire les aventures de Berliner, un membre du « gang des postiches », qui se servait de l'argent de braquages pour vider les bacs des disquaires afin de lancer la carrière de chanteur de son jeune frère. La pêche n'était pas finie. Zoé grimpa sur les cartons et atteignit le fond du box. Au sol, dans un coin, se trouvait un ordinateur portable. Sur le coup, elle pensa à Lola qui n'avait pas son pareil pour pénétrer les systèmes d'exploitation et tirer la substantifique moelle de ces alliages de plastique et d'acier. Zoé, elle, n'y connaissait pas grand-chose. Mais elle était au moins en capacité d'identifier la marque et le modèle de la bécane. En l'occurrence, cet appareil correspondait à celui de Cécile Vazeilles signalé comme volé au domicile d'Anthony Lemarchand.

Guillaume et Zoé avaient travaillé chacun de leur côté jusqu'à tard dans la nuit. Le chef de groupe avait cuisiné durant des heures l'ancien footballeur, et sa collègue s'était chargée de la retranscription du procès-verbal de perquisition et des réquisitions liées aux éléments placés sous scellés. Réfugiée dans la paperasse, elle pensait à Lola, seule en Belgique entre les griffes de la justice, et redoutait le moment où elle devrait affronter l'homme qu'elle considérait comme son meilleur ami. Elle fut très vite fixée. C'est par un SMS que Desgranges la convoqua pour faire le point.

Il patientait sur un banc au bord de la mare aux canards, dans le square des Batignolles, non loin du Gyrophare, lorsqu'elle se présenta. L'endroit était désert, la verdure absorbait les bruits de la circulation, les oisillons donnaient un concert en écho à la douce musique de la petite cascade. Elle ne sortit pas les mains de ses poches, il continua à regarder droit devant lui. Elle resta debout. Il finit par desserrer les dents.

— Vous me faites quoi, toutes les deux ?!

— On cherche ta femme, répondit-elle.

— De quel droit ?

Elle ne dit rien. Il reprit, toujours placide et sans la regarder.

— Est-ce que je me mêle de vos affaires, moi ?

Elle répondit par une autre question.

— Tu sais combien il y a de personnes qui disparaissent chaque année en France ?

Il ne savait pas.

— Plus de vingt mille. Il y a plus de vingt mille familles qui se désespèrent de la perte d'un être proche, d'un parent, d'un enfant, d'un frère, d'une sœur, d'une tante. Et toi, rien.

— C'est mon problème.

— Tu ne disais pas la même chose lorsqu'on a cherché ton fils partout, il y a trois ans.

— C'était pas pareil.

— Comment ça *pas pareil* ?

— Mon fils n'avait pas disparu volontairement.

— Qui te dit que ta femme a disparu de son plein gré ? Parce qu'elle n'a laissé aucune trace à l'exception d'une voiture stationnée à Orly ? Parce que tu n'as pas été fichu de la retrouver ?

C'était la rage qui la faisait parler. Elle le provoquait. Il tourna la tête dans sa direction. Les oiseaux s'étaient arrêtés de chanter.

— Tu me fais chier, Zoé. La disparition de ma femme, c'est pas ton problème ! En plus, avec cette histoire, t'as foutu Lola dans la merde. La préfecture de police lui réserve une révocation en or dès son retour, si retour il y a. Et je ne te cache pas que l'Administration aimerait bien identifier la personne qui se trouvait avec elle à Charleroi…

Zoé pivota vers la mare. Sa voix devint tremblante :

— Est-ce que tu t'es demandé ce qu'il en pensait, Victor ?

— Victor, il est dans ses études. Il n'a pas besoin de ça.

— Pourquoi tu n'en discutes pas avec lui ? Il a peut-être envie de savoir ce qu'est devenue sa mère, non ? Tu crois que ce n'est pas important pour un mômo de vingt ans de comprendre pourquoi sa mère a disparu ?

Dos à lui, elle entendit qu'il frottait sa barbe naissante. Il soupirait. Elle insista :

— Pour info, il y a plein de collègues qui pensent que tu es lié à la disparition de ta femme…

Elle se retourna. Il ne l'avait pas vue pleurer depuis la fois où son père, encore directeur de la police judiciaire de Paris, avait été blessé par arme à feu.

— Et moi, ça me peine. Parce que je ne peux pas y croire, parce que je refuse de croire que je bosse tous les jours avec un criminel.

Les mots, violents, le soufflèrent. Il ne trouva aucun argument pour la retenir.

Il était encore assis sur le banc lorsqu'il reçut un SMS de sa part :

Explique-moi ce que tu es allé foutre dans le département des Ardennes trois mois après la disparition de ta femme. Je suis au Gyrophare, tu peux m'y rejoindre.

Il rentra directement au Bastion.

33

Lola avait dormi au commissariat de Charleroi, sous le régime de la garde à vue. En tant que policier, elle avait eu droit à un traitement de faveur. Repas chaud, couverture propre, matelas semi-rigide, le tout dans une cellule de six mètres carrés où elle n'avait eu à souffrir ni du froid ni d'une quelconque cohabitation. Un médecin était venu la visiter, on lui offrit même le droit de contacter un membre de sa famille. Elle refusa d'inquiéter inutilement sa mère.

Au petit matin, elle réclama une douche. Elle l'obtint. Elle se sentait fraîche quand elle fut transférée au tribunal, devant le procureur du roi en personne. Celui-ci était penché sur le dossier d'instruction lorsqu'elle s'assit face à lui, encadrée par deux escortes qui lui retirèrent ses menottes. Lola regarda partout autour d'elle. La pièce ne dépareillait pas des cabinets français. Haut plafond mouluré, parquet de chêne, mobilier ancien, fauteuils avec accoudoirs, lumière tamisée. Le magistrat releva la tête, la fixa par-dessus ses lunettes en demi-lune un long moment.

— Je crois qu'on se connaît, non ?

Lola ne voyait pas.

— Yves Chassagne, ancien magistrat du TPI de La Haye, l'aida-t-il. Vous avez bien officié à Interpol ?

Le lieutenant Rivière confirma. Elle avait suivi depuis Singapour, en étroite relation avec le tribunal pénal international installé à La Haye, le dossier d'un réseau de pédophiles en lien étroit avec des combattants kosovars lors de la guerre d'Indépendance. Chassagne était alors l'un de ses correspondants.

— Drôle d'endroit pour se retrouver, pas vrai ?

Elle pinça les lèvres en signe d'acquiescement. Elle ne voulait pas parler, souhaitait connaître son sort au plus vite. Chassagne ne semblait pas l'entendre ainsi. Il avait trouvé une victime et montrait le besoin de s'épancher sur l'inefficacité de la première juridiction pénale internationale. Durant cinq ans, il avait enquêté avec d'autres au Rwanda, en Ouganda, en Albanie, en ex-Yougoslavie. Résultat : trois petites condamnations et trop d'acquittements. Une heure après, il parlait encore des dysfonctionnements du greffe et de la prison du TPI. Elle n'écoutait plus.

— Et vous ? Pourquoi êtes-vous rentrée ?

— Le mal du pays, résuma-t-elle.

— Un mal du pays qui vous pousse à venir ferrailler chez nous. Je vous rappelle, lieutenant, que la Wallonie est une terre de batailles qui n'a jamais réussi à la France. Louis XIV et Napoléon s'y sont cassé les dents.

Ses digressions n'intéressaient vraiment pas Lola. Chassagne s'arrêta et revint au dossier.

— Et maintenant, nous voici avec une frêle jeune femme qui tente de rendre justice loin de chez elle. Ce n'est pas à vous que je vais apprendre qu'il y a des règles internationales à respecter, d'autant plus faciles à mettre en œuvre que les relations entre la Belgique et la France sont excellentes.

— Il y avait urgence, monsieur. J'enquête sur une femme qui a disparu en France et dont le compte en banque a été vidé par une série de retraits effectués d'ici.

— J'ai lu tout ça. J'ai surtout lu que vous refusiez de communiquer le nom de la personne qui vous accompagnait. Votre binôme, j'imagine ?

Elle ne répondit pas. En Europe, le droit au silence était valable partout.

— Vous savez qu'à Bruxelles on me presse. Ils veulent faire un exemple. Mon supérieur dit que quelques mois d'incarcération permettraient de rabaisser le caquet aux Français. Mais vous avez une chance phénoménale, Lola.

— Laquelle ?

— Je n'aime pas mon supérieur. C'est un con et un carriériste. Et puis je n'aime pas qu'on me dicte ce que j'ai à faire. Trouvez-moi une adresse dans un département limitrophe de la Belgique et je me contenterai d'un placement sous contrôle judiciaire avec obligation de pointage une fois par jour dans la gendarmerie la plus proche.

Son cerveau se mit à mouliner. Elle n'avait pas de famille dans le nord-est de la France. Une seule adresse lui vint à l'esprit : celle de Mireille Camus, sise route de Givet, La Pointe, Ardennes.

Deux heures plus tard, après vérification auprès de la mairesse de La Pointe par le service pénal de Charleroi, on lui rendit sa carte de police, son arme et une liberté conditionnelle.

31

Le 36 était animé. Les flics de la BRB, ayant été incapables de confondre Dylan Bellanger pour sa participation à un braquage de banque, défilaient dans le bureau de Desgranges pour le féliciter. Et les mêmes flics, avant de redescendre à leur étage, passaient devant la salle d'attente où patientait une charmante quadra, non loin d'Étienne Vazeilles qui, jambes repliées, se morfondait en se rongeant les ongles. Ce fut Charlotte de Bussy qui se redressa la première, à l'invitation de Desgranges. Elle le suivit jusqu'à son bureau, ses hauts talons claquant sur le sol. Elle s'assit sans attendre.

— Qu'est-ce qui se passe ? s'enquit la femme qui venait pour la deuxième fois au Bastion.

— Il se passe qu'on a besoin de quelques éclaircissements concernant votre relation avec Dylan Bellanger.

— À savoir ?

— À savoir les achats massifs de son autobiographie dans les librairies parisiennes qui ont permis à votre poulain d'entrer dans le top 10 des ventes.

Ses épaules s'affaissèrent. Si l'information venait à s'ébruiter, l'aventure Tigre Éditions était scellée, tout comme son avenir dans le domaine de l'édition.

— Alors ?

Elle résista encore quelques secondes, se saisit d'une cigarette électronique qu'elle glissa entre ses lèvres, puis confirma :

— C'était son idée. Je ne voulais pas. Il m'a quasiment obligée. Dès que je le contrariais, il faisait un caprice. Comme un enfant gâté.

— Qui achetait les ouvrages ?

— Lui. Je l'accompagnais, au volant de son véhicule. Il descendait, achetait tout le stock de la librairie, et on repartait vers un autre endroit. J'ai fait le taxi trois jours de suite.

— Comment payait-il ?

— En liquide, j'imagine.

— Il venait d'où, cet argent ?

— Ses économies, il m'a dit. Je n'ai pas posé de questions. Mais rien n'interdit à un auteur d'acheter des centaines de livres afin de créer un effet boule de neige, si ?

— Rien, sauf si ces achats ont été réalisés avec l'argent de quelques milliers d'épargnants. Mais s'il est en garde à vue dans nos locaux, ce n'est pas pour ça.

— C'est pour quoi, alors ?

— Qui savait, pour le stratagème ? Cécile ?

Sa réponse fut négative.

— Son mari ?

— Possible, oui. J'ai surpris une conversation entre eux, au cours de laquelle Étienne lui a demandé un travail.

— Quel genre de travail ?

— Aucune idée. Mais je sais que Dylan était remonté, qu'il ne voulait pas, mais qu'il n'était pas en mesure de s'opposer.

— Un cambriolage, par exemple ?

Son silence valait réponse. Desgranges passa à un autre point du dossier :

— Vous avez pris des photos lors de la soirée Tigre Éditions, au Café de la presse ?

Elle confirma, sortit son téléphone, fit défiler quelques clichés qu'il consulta. Elle finit par lui transférer trois images sur lesquelles Dylan Bellanger apparaissait avec un nœud papillon et une chemise blanche à manches longues. La même que celle découverte dans sa panière à linge sale.

Étienne Vazeilles continuait de mariner dans la salle d'attente lorsque les résultats tombèrent. La petite tache brune sur la chemise embarquée chez Bellanger correspondait à du sang séché. Celui de Cécile Vazeilles.

— On change de stratégie ? proposa Zoé qui, pour les bienfaits de l'enquête, n'éprouvait pas la moindre gêne à parler à son chef de groupe.

Il acquiesça. Le directeur adjoint de Tigre Éditions pouvait attendre, son tour viendrait bien assez tôt. D'autorité, Zoé contacta le responsable des gardes-détenus puis descendit à l'étage inférieur où l'attendait l'ancien footballeur dans une salle d'audition. Il était courbé sur sa chaise, la tête basse, les avant-bras en appui sur les genoux. Pas du tout l'allure du renard des surfaces de réparation qu'on lui connaissait.

Son affliction se transforma en sanglots. Une fois calmé, il mit moins de cinq minutes pour confirmer certaines hypothèses des enquêteurs. Outre la reconnaissance du cambriolage de l'appartement d'Anthony Lemarchand, il précisa avoir donné rendez-vous sous un prétexte fallacieux à Cécile Vazeilles sur le quai du port de la Bastille. Il avait ordre de récupérer la clé USB par tous les moyens. Y compris violents.

— Et donc ?

— J'ai tenté de saisir son sac à main, elle m'en a empêché. Je l'ai alors frappée au visage. Elle est tombée au sol, sans un cri. J'ai pris son sac, j'ai fouillé dedans, mais j'ai pas trouvé la clé. Je l'ai entendue gémir, je me suis penché, elle était inconsciente. J'ai regardé autour de moi, j'ai entendu du bruit dans les allées, j'ai paniqué et je suis reparti en courant vers le Café de la presse.

Zoé ne pensa ni à JDD, qui croupissait en prison, ni à Clochard, qui se trouvait sous bonne garde dans le bureau de Compostel, son chef de service. Elle comptait surfer sur la vague, obtenir des aveux complets, lorsqu'on vint lui apporter un bout de papier annoté. L'exploitation génétique du mégot d'une cigarette mentholée découvert sur le quai venait de révéler l'identité de sa consommatrice. Une femme qui avait signé un procès-verbal dans lequel elle avait indiqué avec assurance n'avoir jamais posé le plus petit orteil le long du bassin de l'Arsenal.

35

Admis dans l'intimité des personnes,
je tairai les secrets qui me seront confiés.

Extrait du serment d'Hippocrate

— La lettre que tu as écrite pour ta mère a été postée.

— Merci beaucoup. Elle sera rassurée.

— Mais je t'en prie. Par contre, j'ai besoin que tu écrives un autre courrier.

— Pour qui ?

— Pour le Professeur.

— Dans quel but ?

— Pour le décharger de toute responsabilité, en cas de souci. On le demande à chacun de nos patients.

— Quel souci ?

— On ne sait jamais. Prends du papier et un stylo, et écris.

Assise en tailleur sur son lit, elle s'exécuta et attendit la dictée.

Professeur Saint-Bernard,

En préambule, je tiens à vous remercier chaleureusement de m'avoir accueillie dans votre établissement et de me soutenir au quotidien dans mon épreuve.

Par cette lettre, je veux clarifier ma position quant au traitement de ma maladie. En effet, c'est en conscience que j'ai renoncé, de manière ferme et définitive, à tout traitement chimique et chirurgical.

Ce choix est dicté par une succession d'échecs, la médecine moderne n'étant pas parvenue à endiguer le mal qui me ronge. Libre du choix de la médicamentation, j'ai décidé, forte de mes capacités physiques et mentales, de suivre une méthode de guérison hygiéniste que vous seul êtes à même de me prescrire.

Ceci valant ce que de droit.

— Merci. N'oublie pas de signer, précisa la garde-malade.

Elle obéit.

— Qu'est-ce que tu vas en faire ?

— La remettre au Professeur. Il la classera dans ton dossier.

De nouveau seule, elle plongea la tête sous les draps.

36

Brigitte Furlan n'avait pas traîné. Dès l'appel du chef de la brigade criminelle, elle avait sauté dans un taxi. Honneur à son rang de directrice d'une grande maison d'édition, c'est lui qui la reçut. Zoé Dechaume, présente en retrait, ne sut pas ce qui l'impressionna le plus : la vue panoramique, la présence du beauceron assis aux pieds de Compostel, ou bien la première question de son interlocuteur.

— Vous avez pris une brosse à dents et des vêtements de rechange ?

Il ne lui laissa pas le temps de respirer, lui indiqua que son auteur le plus prolifique se trouvait actuellement en garde à vue, tout comme son directeur commercial qui, dans quelques heures, allait en toute certitude prendre le chemin d'une maison d'arrêt parisienne.

La stratégie était risquée. Certains des chefs de groupe qu'il encadrait auraient privilégié une interpellation au saut du lit, à l'heure du laitier, de manière à prendre l'ascendant au domicile du gardé à vue, et devant sa famille. D'autres auraient cherché à ficeler le dossier, à amasser un maximum d'éléments, à travailler sur les antécédents de la cible. Compostel avait décidé de parer au plus pressé.

— Vous êtes mariée ? Vous avez des enfants ?

Elle confirma. Timidement. Son sourire avenant, celui qui apparaissait sur les photos prises le soir du dixième anniversaire de Tigre Éditions, s'était transformé en un masque grave, figé.

— J'ai le sentiment que le poids des remords est trop lourd à porter pour une femme comme vous, je me trompe ?

— Pourquoi voulez-vous que j'éprouve des remords ?

Compostel ne sut interpréter cette réponse. Était-ce un mode de défense ou une mise en bouche avant des révélations ? Il n'eut pas le temps de répliquer. Immobile au milieu de cette pièce devenue trop grande, cernée de toutes parts, la patronne de Tigre ne lui laissa pas le plaisir de porter l'estocade.

— Je me trouvais à l'extérieur du Café de la presse, en train de fumer, lorsque j'ai aperçu Bellanger se diriger vers le bassin de l'Arsenal d'un pas rapide. Son comportement m'a intriguée, je l'ai suivi et me suis dissimulée dans une allée, l'ai vu rejoindre Cécile, tenter d'arracher son sac à main avant de la frapper au visage. Elle s'est écroulée au sol, il semblait chercher quelque chose à l'intérieur du sac. J'ai l'impression que ça a duré une éternité. Et puis, de rage, il a jeté le sac par terre, est remonté en la laissant à moitié morte, agonisant à deux mètres des bateaux. Je suis restée recroquevillée de longues minutes derrière un arbuste. Je me suis rapprochée. Elle bougeait à peine. Je ne sais pas ce qui m'a pris, l'occasion a fait le larron, il n'y avait personne aux alentours, je l'ai saisie par les poignets, je l'ai tirée et poussée dans l'eau.

Face à Compostel, Brigitte Furlan n'avait pas baissé la tête un instant. Son geste avait été réfléchi, ses aveux étaient pleins de fougue malgré la douzaine de jours écoulée depuis l'homicide.

— Pourquoi ?

— Pourquoi ?! Vous savez ce que c'est, de monter une boîte de A à Z ? Je ne suis pas fonctionnaire, moi ! J'ai mis dix ans à composer une équipe, à me tromper, à refaire, à tâtonner, à chercher la pépite, à m'endetter, à démarcher, à gagner la confiance de centaines de milliers de lecteurs, à dépenser sans compter pour débaucher des éditeurs de maisons concurrentes ! Et un beau jour, Cécile se pointe dans mon bureau et m'annonce qu'elle envisage de fonder sa propre boutique… en emmenant les meilleurs de nos auteurs !

Elle se tut, faute de mots. Un long silence qu'elle rompit par une autre idée :

— Je ne regrette rien, vous pourrez l'écrire. Si j'en avais de nouveau l'occasion, je le referais. Elle a grandi à mes côtés et a fini par me trahir. Je n'allais quand même pas la laisser faire, si ?

Compostel et Zoé, tout en retenue, écoutèrent cette femme déblatérer, s'égosiller afin de gagner du temps, pour repousser le moment où la machine judiciaire allait définitivement la happer. Clochard se redressa sur ses pattes, remua la queue, comme pour rappeler que son maître était innocent. Zoé regarda son chef de service accaparé par un message parvenu sur sa boîte mail, puis se tourna vers Brigitte Furlan. Elle l'invita à la suivre alors que Compostel se saisissait de son combiné téléphonique pour rendre compte de l'évolution de l'enquête au juge d'instruction dans les plus brefs délais, solliciter la libération de Jean-Denis Didier et l'inviter à mettre en examen Étienne Vazeilles et Dylan Bellanger pour vol avec effraction et violences commises au préjudice de la victime.

La ligne du juge était occupée. Compostel raccrocha. Il relut le mail reçu, mot après mot. Il émanait d'un ancien haut fonctionnaire de Bercy qui, cinq ans plus tôt, avait déposé plainte devant Compostel au nom du ministère des Finances dans le cadre d'une vaste escroquerie à la TVA européenne qui avait coûté plusieurs millions d'euros à l'État. Thierry Presson officiait désormais au sein de l'influente commission des affaires budgétaires de l'Union européenne à Bruxelles.

Monsieur le chef de la prestigieuse brigade criminelle,

Cher ami,

Votre carte de visite numérique montre que vous avez fini par choisir le sang aux chiffres. Je suis ravi de vous savoir devenu le chef d'un service d'élite, vous le méritez. De mon poste bruxellois, je présume que vous êtes très fier d'avoir ajouté cette ligne à un CV déjà bien étoffé.

En ce qui concerne votre demande, à la première lecture elle m'a rendu pour le moins perplexe. Mais je vous sais intègre, et j'ai du mal à imaginer un homme de votre standing passer par un canal non officiel sans une raison légitime.

Je ne sais pas si mes recherches vont vous satisfaire, mais vous trouverez en pièce jointe la liste de tous les retraits opérés par Virginie Deloncle sur le territoire belge au cours des trois dernières années. Comme vous me le suggériez, les distributeurs fréquentés se situent exclusivement sur les communes de Bruxelles et de Charleroi. J'ai toutefois noté un élément particulier concernant les retraits sur lesdits DAB : une carte bancaire au nom d'une certaine Ingrid Van Houten, dont vous trouverez aussi l'identité complète en pièce jointe, a été utilisée à plusieurs reprises dans un temps très proche des retraits effectués à l'aide de la CB de Virginie Deloncle.

J'espère que cet élément vous permettra de progresser. N'hésitez pas à me tenir au courant de l'avancée de votre enquête. Surtout, faites-moi signe si vous avez l'occasion de passer par la gare du Midi.

Cordialement,

Th. Presson

Née à Paris en 1994, Ingrid Van Houten avait vingt-quatre ans. Compostel chercha dans les fichiers de la police. La jeune femme n'était pas une inconnue. Elle avait commis plusieurs vols à la tire durant son adolescence, s'était même battue avec sa mère avant d'être dirigée vers l'infirmerie psychiatrique de la préfecture de police située rue Sainte-Anne dans le 14e arrondissement. La dernière indication, et non la moindre, montrait qu'elle avait déposé plainte contre son père, deux ans plus tôt, pour viol sur mineure de moins de quinze ans.

37

Mireille Camus n'avait exprimé aucune réticence lors de l'appel des autorités belges relatif à l'hébergement de Lola Rivière. Au contraire, l'été étant passé, les quelques centaines d'euros hebdomadaires qu'apporterait la location de son gîte apparaissaient comme bienvenues en cette période creuse.

Elle se tenait debout dans la cour, enserrant la main de son fils Connor, lorsqu'un taxi déposa l'enquêtrice devant sa propriété.

— Je ne pensais pas vous revoir de sitôt, lança l'hôtesse en guise d'accueil.

— À vrai dire moi non plus.

— Qu'est-ce qui vous est arrivé, exactement ?

Lola s'était préparée à cette question. Elle n'était pas présente lors de l'appel du service pénal du tribunal de Charleroi à la mairesse de La Pointe et ignorait tout du contenu de la conversation. Elle resta évasive :

— Rien de grave. Ça devrait s'arranger très vite.

— On n'empêche pas une personne de rentrer chez elle pour des broutilles, quand même ?

— Je crois que je suis victime d'une usurpation d'identité, mentit Lola. La justice belge me reproche tout un tas d'amendes non payées alors que je n'avais jamais mis les pieds dans leur pays auparavant. C'est purement fiscal.

— Vous avez de quoi régler la location du gîte, au moins ? Parce que je ne suis pas mère Teresa, moi !

— Je vais vous verser une caution sans attendre, la rassura Lola.

— J'allais vous le demander.

Son chèque pris, Mireille Camus abandonna Lola à son triste sort. Celui d'une jeune femme sans bagages ni vêtements de rechange, non véhiculée, avec pour seul compagnon un téléphone qu'elle n'osait utiliser pour s'excuser auprès de Compostel. Sa première action fut de se jeter sur le classeur de bienvenue et de relever une adresse. La gendarmerie de Givet se trouvait à six kilomètres. Elle ressortit aussitôt du logement.

38

Le brigadier Dechaume avait suggéré, le commandant Desgranges avait relayé, le commissaire divisionnaire Compostel avait validé. À une condition : qu'il n'y ait aucun échange verbal, comme le précisait le code de procédure pénale. En effet, tout enquêteur avait interdiction formelle de communiquer avec un individu mis en examen. Y compris lorsque celui-ci faisait l'objet d'une remise en liberté.

Clochard en laisse, Zoé avait retrouvé son chef de service au 36 pour une virée à Nanterre. Les bétonneuses du quartier des Batignolles laissèrent vite place à une autoroute encadrée de murs antibruit qui les mena devant la façade en briques de la maison d'arrêt des Hauts-de-Seine. Le commissaire se gara à une cinquantaine de mètres de la vigie puis coupa le moteur avant de se saisir de son téléphone portable et de consulter ses messages. Clochard, à l'arrière, dormait, pas du tout perturbé par le silence qui régnait dans l'habitacle.

— J'aurais pu venir toute seule, vous savez..., dit Zoé.

— J'ai déjà une collaboratrice sur le carreau, je veux juste éviter d'en avoir une deuxième dans la même semaine.

La pique fit son effet. Elle retira sa ceinture, déverrouilla sa portière et alla ruminer un peu plus loin. Son isolement dura vingt longues minutes, jusqu'à ce que la porte principale de la prison s'ouvre sur le corps frêle de Jean-Denis Didier. Le SDF du bassin de l'Arsenal tarda à s'acclimater à la lumière. Il mit sa main en visière afin de distinguer les alentours et ce véhicule clair contre lequel une jeune femme était appuyée. Que lui voulait-elle ? La police n'en avait-elle pas fini avec lui ? Il serrait les poings lorsqu'il l'aperçut ouvrir une portière arrière. Un beauceron sauta sur le bitume. Son chien. Clochard. La joie le gagna. Il la vit lâcher la laisse, cria son nom, s'approcha au pas de course malgré ses sandales. Le couple d'enquêteurs quittait le parking lorsque JDD souleva son chiot dans ses bras.

— On aurait pu le raccompagner sur Paris, non ?

— J'ai à faire au 36. Je vous dépose où ?

Ton sec.

— Métro Porte Maillot, ce sera parfait.

Ce fut leur dernier échange. Sitôt garé au 36, Compostel fila saluer les deux permanents de la brigade de répression du proxénétisme, d'astreinte pour le week-end. Pas d'affaire sur le feu, tout était calme, l'un préparait le rapport de synthèse d'un dossier avant transmission au juge mandant, l'autre visionnait des vidéosurveillances de la RATP afin de tracer les déplacements de deux prostituées chinoises qui travaillaient à tour de rôle dans la piaule d'un hôtel insalubre du 20e arrondissement.

— Vous auriez cinq minutes dans la journée pour me faire un petit environnement ?

Ils prirent note de la recherche réclamée. Une heure plus tard, les deux permanents rendirent visite à Hervé Compostel. Ils avaient constitué une chemise de laquelle débordaient des fragments de vie. Les plus mouvementés, forcément.

— On a criblé votre Ingrid Van Houten, patron. Fichier prison, fichier des personnes disparues, permis de conduire et cartes grises, que dalle. On a même cherché parmi les voyageurs aériens. *Idem* aux Hôpitaux de Paris. Sans réquisition officielle, on ne pourra pas aller plus loin. La dernière trace d'elle remonte à deux ans. Elle sortait d'une hospitalisation en HP lorsqu'elle a déposé plainte à la brigade des mineurs contre son père pour viol.

— Et l'enquête a abouti ?

— Pas vraiment. Il faut dire qu'elle partait de loin. Elle a dénoncé des faits d'inceste qui remontaient à ses plus jeunes années, pas plus de deux ou trois ans. Le père a été placé en garde à vue, il n'a pas arrêté de dire que sa fille était folle à lier. Son épouse, également auditionnée, l'a défendu *mordicus*.

— Elle a été examinée par un gynéco ?

— Bien sûr, mais le médecin a précisé dans son rapport que toute perte de virginité de plus d'un an ne pouvait être datée. Vous connaissez beaucoup de filles qui, à vingt-deux ans, n'ont jamais vu le loup ?

Compostel garda son sérieux. Tout en écoutant ses collègues, il épluchait la procédure.

— Malgré tout, le père a fini en mandat de dépôt. Et ce qui devait arriver arriva.

Le commissaire releva la tête.

— Le père s'est suicidé.

— Comment ? s'enquit Compostel.

Les deux enquêteurs se regardèrent. Le plus gradé des deux se lança :

— Pendu avec un drap aux barreaux de sa cellule.

Bien que le souvenir de la mort violente de son fils fût prégnant, Compostel ne cilla pas.

— Il était seul ?

— Oui, pas de codétenu. Il a été retrouvé au petit matin par un maton. Autre chose, patron. On a récupéré auprès de l'Identité judiciaire la dernière photo de la gamine prise suite à un vol à l'étalage. Vous devriez y jeter un œil.

Il tourna les pages, trouva enfin le cliché. Derrière des cernes et un masque dur, le visage d'Ingrid Van Houten reflétait une certaine fragilité. Il ne s'attarda pas sur ses traits ni sur le piercing nasal, mais fut très vite attiré par les tatouages et autres scarifications. Plusieurs d'entre elles, situées sur les avant-bras, représentaient des croix nazies.

— Merci pour tout.

— Pas de quoi. Si besoin, on est à votre disposition.

Compostel les gratifia d'un sourire avant qu'ils ne partent. Sitôt éloignés, il fit de nouveau défiler les pages de la plainte et s'arrêta sur l'adresse de la famille Van Houten. 23, rue du Faubourg-Saint-Antoine, dans le 11e arrondissement. Rien à voir avec le quartier Monge, celui où demeurait Guillaume Desgranges.

Il cherchait à se rassurer comme il pouvait.

39

À peine cinq cents âmes, un vieux pont de pierre enjambant la Meuse, une boulangerie et une pharmacie bordant une route départementale défoncée, la commune escarpée de La Pointe avait tout du trou du cul du monde. Longtemps terminus d'une ligne SNCF qui avait relégué le commerce fluvial à sa plus simple expression, ce dernier village avant la frontière subissait de plein fouet, depuis une dizaine d'années, la suppression totale de toute desserte. La population locale avait diminué de moitié et, à l'orée du démembrement complet de la centrale voisine de Chooz, il était désormais question de fermer l'école élémentaire aux murs décrépits que Lola longeait en direction du bourg. Essoufflée, elle s'arrêta un moment au bord du fleuve, en observa les remous, puis reprit sa marche vers l'église aux pierres bleues. Elle se trouvait à quelques dizaines de mètres lorsqu'elle fut doublée par un vieux break maculé de boue. Son conducteur stoppa en pleine voie avant d'engager une marche arrière. La vitre baissée, un coude apparut. Puis une tête ridée. Celle du lieutenant de louveterie Jean-Paul Kaufmann.

— Alors ? La chasse au trésor a été bonne ?

Les fossettes de Lola se creusèrent. Elle avait restitué depuis un moment le détecteur de métaux qui leur avait servi, à elle et Zoé, à identifier le cadavre de Virginie Deloncle.

— Vous n'iriez pas à Givet, par hasard ?

— Votre véhicule est en panne ?

— Non, ma copine a dû rentrer en urgence à Paris.

— Allez-y, grimpez. J'ai deux ou trois courses à y faire, de toute façon.

Lola s'installa sur une vieille couverture qui tapissait le siège passager et engagea la conversation, de peur d'avoir à répondre aux questions de son chauffeur. Une cage métallique, dont le sol était couvert de poils, occupait tout l'arrière.

— Vous vivez à La Pointe ?

— Un peu à l'écart du bourg, dans une masure à la lisière du bois. Mes aïeux étaient huttiers, j'ai hérité de leur goût de l'isolement et de leur amour de la nature.

— Avec l'âge, vous n'aspirez pas à vous rapprocher de Sedan, par exemple ?

— Vous voulez ma mort ou quoi ? Le parc c'est toute ma vie. De Liart à Givet, de Signy-le-Petit à Bogny-sur-Meuse, j'en connais le moindre recoin. Et puis je ne suis pas sans activité. J'exerce les fonctions d'élu municipal, à La Pointe.

— Avec Mme Camus ?

— Vous la connaissez ?

— J'occupe l'un de ses gîtes.

— Elle ne pouvait pas vous prêter sa voiture ?

— Elle en a besoin au cas où son fils tombe malade, répondit Lola alors qu'ils dépassaient les premiers pavillons de Givet. Déposez-moi ici, je vais finir à pied, ajouta-t-elle quand elle distinguait l'antenne de la gendarmerie.

Kaufmann obtempéra. La vitre de nouveau ouverte, il la héla :

— Si vous avez absolument besoin de vous déplacer, allez voir le jeune Diniz au Moulin de La Pointe. Belle comme vous êtes, vous ne devriez pas avoir de mal à le convaincre de vous prêter sa voiture. D'autant qu'il ne se déplace qu'en courant.

Elle le gratifia d'un sourire puis prit le chemin de la caserne. Un sous-officier l'attendait sur le perron. Elle avait une grosse demi-heure de retard sur le pointage exigé lors de sa mise en examen. En guise de rétorsion, celui qui se présenta comme l'adjudant Levert la guida vers la salle d'attente où elle patienta plus d'une heure avant qu'il daigne s'occuper d'elle.

Jean-Paul Kaufmann en personne se trouvait appuyé contre le bat-flanc lorsqu'elle pénétra dans la pièce principale. Il s'entretenait avec un vieux gendarme des suites judiciaires d'un cambriolage qu'il avait subi deux mois plus tôt lorsque Lola fut priée d'émarger le registre de contrôle judiciaire.

— Merci, lieutenant, lança tout haut Levert au moment de ranger la main courante. Et demain, tâchez d'être à l'heure. Les quelques policiers que je fréquente ont coutume d'être ponctuels, eux !

Il ne servait à rien de répliquer. Lola sortit, glissa les mains dans ses poches et patienta. Kaufmann sortit à son tour.

— Ça vous dérangerait de me ramener sur La Pointe ?

— Ça vous dérangerait d'arrêter de me mentir ? Vous êtes flic, c'est ça ?

Piteuse, elle opina.

— J'en déduis que vous n'étiez pas à la recherche d'un quelconque trésor lorsque je vous ai croisée avec votre copine dans les bois ?

— Je suis désolée.

— Pas tant que moi, dit-il en démarrant en trombe.

Il la laissa en plan, au beau milieu du parking de la gendarmerie.

40

Perdu dans ses pensées, il n'avait pas bougé de son fauteuil de toute la journée. Dehors, la lumière déclinait à vue d'œil. La ligne d'horizon, si fragile entre ciel et mer, était désormais effacée. Sa femme posa une main sur son épaule. Il sursauta.

— La marée est au plus bas. Il faut y aller.

Il n'osa la contredire, se leva à contrecœur. Le pas lourd, il se dirigea vers l'escalier, le gravit, vérifia que toutes les fenêtres étaient verrouillées. Il ferma les portes des chambres puis redescendit, la main sur la rampe, et fila dans le garage.

Il n'avait pas retiré ses charentaises qu'elle avait déjà chaussé ses cuissardes vert bouteille. Elle enfila deux gros pulls sous un ciré, entassa plusieurs sandwichs, une tarte aux prunes et une Thermos de café au fond d'un panier en osier, et sortit le fusil à double détente qu'il rangeait systématiquement derrière le congélateur. Il finit par s'en emparer, se harnacha d'une cartouchière avant de couvrir sa calvitie de la casquette fourrée vert kaki que sa fille lui avait offerte pour son cinquantième anniversaire.

Un léger crachin les accueillit. Comme chaque jour depuis une semaine, ils longèrent le quai Léonard, traversèrent la place sur laquelle les boulistes les regardaient en coin, répondirent à peine au salut de la gérante du restaurant du port. Ils ralentirent sur le chemin des digues, bifurquèrent sur leur droite en direction de l'écluse, la franchirent et progressèrent sur un chemin de terre battu par les vents qui surplombait de quelques mètres des hectares de salicornes et des millions de mètres cubes de vase et de sable qui s'engouffraient à marée haute dans cet immense chenal.

Il marchait, tête baissée, quelques pas derrière elle, sans même un regard pour l'archipel d'îlots sableux hérissés de joncs ou couverts d'algues ni pour les nuées d'oiseaux sauvages qui remontaient cet estuaire qui ressemblait tant à celui d'un grand fleuve d'Amérique. Dans la foulée de sa femme, il s'accrocha comme il put à un piquet en descendant dans l'estran. Il ne fit pas cas du troupeau de moutons qui broutait les prés-salés ni même du clocher de Saint-Valéry situé à trois kilomètres sur l'autre rive. Ils avançaient en silence, de manière mécanique, sur un sentier qu'ils avaient arpenté des centaines de fois, la plupart du temps à trois. Les chemins sinueux les menèrent dans les vasières, cette zone recouverte par la mer deux fois par jour. Sur leur gauche, un veau marin se prélassait à proximité d'une étendue d'eau salée.

Fusil sur l'épaule, l'homme fut soulagé d'apercevoir enfin son point d'eau. Celui-ci présentait une situation exceptionnelle. Situé le plus à l'ouest dans l'estuaire, les oies sauvages et autres becs plats s'y posaient allégrement, attirés par les leurres installés par le maître des lieux et le cri du canard imité par sa fille, avant d'être calés dans la mire d'un canon qui sortait d'une fine lucarne percée dans la façade avant du gabion bordant l'étang.

Cette hutte appartenait aux Leconte depuis quatre siècles. À l'origine faite de bois recouvert de goudron, elle avait été remplacée par un abri en dur, de quatre mètres de long sur trois de large, suffisamment léger pour coulisser verticalement le long de poteaux rigides afin de suivre le flux et le reflux de la marée.

Munie d'une lampe torche, elle monta la première sur le toit glissant, se pencha vers la trappe et déverrouilla l'énorme cadenas qui le protégeait de toute intrusion. Pas après pas, elle descendit la rampe qui la mena à l'intérieur. L'endroit était propre, bien aménagé. Elle sortit les bougies, les alluma, posa ses victuailles sur la table et déplia les couvertures posées sur le grand couchage sur lequel dormait leur fille lorsqu'elle était encore enfant. Puis son mari arriva. Après avoir refermé la trappe derrière lui, il cala son fusil dans un angle après l'avoir mis en sécurité, ouvrit la lucarne qui donnait sur le point d'eau, la referma très vite et s'assit à la table où il mastiqua son premier sandwich.

Elle découpa la tarte sans un bruit, lui servit une part qu'il prit sans un regard. Il partit s'allonger, elle souffla sur les flammes. Noir total, silence absolu. Elle le rejoignit sur la couche, tout habillée, se saisit de sa main à défaut de se blottir contre lui. Accablé par le doute depuis de longs mois, il finit par s'endormir. Pas elle. Elle écoutait sa respiration, puissante et irrégulière, sentit les premiers mouvements du gabion secoué par la lente montée des eaux. Dans quelques heures ils se lèveraient, ouvriraient de nouveau la lucarne sur les cinquante nuances de gris offertes par les premières lueurs du jour, surveilleraient la sarabande des oiseaux migrateurs, se réchaufferaient autour d'un café tiède. De quoi, durant quelques heures, leur faire oublier leur malheur. Elle s'assoupit.

Réveil en sursaut. Sa main dans celle de son mari fourmillait. Elle souleva les paupières, sans bouger. Impression de malaise. Pas le moindre trait de lumière. L'air était lourd, comme saturé. Elle se concentra, quelque chose clochait. Le bruit. Oui, le bruit de la hutte, de la coque qui résistait à la poussée des eaux, celui des anneaux coulissants qui tentaient de se frayer un chemin le long des quatre piliers profondément plantés dans les vasières de la baie. Sa gorge se comprima, elle se redressa d'un coup.

— Quoi ? pesta son mari.

— Rien, rendors-toi.

Elle trouva sa lampe torche, l'alluma, la dirigea vers la trappe et, le plus discrètement possible, grimpa à l'échelle.

— Pierre-Jean ! Réveille-toi ! La trappe…

— Quoi, *la trappe* ?

— Elle refuse de s'ouvrir.

Il émit un grognement, se leva.

— Laisse-moi passer !

Elle s'écarta. Mais la force de son mari ne suffit pas.

— On est enfermés ?

Perché sur l'échelle, il ne répondit pas. Il se dressa de nouveau sur ses jambes, mit tout son poids pour faire céder la trappe. En vain. Il redescendit, abaissa la poignée qui activait la lucarne. Celle-ci s'ouvrit violemment sur un torrent d'eau salée qui le projeta au fond de l'abri. Sa femme hurla. Il se releva, l'eau lui arrivait déjà aux mollets.

— Mon fusil ! Mon fusil ! hurla-t-il.

Ses mains tremblantes s'en saisirent, ses doigts crispés glissèrent deux cartouches dans les canons superposés. Il visa la trappe faite d'un alliage de PVC et tira. Elle ne céda pas. Il se mit à genoux, plongea dans l'eau à la recherche de sa cartouchière. Ne la trouva pas. Il abandonna.

Ils avaient de l'eau jusqu'aux hanches lorsqu'ils comprirent qu'ils ne reverraient jamais leur fille. Piégés dans cette hutte pressurisée par les eaux saumâtres d'une baie qu'ils avaient tant aimée, ils allaient mourir noyés. Résigné, Pierre-Jean Leconte observa le visage affolé de sa femme. Quand l'eau lui parvint aux épaules, il se pencha en avant et avala une grande gorgée d'eau salée. Il partit le premier, sans comprendre pourquoi le gabion avait résisté à la poussée d'Archimède.

41

Lola était revenue à pied de la gendarmerie après être passée se ravitailler dans une supérette. Une fois à La Pointe, elle s'était empressée de rentrer au gîte où l'attendaient devant la porte un sac entier de vêtements féminins et un petit nécessaire de toilette. Elle avala en vitesse quelques médicaments afin de soulager son corps fatigué par une grosse heure de marche le long de la seule route qui bordait la Meuse. Douche prise, elle avait fini par s'assoupir sur le canapé situé dans la pièce principale. À son réveil, un message l'attendait sur son cellulaire. Elle l'écouta puis fila dans la salle d'eau se rafraîchir. Elle revint dans la pièce principale, reprit son téléphone en main et rappela son correspondant.

— Bonjour, patron…

Son cœur battait la chamade. Elle avait honte de la situation dans laquelle elle s'était mise, d'avoir agi dans son dos, et s'en voulait de ne pas avoir eu le courage de le contacter depuis son retour de Belgique.

— Vous savez que vous êtes l'une des personnes qui en connaît le plus sur ma vie privée ?

Il parlait évidemment du drame qu'il avait vécu, le suicide de son fils dont elle avait découvert la cause, le départ de sa femme, sa relation avec une urgentiste de l'hôpital d'Évry. Elle ne pouvait qu'acquiescer. L'inverse était également vrai. Il n'avait jamais dévoilé son secret médical, lui avait même offert des jours de son compte épargne temps afin qu'elle ne subisse pas les foudres de l'Administration à cause de sa dernière opération.

— En quelque sorte, nous sommes liés, Lola. Je ne devrais pas vous le dire, mais il faut que vous sachiez que je vous apprécie beaucoup, à tel point qu'il me prend parfois l'envie de vous tutoyer. Vous comprendrez dès lors que votre petite virée en Belgique me peine.

— Si je vous avais parlé de ce projet, vous auriez refusé.

— Très certainement. Mais il y avait d'autres moyens.

— Lesquels ?

Il ne répondit pas, ne lui parla surtout pas de l'échange qu'il avait eu avec Thierry Presson ni de l'identification d'une certaine Ingrid Van Houten.

— L'important, dans l'immédiat, c'est de concentrer nos efforts sur votre défense. Et d'arrêter les conneries. Ici, les ronds-de-cuir du cabinet du préfet de police ne cessent de m'appeler pour que j'engage dans les plus brefs délais une procédure administrative à votre encontre. Ils veulent absolument que je me déplace dans les Ardennes pour procéder à votre audition et récupérer votre équipement « police ». Ils se sont même permis de me souffler la mesure qui leur conviendrait.

— À savoir ?

— Retrait de votre statut d'officier de police judiciaire, et, en conséquence, mutation dans un service d'archives. Je leur ai dit que je n'avais pas le temps de me déplacer jusque là-bas. Le temps, justement, c'est notre allié. Soyez patiente et ne bougez plus le petit doigt. Et, surtout, veillez à aller pointer chaque jour à la gendarmerie. C'est bien clair cette fois-ci, Lola ?

— Oui, patron.

42

Comme à son habitude, Zoé avait passé la majeure partie de son week-end dans un gymnase à frapper des volants. Elle avait cassé deux cordages et remporté trois matchs avant de s'incliner en quart de finale d'un tournoi qualificatif pour les championnats de France. À trente-trois ans, ses jambes se faisaient vite lourdes sur des compétitions à élimination directe dans un sport qui requérait dynamisme et explosivité.

Rincée par son voyage dans une rame bondée de la ligne 13 du métro, elle fut heureuse de s'asseoir à son poste de travail, en face du fauteuil vide de Lola. Une liasse de procès-verbaux couverts de Post-it noircis l'accueillit. Elle reconnut l'écriture de Desgranges qui se fendait de quelques directives. Le meurtre de Cécile Vazeilles résolu, il n'en demeurait pas moins qu'il restait de nombreux actes à réaliser : dresser l'environnement de l'éditrice Brigitte Furlan, interroger son mari et ses proches, éplucher ses relevés téléphoniques et ses comptes bancaires, transmettre à des experts ses téléphone et ordinateur afin de percer ses secrets les moins avouables, exploiter des bandes de vidéosurveillance qui n'avaient pu l'être dans le temps du flagrant délit, assurer le transport de l'ensemble des scellés au greffe du tribunal de grande instance. Elle balança la liasse sur un coin de son bureau et sortit. Elle passait devant la machine à café lorsqu'elle fut alpaguée par deux flics de la brigade du proxénétisme en compagnie desquels elle avait effectué, quelques mois plus tôt, un stage de deux jours sur la réforme de la procédure pénale.

— C'est qui, cette Ingrid Van Houten ?

— Pardon ?

— Ingrid Van Houten ? Ton taulier nous a sollicités pour un criblage pendant notre permanence de week-end. Il voulait des infos sur elle.

Elle fronça les sourcils.

— Il ne vous a pas dit dans quel but ?

— Non. Il nous a juste demandé de rester discrets. Alors ? Tu ne sais pas qui c'est ?

Elle fit non de la tête. Aucun homicide n'avait été signalé au cours des derniers jours. Surtout, la commande passée à d'autres effectifs que ceux de la Crim' se révélait pour le moins étrange de la part de son chef de service.

— Et qu'est-ce que vous avez trouvé ?

— En fait, pas grand-chose. Juste qu'elle a disparu après avoir déposé plainte pour viol contre son père.

— Disparue, tu dis ?

— Ouais, aucune trace d'elle dans les fichiers. Vu les marques et tatouages relevés lors de sa signalisation par l'Identité judiciaire, c'était une véritable écorchée vive. À mon avis, à l'heure qu'il est, elle doit végéter au fond d'un lac. Si tu veux, on te transmet ce qu'on a dégotté…

— Volontiers.

Elle prit aussitôt le chemin du secrétariat de la brigade criminelle dont l'un des rôles était de répertorier chaque affaire en fonction du nom des victimes.

43

Elle avait lu une grande partie de l'après-midi, allongée sur le canapé du gîte. L'endroit était silencieux, reposant. La cloche de l'église rendait un son cristallin. Même le chant étranglé du coq qui parvenait d'une ferme voisine était beau à entendre. Les yeux fatigués, elle se leva. La lumière perdait de son intensité. La circulation routière était plus soutenue, preuve que nombre d'Ardennais avaient terminé leur journée de travail. Un véhicule stationna dans la cour intérieure. Lola enfila ses chaussures et se précipita au-devant de Mireille Camus qui refermait la portière de Connor derrière lui.

— Vous avez trouvé le sac que je vous ai préparé ?

— Oui, merci. Il ne fallait pas.

— C'est la moindre des choses. Les Ardennais ont l'hospitalité dans le sang. Vous n'oublierez pas de me passer vos vêtements aussi, que je les lave.

— Ce n'est pas utile…

— Allons ! Allons ! Ne faites pas la difficile. Ça ne me coûte rien. Et puis, si entre femmes on ne s'entraide pas un peu…

Sa gentillesse la fit céder.

— Si je peux vous être d'une quelconque aide, en échange… Pour ne rien vous cacher, je m'ennuie ferme, dans votre village…

Mireille Camus s'apprêtait à lui suggérer des balades au cœur du parc. Elle changea d'avis.

— Vous avez quel niveau d'études ?

— Un niveau suffisant pour savoir lire et écrire. Pourquoi ?

— Connor a des difficultés en mathématiques. Il a de sérieuses lacunes depuis une série d'hospitalisations. Une remise à niveau lui ferait le plus grand bien. Les cerveaux manquent, par ici. Ils ont tendance à fuir très vite dans les grandes villes.

Comment refuser d'aider cet enfant et sa mère après ce qu'elle avait lu dans l'ouvrage que Mireille Camus avait signé ? Souffrant de surpoids et d'un déficit de croissance, Connor présentait surtout un taux anormal d'insuline qu'aucun médecin n'avait réussi à expliquer. Et l'ablation d'une partie du pancréas dans sa septième année, effectuée à l'issue d'une énième crise très violente, engendrait chez lui, depuis, des fatigues insurmontables.

Les deux femmes s'accordèrent sur plusieurs cours de soutien scolaire. Lola la remercia une nouvelle fois avant de s'échapper. Elle quitta la propriété, longea la route départementale sur quelques dizaines de mètres puis entreprit de gravir le flanc escarpé de la vallée par un chemin étroit. Gaël Diniz étendait du linge de sport lorsqu'elle parvint au Moulin. Il plissa les yeux.

— Qu'est-ce que vous avez fait de votre chien de garde ?

Le souffle manquait à Lola, pas la repartie :

— Il est en arrêt maladie depuis qu'il a mordillé vos chaussures.

Ses traits s'éclaircirent. Il enchaîna :

— Et qu'est-ce qui me vaut votre visite ? Vous venez voir l'état de mon genou ?

— Non, rit-elle. On m'a dit que vous pouviez me rendre service. J'ai besoin d'une voiture pour me déplacer.

— Pourquoi ? L'adjudant Levert ne peut pas vous en prêter une ?

— Je vous ai menti.

— Pardon ?

— Je vous ai menti, reprit-elle avec un ton grave. Je ne suis pas gendarme.

Il interrompit son geste, la regarda. Il attendait la suite.

— En fait, je suis policier. Lieutenant de police, précisément.

— Vous avez une carte ?

La justice belge lui avait rendu sa brème. Elle la sortit de sa poche, la lui glissa sous le nez.

— Pourquoi m'avoir menti ?

— Parce que je n'avais aucune légitimité pour vous interroger. Je n'ai reçu aucun mandat pour enquêter sur ce dossier. Le seul élément qui soit vrai est que je viens de Paris.

— Pourquoi la découverte de ce cadavre vous intéresse-t-elle, alors ? demanda-t-il en se penchant pour ramasser sa panière à linge.

— Parce que le corps était revêtu d'un pull-over supportant l'ADN de la femme de mon chef de groupe.

— Et elle est du coin, cette femme ?

— Pas vraiment, non. À ma connaissance, elle n'a jamais mis les pieds dans les Ardennes.

— Vous avez une photo d'elle ?

Elle l'avait depuis qu'elle avait passé une nuit dans le local d'archives de la brigade des personnes disparues. Mais elle préféra lui montrer le cliché de Virginie Deloncle vivante. Diniz agita la tête de droite à gauche.

— Vous pouvez me transférer la photo sur mon téléphone ? Peut-être que parmi mes équipes un gars la reconnaîtra…

Elle se tourna vers la maison. Il lui sembla qu'un rideau avait bougé. Il finit de la convaincre :

— Allez ! Qu'est-ce que ça vous coûte ?

— Et si ça vient jusqu'aux oreilles de Levert ?

— Il n'y a pas de raison. Soyez rassurée, je montrerai la photo discrètement.

— OK. Et pour la voiture ?

— Attendez-moi là.

Elle le regarda se diriger vers la porte d'entrée de son domicile qu'il referma derrière lui. Il réapparut cinq minutes plus tard.

— Ne vous réjouissez pas trop vite, ce n'est pas un véhicule très féminin.

Elle le suivit sur un chemin pierreux qui les mena à l'arrière de la maison. Une corde à sauter traînait au sol, les lignes d'une marelle décoraient le béton d'une terrasse qui n'avait jamais été dallée. Plus loin, un véhicule recouvert d'une bâche reposait sous une grange ouverte.

— Vous avez des enfants ?

Il fit mine de ne pas entendre, dévoila une Citroën 2 CV vert pomme avec capote en tissu noir.

— Modèle 1976. Vous voulez l'essayer ? demanda-t-il en lui tendant les clés.

Elle se précipita dessus, ouvrit la portière et s'installa. Quelque chose la décontenança.

— Hé ! C'est quoi, ce truc ?

— Je vous avais prévenue, non ? dit-il moqueur.

Lola lorgnait sur le levier de commande de vitesse sans oser le toucher. Il était horizontal et se trouvait à hauteur de volant.

— Ne vous inquiétez pas. Je vais vous apprendre.

Quelques minutes plus tard, sur la route départementale, Lola prenait plaisir à passer les rapports à l'aide du pommeau incongru, sa main guidée par celle de Gaël Diniz.

44

Ce que Zoé pressentait se confirma. Aucune Ingrid Van Houten n'était enregistrée sur le registre tenu par le secrétariat de la Crim'. Elle passa devant le bureau de Compostel sans s'arrêter, retourna à son poste de travail. Le cliché de la jeune disparue, de pied en cap, l'attendait parmi un lot de courriels. Elle l'imprima en couleurs, frémit à la vue des boursouflures rouges qui représentaient une croix gammée sur chacun de ses avant-bras. Elle plia la photo et la glissa dans la poche revolver de sa veste avant de se remettre au boulot.

Elle céda très vite. L'esprit pollué par la recherche officieuse de son patron, Zoé ne pouvait s'empêcher de tirer des fils entre les trois disparues. L'un semblait plus solide que les autres : l'extrême droite. La femme du commandant Desgranges demeurait à deux pas de l'église intégriste Saint-Nicolas-du-Chardonnet, la militante pro-vie Virginie Deloncle fréquentait ce lieu de culte, et Ingrid Van Houten avait les deux bras tatoués du symbole nazi.

Elle fila dans le bureau de Desgranges. Il relisait les quatre cents feuillets de l'enquête Vazeilles, à la recherche de la moindre zone d'ombre, de la plus petite erreur de procédure, celle que ne manqueraient pas de soulever les avocats au premier jour du procès d'assises.

— J'ai besoin de retourner à Bastille, débuta-t-elle. Il me manque encore deux ou trois retours de témoignage sur l'enquête de voisinage.

Tu veux que je t'accompagne ?

— Pas la peine. Après, je compte rester dans le quartier pour faire une course.

Elle ne mentait pas. Le domicile familial des Van Houten était situé à trois cents mètres de la colonne de Juillet. Elle s'y précipita et appuya sur l'Interphone.

— Oui ?

Voix d'outre-tombe.

— Madame Van Houten ?

— Oui ?

— Brigadier Dechaume, je travaille au sein de la police judiciaire.

— Oui ?

— J'aurais quelques questions à vous poser au sujet d'Ingrid…

— Connais pas d'Ingrid. Allez-vous-en !

Zoé resta coite. Elle pressa de nouveau le bouton. Pas de réponse.

Son véhicule la mena de l'autre côté de la Seine. Elle contourna le Jardin des Plantes, jadis fréquenté par de nombreux coureurs à pied en poste au quai des Orfèvres, ferma sa vitre à hauteur de la ménagerie, dépassa la mosquée de Paris, stationna le long des arènes de Lutèce. Elle coupa le moteur, descendit, fila s'installer sur la terrasse d'une brasserie baignée de soleil qui donnait sur le parvis de Saint-Nicolas-du-Chardonnet. Non loin de là se trouvait l'immeuble dans lequel logeait son chef de groupe ; l'immeuble de Sonia également, voisine et maîtresse épisodique de Guillaume, et ancienne nounou de Victor.

Elle commanda une salade puis un café. Temps mort d'une petite heure comme elle s'en offrait parfois avec Lola dans le vieux quartier des Batignolles. Le garçon de café lui apportait l'addition lorsqu'elle aperçut Victor remonter la rue Monge. Victor Desgranges, devenu orphelin de mère. Elle ramassa son téléphone, piocha un billet de 20 euros au fond de sa poche qu'elle déposa sur la table et le suivit.

45

La boîte de vitesses avait couiné sous les coups secs de Lola durant les premiers kilomètres. Mais la deuche, qui avait toussé au démarrage, avait fini par la conduire à bon port. Son pointage quotidien effectué, elle ressortit de la gendarmerie au moment où Levert vérifiait la validité du contrôle technique. Tout était en règle, il se contenta de saluer de la tête le policier qui reprit la route en direction du bourg de La Pointe.

Les brumes matinales se levaient devant elle, comme chassées par le bruit du moteur. Elle se gara près de l'église où un employé de commune placardait sur le tronc des platanes un avis d'interdiction de stationner tandis qu'un autre arrosait les parterres de fleurs.

— Il faut pas rester là, mademoiselle, prévint le jeune cantonnier.

— J'en ai pour cinq minutes à peine et je repars. Qu'est-ce qui se passe ?

— La commune rebaptise demain la place du nom d'un résistant qui a combattu les Allemands en 1944. Il y aura du beau monde, y compris le préfet.

Elle courut presque jusqu'à la pharmacie. Elle devait se ravitailler dans les plus brefs délais, faute de quoi les quelques décimètres de boyaux qui lui restaient allaient lui causer des douleurs insupportables.

— Encore parmi nous ? lança Justine Kaufmann. On apprécie les Ardennes, à ce que je vois. Peut-être même que vous allez finir par vous installer dans notre belle région ?

— J'aime beaucoup le monde rural. Mais, pour être honnête, je préfère la ville.

La pharmacienne comprenait. Elle n'omit pas de lui signaler que le commerce serait fermé à titre exceptionnel le lendemain. Le glorieux résistant qui allait donner son nom à l'endroit le plus fréquenté de La Pointe n'était autre que son grand-père paternel, lequel, bientôt centenaire, vivait dans la maison de retraite de Givet.

— Vous viendrez ? Il y aura un rassemblement d'anciens combattants et une fanfare.

— Pourquoi pas. On verra.

Elle se dirigea vers la boulangerie, saliva devant les pâtisseries qui lui étaient interdites. Elle sélectionna un millefeuille avant de filer à la mairie, un pavillon de deux niveaux du début du XXe siècle légué à la commune par la veuve d'un militaire mort en Indochine. Les drapeaux européen, français et ardennais flottaient sur le fronton de l'édifice couvert d'un lierre rougeoyant. Elle poussa la porte d'entrée qui donnait sur un hall occupé par trois fauteuils en osier. Face à elle, les vignettes représentant tous les combattants originaires de La Pointe morts durant le premier conflit mondial.

Une porte grinça à l'étage. Le pas de Mireille Camus rebondit sur les marches de l'escalier.

— Tiens donc ! Quelle belle surprise !

Lola la gratifia d'un sourire avant de lui tendre le gâteau.

— Pour vous remercier de votre gentillesse, précisa-t-elle.

Pour la peine, Mireille Camus l'embrassa à quatre reprises. Puis elle lui fit visiter la bibliothèque, son bureau meublé d'armoires métalliques qui voisinaient avec un gigantesque plan cadastral, et la salle des mariages sur laquelle veillait une Marianne en bronze.

— Je vous offre un café ?

— Merci, non. J'évite, j'ai la maladie de Crohn. Boire du café n'est pas très recommandé.

— On partage le gâteau en deux, alors ?

La moue de Lola voulait tout dire. Celle-ci regarda la mairesse croquer à pleines dents le millefeuille. Elle en profita pour sortir son téléphone.

— Je peux vous faire confiance ?

— Bien sûr. Qu'est-ce qui vous arrive ? Encore vos soucis judiciaires ?

— Non. J'aimerais juste que vous me disiez si vous n'avez pas déjà croisé cette femme dans les environs.

— C'est qui ? demanda-t-elle.

— La femme qui a été retrouvée morte dans le parc il y a quelques semaines.

— Jamais vue.

— Et elle ? poursuivit Lola en lui présentant le cliché de Sylvie Desgranges.

Ses lèvres se retroussèrent.

— Elle est morte, elle aussi ?

— Aucune idée. Je la recherche, c'est tout. Vous savez s'il y a des groupuscules d'extrême droite dans la région ? enchaîna-t-elle.

— Des militants, oui. Comme beaucoup de départements frontaliers, les Ardennes sont frontistes. Quant à des groupuscules genre néonazis, je n'en ai jamais entendu parler.

— Et des communautés religieuses ?

Elle fit les gros yeux. Pas la moindre à vingt kilomètres à la ronde. Lola tenta une dernière carte. Elle fit apparaître le cliché d'Ingrid Van Houten que Zoé lui avait fait parvenir la veille.

— Et celle-ci ?

— Vous en avez beaucoup en stock, comme ça ?

— C'est la dernière.

Mireille Camus s'empara du téléphone, grossit l'écran. Elle fit non de la tête.

— Je peux revoir la précédente ?

Lola fit glisser son doigt sur l'écran, la photo de Sylvie Desgranges réapparut.

— Celle-ci, j'ai un doute. Jean-Paul Kaufmann, le lieutenant de louveterie, il organise parfois des stages de survie en forêt. Les groupes sont variables. De deux à dix personnes. Il est arrivé qu'il n'y ait que des femmes, d'ailleurs.

Lola reprit l'appareil, le rangea.

— Je vous demande juste de…

— Ne vous inquiétez pas, la coupa la mairesse de La Pointe. Je sais ce que c'est, je serai muette comme une tombe.

Mireille Camus la gratifia d'un énième sourire.

— Vous n'oubliez pas de vous occuper de mon fils après l'école, surtout ?

— Soyez rassurée, il est entre de bonnes mains.

46

L'année passée, des cartons d'archives de la plupart des services de la PJ avaient disparu durant le déménagement du 36, au Bastion. La brigade de protection des mineurs ne faisait pas exception à la règle. La procédure diligentée à la suite de la plainte d'Ingrid Van Houten, référencée BPM 2016/6384, était introuvable. Par chance, le directeur d'enquête se souvenait parfaitement du dossier. Le commandant de police Patrick Picache, Catalan débonnaire d'une cinquantaine d'années, reçut Zoé dans son bureau du troisième étage. L'alter ego de Guillaume Desgranges avait gravi les échelons les uns après les autres et dirigeait désormais un groupe de huit personnes. C'est seul, pourtant, qu'il avait géré l'affaire Van Houten.

— Tu as lu *Lolita* de Nabokov ? débuta Picache.

Zoé lisait peu, exception faite de procédures et de revues techniques sur le badminton. Elle répondit par la négative.

— Et *Justine*, du marquis de Sade ?

— Non plus.

— Et les photos de David Hamilton, tu connais ?

Elle opina du bonnet. Les ouvrages d'Hamilton, ancien « client » de la brigade des mineurs avant son suicide, se vendaient comme des petits pains chez les bouquinistes des bords de Seine. Ils s'ouvraient pour les uns sur des nus baignés d'un flou artistique incomparable, pour les autres sur des clichés pervers mettant en scène de jeunes et longilignes adolescentes à la peau claire et aux seins qui dardent.

— Eh bien, en quelque sorte, Ingrid Van Houten est la synthèse de Lolita, Justine et des modèles d'Hamilton. Un mélange subtil d'innocence et de provocation, ajouta-t-il en lui tendant l'ouvrage écorné de Nabokov qui trônait sur une étagère.

Zoé le feuilleta, s'arrêta sur la quatrième de couverture. Picache poursuivit :

— Sa candeur était telle que le jour où elle a poussé la porte du service, tous les hommes de la brigade semblaient prêts à se mettre en quatre pour prendre sa plainte. La suite de l'enquête nous a révélé un tout autre visage, celui d'une jeune femme insolente, méprisante, capricieuse et colérique, rebelle à l'autorité, et à la sexualité débridée.

— Cela n'enlève rien au fait qu'elle ait été victime d'inceste, si ?

— Bien sûr que non, au contraire. Les faits d'inceste qu'elle a subis expliquent probablement beaucoup de choses. Un psy te le dirait mieux que moi, avec les mots qu'il faut. Mais ça peut aussi venir d'autre chose, le manque d'affection ou d'amour durant son enfance, par exemple. Il faut que tu saches que ses parents n'étaient pas très présents. Une mère accaparée par son métier de chroniqueuse dans un magazine de mode, un père parolier qui passait plus de temps dans les bistrots que chez lui. En tout cas, j'étais rarement tombé sur une victime aussi borderline. Cette fille s'est camée, cannabis, cocaïne, héro, elle a fugué, a volé, s'est fait choper par la patrouille en train de se prostituer dans la cour intérieure d'un immeuble miteux de Saint-Denis, elle s'est scarifiée, a menacé de se suicider à plusieurs reprises... Elle voulait devenir actrice, ses parents l'ont inscrite au cours Florent, elle a tenu deux jours avant de se faire virer.

— Et ses fugues ?

— Elles ne duraient jamais plus de deux ou trois jours. Et toujours dans Paris. C'est à l'occasion d'un énième chantage au suicide et d'une violente altercation avec sa mère que la police a débarqué chez eux. Ils ont eu du mal à la maîtriser, l'ont conduite devant un médecin urgentiste de l'Hôtel-Dieu avant de la diriger vers l'infirmerie psychiatrique de la préfecture de police où elle est restée une dizaine de jours. Ensuite, son père a décidé de la faire interner.

— Quel hôpital ?

— Plus de six mois à la clinique du Château de Garches. La meilleure de la région, la plus chère, aussi. C'est le lendemain de sa sortie qu'elle est venue déposer plainte contre son père pour des viols qu'elle aurait subis à l'âge de deux-trois ans.

Zoé se redressa sur son fauteuil, plia ses jambes. Elle le relança :

— Il a avoué ?

— Non. On était trois à le cuisiner, on n'a pas réussi à l'accrocher. Au bout des deux jours, j'étais convaincu que le procureur le remettrait dehors.

— Pourquoi ?

— Parce que aucun examen gynéco ne peut détecter une pénétration sexuelle aussi ancienne. Parce que le psychiatre d'Ingrid Van Houten a refusé de collaborer en nous opposant le secret médical. Et puis parce qu'une étude récente pondue par une psychiatre criminologue canadienne explique que, avant l'âge de trois ans, le cerveau n'est pas assez développé pour stocker des souvenirs. Ce qui n'a pas empêché le magistrat de déférer le père Van Houten devant lui et de l'incarcérer, conclut Picache en regardant sa main droite tripoter le capuchon d'un stylo à bille.

Le silence s'installa. Zoé le brisa très vite.

— Par la suite, tu as eu des nouvelles d'elle ?

— Aucune. Je sais qu'elle n'a pas répondu à la première convocation du juge d'instruction qui avait pour but d'organiser une confrontation. C'est le soir même que son père s'est…

Il ne prononça pas le mot. Zoé le remercia et remonta dans les étages. La tête pleine de ces précisions, elle n'entendit pas son chef de groupe arriver dans son dos. Au milieu du couloir, Desgranges, remonté comme une pile, lui agrippa l'épaule.

— Qu'est-ce que tu es venue foutre chez moi, hier ?! Tu ne vas jamais t'arrêter ?

Il éructait. Elle se retourna, entendit une porte de bureau se refermer. Personne aux alentours. Le corps tendu comme un arc, la mâchoire crispée, Guillaume l'affrontait du regard.

— Tu me connais, je suis tenace. Quand je veux quelque chose, je l'obtiens, répondit-elle de manière effrontée.

— Me cherche pas, Zoé. Ça risque de très mal finir ! Si tu t'avises encore d'approcher Sonia, je te jure que tu le paieras cher !

Elle tremblait. Ce qui ne l'empêcha pas d'en rajouter une couche dès qu'il se fut éloigné de quelques pas.

— Si tu continues de refuser de me répondre, ce n'est pas ta voisine que j'approcherai, la prochaine fois…

— Pardon ?

Il s'était retourné.

— Tu as très bien compris le message.

— Laisse mon fils tranquille, tu piges ? hurla-t-il.

Desgranges était défiguré par la rage, il se retenait de la gifler. Zoé recula d'un pas sans le lâcher des yeux. Les jambes flageolantes, elle finit par faire demi-tour.

47

Ce n'est pas un élève mais deux que Lola accueillit dans la pièce principale de son gîte. Cartable sur le dos, Connor entra le premier après avoir frappé à la vitre, suivi de près par une fillette.

— Elle s'appelle Zeinah. Elle est syrienne. Elle peut rester ?

Debout, droite comme un I, elle faisait le piquet derrière son camarade. Lola la reconnut sur-le-champ. Il s'agissait de la petite fille qui s'était enfermée au domicile de Gaël Diniz lors de son premier séjour à La Pointe.

— Elle est muette, madame. C'est pour ça qu'elle ne dit rien, poursuivit Connor.

— Elle est dans ta classe ?

— Oui. Elle a fui son pays avec sa tante à cause de la guerre. Sa mère et ses sœurs sont mortes, elles ont été tuées par des mercenaires qui ont brûlé leur village. Depuis, elle ne parle plus.

Lola ne voulait pas en savoir davantage. Elle était bien informée sur le sujet, beaucoup de ses collègues du Bastion passaient leurs journées à travailler sur des pillards avides de sang qui avaient rejoint l'Irak ou la Syrie au nom d'une idéologie radicale.

— Asseyez-vous et montrez-moi vos cahiers !

— Il faut lui parler lentement, aussi, parce qu'elle n'est en France que depuis quelques mois. Il y a des mots qu'elle ne comprend toujours pas.

Zeinah imita Connor qui ouvrit sa trousse. Il prit son classeur de mathématiques, elle feuilleta le sien jusqu'à la dernière page. Puis ils patientèrent le temps que Lola prenne connaissance du programme de CM1. Elle se leva, déchira deux feuilles d'un cahier de brouillon et nota à chacun une série d'additions et de soustractions qu'elle posa devant eux. La jeune Syrienne fut la plus réactive. Elle résolut l'ensemble des opérations alors que Connor butait à en transpirer sur une addition avec retenue. La maîtresse de substitution ajouta quelques multiplications sur la feuille de Zeinah avant de se concentrer sur Connor. Elle s'assura qu'il savait ses tables puis s'appliqua à lui rappeler la méthodologie. Il serra le poing comme un joueur victorieux quand il réussit sa première opération.

Au bout d'une demi-heure, le constat était clair. Zeinah, elle, avait surtout besoin de lire et d'écrire. Et les lacunes de Connor étaient importantes. En l'état, le passage aux premières divisions allait demander un temps et un effort certains.

— À quoi ça sert, tout ça, puisque je vais bientôt mourir ! cria Connor alors que Lola rendait compte de la séance à sa mère qui venait de rentrer.

L'enfant se précipita dehors en claquant la porte.

— Excusez-le. C'est parfois difficile de jongler avec sa maladie. Il sera plus disposé demain.

Imperturbable, Zeinah glissait encore son doigt sous les mots en gros caractères d'un livre pour jeunes lecteurs que Lola avait dégotté dans la bibliothèque. Elle ne semblait pas prête à abandonner l'histoire en cours de route.

— Cette petite fille est une miraculée. Elle a échappé de peu à la mort, dans son pays.

— Oui, votre fils m'a raconté.

— Il n'a pas dû vous dire que, sans moi, elle aurait probablement été renvoyée avec sa tante en Syrie. Je m'occupe de leurs papiers, j'ai déposé un dossier de réfugié politique pour que leur situation soit régularisée au plus vite. En attendant, j'aide sa tante. Je la rémunère en échange de quelques tâches ménagères. Vous ne le répéterez pas à l'adjudant Levert, surtout ?

Mireille Camus avait tout de la bonne Samaritaine.

— Promis, répondit Lola dont le téléphone vibrait sur la table.

— Finalement, on a chacune nos petits secrets.

La mère de Connor sortie, elle s'empara de son appareil. Gaël Diniz avait tenté de la joindre. Un SMS s'afficha à l'écran :

> Suis à la gendarmerie de Givet. Pouvez-vous venir me chercher ?

Elle rappela aussitôt.

48

La musique avait envahi le gymnase Fragonard. À la suite du déménagement, l'association Badminton PJ, longtemps basée à proximité des anciens locaux de la brigade financière dans le 13ᵉ arrondissement, avait trouvé refuge porte de Clichy. Les terrains étaient nombreux et les vestiaires propres. Certains policiers pratiquaient du jeu libre d'un côté de la salle, d'autres peaufinaient leur technique sous les ordres de Zoé afin d'être plus compétitifs le week-end venu.

Guillaume Desgranges était certain de la trouver là. Il s'assit dans les gradins, détendit son dos contre le parapet en béton. Il observa quelques échanges soutenus entre deux adversaires mais revint très vite poser son regard sur sa subordonnée. Elle conseillait, corrigeait les mauvais gestes, félicitait, encourageait. Ses élèves d'un soir buvaient ses paroles. Leurs yeux s'écarquillèrent lorsqu'ils la virent se diriger vers un sac de sport d'où elle sortit une raquette. C'était le moment, leur moment, celui où, chacun son tour, ils allaient la défier. Certains utilisaient leur vivacité, d'autres leur puissance. Mais aucun ne parvenait à la terrasser.

Elle avait derrière elle des milliers d'heures d'entraînement, se jouait d'eux grâce à un bagage impressionnant de feintes. Ses adversaires, du coup, mesuraient le travail nécessaire pour arriver au top.

Elle rendait les clés du vestiaire féminin au gardien lorsqu'elle l'aperçut. Il patientait dans le hall.

— Qu'est-ce que tu fais là ? Tu veux te mettre au badminton ?

C'était mal le connaître. Hormis le tir sportif et la boxe, il ne voyait pas dans quel domaine il aurait pu briller. Il éluda la question.

— Tu sais très bien pourquoi je suis là.

Elle stoppa sa progression, se tourna vers lui, prête à l'écouter.

— Pas ici.

L'un derrière l'autre, ils rejoignirent une avenue de la porte de Clichy embouteillée depuis plusieurs années en raison de travaux qui s'éternisaient. Desgranges poussa la porte du premier bar venu et s'installa sur une banquette lardée d'un coup de canif. Il commanda une bière.

— Tu veux quelque chose ? C'est moi qui offre.

— Juste la vérité, dit-elle en plongeant une main dans son sac de sport pour en sortir une bouteille d'eau minérale.

Elle le vit s'assombrir. Les mots ne sortaient pas.

— Je sais ce que certains disent sur mon compte. Ils peuvent raconter ce qu'ils veulent, faire courir les pires des rumeurs, je m'en fous. Je veux seulement qu'on laisse Victor en paix.

— Les Ardennes, Guillaume ?

Il était déconfit, ne savait pas par quel bout commencer.

— J'ai peur de ton jugement, Zoé…

Elle ne l'aida pas.

— Tout ce que je vais te dire doit rester entre nous, poursuivit-il.

Elle ne promit rien. Il soupira, plongea le nez dans l'amertume du breuvage qui venait de lui être servi. Il reposa sa pression à côté du sous-bock.

— Lorsque Sylvie a disparu, j'ai foutu un bordel sans nom dans sa famille. Vu que sa voiture avait été retrouvée sur un parking à Orly, j'étais convaincu qu'elle était partie souffler quelques jours chez son frère, à Londres. J'y suis allé, rien. Aucune trace d'elle. Je suis rentré à Paris, j'ai fouiné dans tous ses points de chute, et je me suis mis à picoler. Sans Sonia, je pense que je me serais foutu en l'air. C'est elle qui me soutenait, qui apaisait mes colères, elle gardait Victor quand je m'absentais. Et ce qui devait arriver arriva.

— C'est-à-dire ?

— J'ai couché avec elle. Une fois puis une deuxième, et puis chaque soir pendant plusieurs semaines, sans que Victor s'en aperçoive. J'avais honte car j'aimais encore ma femme comme un dingue. Mais j'étais incapable de refuser la tendresse que m'offrait Sonia, j'étais abattu par la dépression.

Ses paroles étaient hachées, sa voix vibrait. Il termina sa pression, en commanda une autre.

— Et puis un jour j'ai reçu un appel téléphonique. Personne au bout du fil. J'ai pensé à un canular. Trois ou quatre jours plus tard, à la même heure, même chose. La semaine suivante aussi. La quatrième fois,

Victor a décroché avant moi. Il m'a dit avoir entendu des sanglots. Là, j'ai compris. Trois mois s'étaient écoulés depuis sa disparition. Je commençais à aller mieux, à me dire qu'on s'en sortirait, qu'on pouvait survivre à son départ. Pas Victor, que je faisais suivre par une pédopsychiatre.

— Les coups de téléphone ont continué ?

— Oui, une ou deux fois. Au boulot, j'ai fait identifier les numéros d'appel. C'étaient ceux de cabines téléphoniques situées à Sedan. Je me suis dit que je la retrouverais, qu'elle reviendrait. J'ai pris une semaine de congé, j'ai laissé Victor à Sonia et j'ai foncé là-bas.

— T'as planqué sur les cabines ?

— Ouais. Elle en utilisait trois. Mais aucune trace d'elle. J'ai fini par rentrer.

— Tout ces mystères pour ça ! s'exclama Zoé.

Il baissa la tête. Elle comprit qu'il y avait autre chose. Il reprit une rasade d'alcool.

— À mon retour de Sedan, j'ai pris une décision irréversible. Pour éviter de recevoir de nouveaux appels, j'ai fait changer mon numéro de téléphone.

Zoé en resta bouche bée.

— Ne me juge pas trop vite, poursuivit-il. Sylvie avait décidé de partir, et Sonia venait de m'annoncer qu'elle était enceinte de moi.

— Il est où, cet enfant ?

— Fausse couche.

— Et Sonia et toi ?

— Les mois suivants, j'ai mis de l'ordre dans ma tête, je me suis focalisé sur l'éducation de Victor. On a repris nos distances.

Devant les confidences de son chef de groupe, le bras fort de Zoé, celui qui maniait avec dextérité n'importe quelle raquette de badminton, bougea. Dans un geste de compassion, sa main empoigna celle qui voulait la gifler quelques heures plus tôt. Elle se leva.

— On se retrouve au Gyrophare demain matin ?

Il esquissa un léger sourire alors qu'elle filait déjà en direction d'une autre salle de sport.

19

Lola stationnait la 2 CV sur le parking de la gendarmerie lorsqu'elle aperçut l'employé communal de La Pointe qui l'avait interpellée le matin même sur la future place Gustave-Kaufmann. Il avait conservé sa combinaison de travail. Seule différence notable, son arcade droite était couverte d'un pansement imbibé de sang. Il se trouvait sur le perron lorsqu'elle gravit les quelques marches du bâtiment. Occupé à téléphoner, il lui tourna le dos.

Gaël Diniz patientait assis, le dos courbé, sur un banc métallique de la salle d'attente. Il portait un costume trois-pièces anthracite et se massait le poignet gauche, celui qui l'avait aidée à passer les vitesses la veille.

— Je crois qu'il est cassé, dit-il en la voyant.

— Qu'est-ce qui vous est arrivé ?

— Vincent Roth, le cantonnier de La Pointe, a mis sa moto en travers de la départementale alors que je me trouvais derrière lui. J'ai dû freiner. Il est descendu de sa moto, s'est approché de mon véhicule. Il a donné de grands coups de pied dans les phares en m'insultant. Je suis descendu à mon tour, j'ai anticipé ses coups et lui ai mis un direct.

— Qu'est-ce qui lui a pris ?

— Je ne sais pas. Je pense qu'il me croit responsable du licenciement de son père de la centrale de Chooz vu que je fais partie de l'équipe chargée du démantèlement de la structure.

— Quelle voiture vous aviez ?

— Véhicule de fonction. Je l'ai laissé sur le lieu de l'altercation.

— Vous êtes libre ?

— Oui. C'est plainte contre plainte. Il me reste à passer une radio. Je ne peux plus bouger la main.

— Je vous emmène.

— Vous arriveriez à conduire ma deuche jusqu'à Sedan ?

La bagarre ne lui avait pas fait perdre son sens de l'humour.

Ils passèrent près de trois heures aux urgences. Largement le temps pour Lola d'apprendre qu'un ingénieur sécurité dans le domaine du nucléaire disposait de nombreux relais policiers et institutionnels dans le cadre du recrutement des employés et de l'attribution des habilitations dont il avait la charge.

— Au fait, vous avez discuté avec vos équipes ?

— Pardon ?

— Oui, au sujet des photos que je vous ai transmises ?

Outre le cliché de Virginie Deloncle, Lola lui avait fait parvenir par mail ceux de Sylvie Desgranges et d'Ingrid Van Houten.

— Oui. Personne n'a souvenir d'avoir croisé l'une de ces femmes. Désolé. Elles sont mortes toutes les trois ?

— J'espère que non, répondit une Lola évasive.

L'examen radiographique fut formel. Fracture du scaphoïde. En cadeau, la pose d'un plâtre.

— Et la course à pied ?

— Je cours avec mes jambes, pas avec mes mains, lui répondit-il sur le chemin du retour. Je suis inscrit pour le prochain Écotrail de Paris. Il est hors de question que j'y renonce.

— Je pourrai vous héberger, si vous le souhaitez…

Les mots de Lola étaient sortis naturellement. Elle ne les regrettait pas.

— Ce n'est pas très grand, mais on a une très belle vue sur Notre-Dame depuis les toits.

— Vous vivez seule ?

Elle ne mentit pas.

Elle coupa le moteur devant le Moulin. De la lumière filtrait à travers les rideaux de la demeure.

— Merci pour tout.

— Pas de quoi, chauffeur de 2 CV, ça me plaît bien, finalement.

— Je vous dois quelque chose, alors ?

— Je ne prends pas la Carte bleue.

Autre forme de dédommagement, son visage s'approcha du sien jusqu'à l'embrasser sur la bouche. Elle le laissa faire.

— Je crois qu'on vous attend chez vous, l'arrêta-t-elle après de longues secondes.

Il ne répondit pas.

— Vu l'état de votre poignet, j'imagine que je peux continuer à abuser de votre voiture, non ?

Il acquiesça.

— N'oubliez pas de passer le bonjour à Zeinah de ma part, lui dit-elle, espiègle, alors qu'il quittait l'habitacle.

50

Elle était arrivée la première et, comme d'habitude, avait commandé deux cafés. Ils furent servis au moment où Desgranges poussa la porte du Gyrophare. Ses traits colériques avaient laissé la place à un visage serein, reposé. Zoé Dechaume, elle, bâillait de fatigue. Ses cernes trahissaient une soirée sportive sans doute excessive.

— Tu en es où du dossier Vazeilles ?

— J'ai lancé toutes les réquisitions. Il n'y a plus qu'à attendre. Et toi ?

— Moi, je suis harcelé par Charlotte de Bussy.

— Qu'est-ce qu'elle te veut ?

— Que je lui serve de guide, à elle et à ses auteurs qui écrivent des polars. Ils veulent visiter le Bastion.

— Rien que ça ?

— Elle veut aussi que je la mette en relation avec des grands flics pour écrire une sorte de recueil d'histoires insolites.

— Et tu vas le faire ?

— Non.

Zoé porta la tasse à sa bouche, but son petit noir d'une traite. Elle héla le barman, réclama une nouvelle dose de caféine. Elle inspira profondément.

— Guillaume ?

— Oui ?

— Comment ça se passait entre toi et Sylvie, les derniers mois ?

Il soupira.

— Bien.

— T'es sûr ? Pas d'histoire de cul ?

— Non. Pas de mon côté, en tout cas. Tu sais, on se voyait peu. Moi flic, elle infirmière, on se croisait guère plus de deux heures dans la semaine.

— Des problèmes financiers, peut-être ?

— Non plus.

— Et professionnellement ?

— Elle a toujours été bien notée. Malgré tout, elle a fait l'objet d'un blâme qu'elle a reçu à la suite d'un souci médical.

— Quel genre ?

— Quelques semaines avant son départ, elle a mal renseigné le dossier d'un patient atteint d'un glaucome. À cause de sa bévue, le chirurgien qui est intervenu a opéré le mauvais œil.

— Il y a eu un dépôt de plainte ?

— Non, tout est rentré dans l'ordre. Le patient a reçu une forte indemnité de la part des Hôpitaux de Paris.

— Qu'est-ce que tu as fait des affaires de Sylvie ?

— Pourquoi ?

Comme beaucoup d'enquêteurs, Guillaume Desgranges ne pouvait s'empêcher de répondre à une question par une autre question.

— Je veux comprendre. Comprendre pourquoi elle est partie.

— Et à quoi ça va t'avancer ?

— Je ne sais pas. Probablement à rien.

— Le jour où j'ai changé mon numéro de téléphone, j'ai foutu ses fringues dans des grands sacs et je m'en suis débarrassé.

— Et le reste de ses effets ?

— À la cave.

— Je veux y jeter un œil, lança-t-elle, résolue.

Il s'adossa à sa chaise quelques instants, finit par se contorsionner et fouiller dans la poche de son pantalon. Il en sortit un trousseau de clés, en détacha une avant de lui communiquer le numéro de porte et le digicode qui lui permettrait d'accéder aux sous-sols.

— Si tu trouves quelque chose, je ne veux rien savoir. C'est compris ?

Zoé traduisit. Guillaume ne voulait toujours aucune nouvelle de sa femme, même vivante. Il ne lui pardonnerait jamais son départ.

31

Le lieutenant Rivière avait très peu dormi. Avant de se coucher, elle avait tenu à mener à son terme la lecture de l'ouvrage de Mireille Camus. Paru chez un petit éditeur parisien, il se terminait par un remerciement chaleureux à l'intention d'une « cliente » récente de la brigade criminelle : Charlotte de Bussy en personne.

Le récit était celui d'une mère courage qui consacrait désormais sa vie à soigner son fils unique atteint d'une maladie sans nom plus forte que la médecine. Depuis toujours, elle refusait la fatalité malgré les épreuves qui avaient jalonné sa vie. Orpheline, la jeune Mireille Camus avait été élevée par une tante dont le mari alcoolique la violentait au moindre prétexte, avant de collectionner les placements en foyers entre l'âge de douze ans et sa majorité. Elle avait vécu l'indifférence du corps enseignant devant ses nombreuses lacunes, la colère de ses référents suite à ses fugues à répétition, subi le mépris des agents de sécurité des centres commerciaux qui l'épiaient dans les rayons des CD. Ce furent vingt heures de travail d'intérêt général suite à des tags stupides sur le mur de l'enceinte d'une clinique qui la guidèrent vers sa vocation. Condamnée à intégrer le service blanchisserie d'un hôpital, elle découvrit de l'intérieur le domaine de la santé où dévouement, générosité, altruisme habitaient la plupart des employés qu'elle croisait.

Elle changea radicalement, se mit à fréquenter l'église locale en dépit des moqueries des autres internes de son pensionnat, se fit baptiser par un curé qui lui offrit la biographie d'une sainte italienne. Bénévole dans une antenne de la Croix-Rouge, elle en fut la benjamine durant plusieurs années. Elle combla ses lacunes, obtint un baccalauréat professionnel. Mais échoua au concours d'infirmière. On lui proposa alors un poste de femme de ménage dans une maison de retraite. Elle refusa, mit les bouchées doubles, assura à ses heures perdues du soutien téléphonique au sein de plusieurs associations venant en aide à toutes sortes de personnes en difficulté. Forte de plusieurs témoignages de bonne moralité, elle décrocha enfin l'heureux sésame. L'hôpital public de Reims fut son premier employeur.

Mireille Camus était assise au milieu de son salon, des bigoudis sur la tête, lorsque Lola s'autorisa à pousser la porte entrouverte de sa maison. Une femme d'une quarantaine d'années à la peau brune se tenait debout à ses côtés.

— Je vous présente Gulveda, la tante de Zeinah. Elle me fait belle pour l'inauguration.

La réfugiée syrienne la salua d'un geste timide pendant que Connor, à quelques pas, patientait en jouant avec les ourlets de l'écharpe d'élue de sa mère qui était posée sur la table.

— Vous nous y accompagnez ? J'organise un banquet à la salle communale, à l'issue…

Lola accepta. Elle n'avait rien d'autre à faire, à part aller émarger à la gendarmerie.

— J'ai fini votre livre, cette nuit, dit-elle en jetant un œil par-dessus son épaule pour s'assurer que Connor n'écoutait pas. On peut dire que vous n'avez pas eu une vie facile.

Mireille baissa la tête avant de se ressaisir.

— J'ai reçu beaucoup de témoignages de sympathie et d'encouragement. Mais sachez que je n'ai pas écrit dans le but de susciter la pitié, seulement pour adresser un message positif : celui de rester fort et digne dans les circonstances les plus dramatiques.

Lola opina.

— J'ai lu aussi que vous remerciiez Charlotte de Bussy, poursuivit-elle.

— Vous la connaissez ?

— Paris n'est pas une si grande ville…

— Je lui dois beaucoup, répondit-elle humblement. Pour tout vous dire, elle est venue passer quinze jours ici, dans le gîte que vous occupez, d'ailleurs, et je me suis contentée de répondre à ses questions. C'est elle qui a fait le plus gros du travail. Bien, assez bavardé, il va falloir y aller, conclut-elle en se redressant.

Mireille donna quelques ordres à sa nouvelle employée de maison puis habilla chaudement son fils malgré un soleil orgueilleux qui réchauffait les vallons du parc naturel. Lola la suivit. Cinq minutes plus tard, ils se retrouvèrent tous trois sur la place du village. Connor peina à rejoindre Zeinah qui jouait avec d'autres camarades de sa classe à « un, deux, trois, soleil » tandis que Lola aperçut l'adjudant Levert occupé à sécuriser l'endroit avant l'arrivée imminente du préfet. Apparut Jean-Paul Kaufmann qui, aidé de sa fille, transbahuta un vieillard saisi de tremblements du siège passager de son véhicule à un fauteuil roulant. Lola, assise sur le perron de l'église, prenait plaisir à observer les pompiers de la caserne de Givet qui réajustaient leurs tenues d'honneur et les musiciens de la fanfare qui échauffaient leurs doigts. Tous les habitants de la commune semblaient présents, principalement rassemblés autour du monument aux morts. Ne manquait que Gaël Diniz. Elle l'appela :

— Comment va votre poignet ?

— Je n'ai pas dormi de la nuit tellement j'ai mal. Ne pas dormir offre toutefois un avantage…

— Lequel ?

— Celui de penser à vous.

— Vous êtes où ? Vous ne venez pas à l'inauguration ? éluda-t-elle.

— Non, il a fallu que je fasse rapatrier mon véhicule de fonction à la centrale. Et puis j'ai des papiers à remplir à cause de ce crétin de Vincent Roth. On se voit quand ?

— Pourquoi pas ce soir, si vous m'invitez à dîner chez vous ?

— Je ne suis pas un cordon-bleu. Et si on se retrouvait dans un restaurant gastronomique, plutôt ?

— On verra. Je vous laisse, le préfet vient d'arriver.

Elle mit son téléphone en mode avion, observa le préfet qui serrait un maximum de mains. Tous prirent enfin leur place alors que le chef d'orchestre de la fanfare se mit à battre la mesure. Après cinq minutes de cuivres et de trompettes, Mireille Camus s'avança au pupitre. La voix chevrotante, elle fit l'éloge de la famille Kaufmann, installée dans cette partie septentrionale des Ardennes depuis plusieurs générations, attachée à cette terre au point de la défendre face à l'ennemi. Le fils luttait contre le braconnage des forêts comme le père avait résisté à l'envahisseur allemand à la tête d'un maquis d'une centaine d'hommes. Le préfet, enfin, prit le relais. Il se tourna d'emblée vers Gustave Kaufmann entouré d'une dizaine d'anciens combattants qui, pour les uns, faisaient office de porte-drapeaux, pour les autres, étaient gagnés par cette rigidité si caractéristique chez les militaires de carrière. Titulaire de la médaille de la Résistance, le presque centenaire avait joué un rôle exemplaire à partir de l'hiver 1941. Ayant échappé au STO, caché dans les bois été comme hiver, il avait fédéré des dizaines d'Ardennais implantés dans les villages épars du parc naturel et avait mené des actions de sabotage contre l'occupant allemand, avant de participer, aux côtés des Américains, à la fameuse bataille des Ardennes. Il en avait réchappé avec des engelures aux pieds et aux mains, une blessure par balle à l'épaule et le Mauser d'un sniper allemand qu'il avait abattu. Son fils avait hérité de l'arme longue au moment de son départ en maison de retraite.

Sous l'œil avisé de quelques journalistes de la presse régionale, le préfet et la mairesse, de concert, firent quelques pas en direction de la nouvelle plaque qu'ils s'apprêtaient à dévoiler. Un cri interrompit leur marche. Celui de Connor qui, du doigt, indiquait une fumée noire qui cheminait au milieu des bois, à un kilomètre à vol d'oiseau. Jean-Paul Kaufmann réagit le premier.

Le lieutenant des sapeurs-pompiers hurla des ordres à ses hommes. La bâtisse que Gustave Kaufmann avait construite de ses propres mains dans une clairière naturelle du parc était en feu.

52

Alors qu'Hervé Compostel présidait depuis deux jours un jury dans le cadre du concours annuel de commissaire de police, Zoé Dechaume était retournée fouiner dans les fichiers. Elle n'avait pas fait mieux que ses collègues de permanence qui avaient tenté de creuser la biographie d'Ingrid Van Houten. Cette dernière n'avait laissé aucune trace, et, malgré sa jeunesse, personne ne semblait s'en offusquer. Pas la moindre fiche de recherche au plan national, aucune main courante déposée dans un quelconque commissariat la concernant depuis sa sortie de la clinique du Château de Garches et son dépôt de plainte contre son père. En bref, soit la jeune écorchée vive était morte, soit elle avait changé d'identité, soit elle était bien planquée.

Zoé ne comprenait rien à la psychiatrie. Des études, ici et là, faisaient la part belle au pervers narcissique, à la schizophrénie, aux psychoses délirantes ou aux addictions. Elle ne les lisait jamais, ou alors se perdrait au milieu des termes trop techniques. Elle se sentait incapable de rivaliser avec les médecins de la santé mentale, préférait se concentrer sur son cœur de métier.

Elle s'évertuait surtout à comprendre la scène de crime pour remonter la piste du criminel, et non l'inverse. « Chacun son job », dit-elle au téléphone pour rassurer une secrétaire prompte à opposer le secret médical à la moindre anicroche.

— Le directeur souhaite une demande écrite. Vous comprendrez qu'il est délicat pour moi de vous répondre au téléphone. Après tout, qu'est-ce qui me prouve que vous soyez vraiment policier ?

Zoé raccrocha. Elle n'en pouvait plus de la paperasse. Mais elle n'avait pas le choix. Sa réquisition judiciaire remplie et tamponnée à l'effigie de Marianne, elle la transmit dans les plus brefs délais à Garches. Le résultat lui parvint dans l'heure par mail. Durant le séjour d'Ingrid Van Houten en HP, une douzaine de médecins l'avaient approchée de près ou de loin. Des psychiatres bien sûr, un laborantin, et un radiologue. Elle imprima la liste, glissa la feuille dans un porte-documents et se rendit dans le local matériel où elle décrocha une lampe torche de son râtelier.

Vingt minutes plus tard, elle éclairait l'intérieur de la cave de son chef de groupe. L'endroit était étroit mais profond. Une vraie grotte remplie de cartons empilés façon Tetris. Par chance, les emballages étaient marqués de l'écriture de Guillaume. Ici, *vêtements Victor 6-10 ans*, là, *vinyles*, ailleurs, *vaisselle porcelaine*. Zoé les sortit les uns après les autres, les aligna dans le couloir durant près d'une demi-heure. Après ça, elle ne sentait plus ses bras. Mais trois cartons faisaient référence à Sylvie. Le premier contenait des produits de beauté, tous périmés, évidemment. Le deuxième était constitué de classeurs épais dans lesquels étaient rangés par ordre chronologique les feuilles de salaire et les documents bancaires de la femme de Desgranges. Zoé s'arrêta sur les contrats d'assurance vie. Toutes les sommes, significatives, étaient léguées à Guillaume et, à défaut, à leur fils Victor. Le dernier carton contenait pêle-mêle plusieurs albums de timbres non oblitérés, des lots entiers de cartes postales, des dizaines de lettres à son nom, et des grandes enveloppes renfermant radiographies et divers bilans de santé.

Zoé s'assit au sol, plia les jambes, se saisit des résultats des prises de sang au nom de la disparue. Toutes provenaient du laboratoire de biologie médicale de l'Hôtel-Dieu, le site au sein duquel elle exerçait comme infirmière en ophtalmologie. Il y était question d'hématologie, de vitesse de sédimentation, de leucocytes, d'hématies et d'enzymologie, des termes trop techniques pour qui n'avait pas fait quelques années d'études de médecine. La lumière diffusée par sa lampe torche faiblissait. Elle posa les documents, les remplaça par une poignée de cartes postales, s'assura qu'aucune d'elles n'avait été postée depuis les Ardennes puis entreprit de les déchiffrer. Une heure plus tard, elle était épuisée de lire des instantanés de voyage, des résumés de visites de monuments situés aux quatre coins du monde, rédigés à la va-vite sur un coin de table.

Elle se saisit enfin des enveloppes. Certaines étaient bleues, d'autres roses. Les premières étaient couvertes de l'écriture de Guillaume tandis que la calligraphie des secondes évoquait une main féminine. Toutes étaient décachetées et non timbrées. Zoé ne sut ce qui la retint de les lire : la gêne ou l'abandon de sa Maglite. Elle s'appuya au mur pour se relever, remit tout en ordre et empila au mieux les cartons malgré une lumière de plus en plus faible. Zoé avait perdu son temps. Elle referma la porte de la cave à clé dans un noir presque total, se retourna et renversa une boîte oubliée. Les radiographies et autres courriers privés s'échappèrent dans la poussière. À tâtons elle les ramassa, les rangea et s'éloigna avec le carton sous le bras.

53

Il ne restait plus grand monde dans le bourg de La Pointe, excepté un Gustave Kaufmann perdu et fatigué, qui s'était retranché dans la salle communale sous la garde de sa petite-fille et de quelques anciens combattants. La fête des Kaufmann était gâchée, les drapeaux en berne. Hormis le préfet, pressé par un rendez-vous, la plupart des convives assistaient désormais au combat des pompiers, derrière un périmètre de sécurité délimité par l'équipe de l'adjudant Levert.

Par chance, les flammes qui crevaient le toit de la bâtisse n'avaient pas atteint la lisière du bois. Mais les tuiles, sous l'effet de la chaleur, éclataient, et la charpente en pin, rongée de part en part, s'apprêtait à s'affaisser. Il était indéniable que les soldats du feu, malgré tout leur courage et le renfort d'une caserne voisine, aurait du mal à en venir à bout.

Jean-Paul Kaufmann ne bougeait plus. Abasourdi, il était prostré sur un tronc d'arbre qui marquait l'entrée de sa propriété. Des larmes de douleur, celle liée à la mort de ses chiens brûlés vifs dans le chenil, ruisselaient sur son visage. Il était arrivé trop tard, n'avait pas pu les sauver.

Mireille Camus vint près de lui, tenta de le consoler. Elle lui parla de relogement, il l'arrêta de la main, lui signifia qu'il irait dormir quelque temps chez sa fille. Puis ce fut au tour de Levert, quelques secondes après l'implosion de la chaudière qui fit sursauter l'ensemble des badauds. Jean-Paul Kaufmann n'avait aucune explication à donner, aucune idée de l'origine de l'incendie. Il se redressa, tourna le dos à ce qui n'était plus qu'un amas de cendres, s'isola. Lola le suivit des yeux, tourna la tête vers les quelques journalistes qui ne cessaient de prendre des photos du brasier contre lequel les pompiers gagnaient du terrain. Elle consulta son téléphone, pas de nouvelles de Gaël.

Deux heures plus tard, la foule s'était dispersée. Sous les ordres d'un lieutenant, quelques pompiers poursuivaient leurs manœuvres au plus près du foyer tandis que d'autres, trempés de sueur sous de lourdes protections, récupéraient en buvant au pied de leur camion d'intervention. Sur indication d'un gendarme, Lola vit l'officier s'accroupir au milieu des ruines fumantes. Ce dernier, l'air grave, se releva puis se dirigea vers Levert. Les deux hommes se rejoignirent et tinrent conciliabule. Si Lola ne distingua rien de leurs propos, elle tendit l'oreille lorsque l'adjudant s'approcha de Kaufmann pour lui demander :

— Il y avait quelqu'un, chez toi, Jean-Paul ?

54

La soirée de Lola en compagnie de Gaël Diniz s'était éternisée. Ils avaient enfin cédé au tutoiement, dîné aux chandelles à une demi-heure de route, au sud du département. Elle l'avait beaucoup interrogé, sur sa famille, sur son métier, sur sa présence dans les Ardennes. Il était resté assez évasif, sauf lorsqu'il avait été question de course à pied. Il vivait sa passion à fond, en maîtrisait tous les aspects, de l'histoire des champions olympiques à la diététique et aux molécules libérées par l'effort.

— On dirait que cette passion laisse peu de place au reste, lui avait-elle glissé.

— Je sens dans ton propos comme une pointe d'agacement.

— Disons que je ne suis pas très partageuse.

— Qui parle de partager ? La passion pour une activité et l'amour pour une personne sont tout à fait compatibles.

— Sauf que moi je ne cours pas. Je ne fais aucun sport, d'ailleurs.

— Pourquoi ?

— Je ne peux pas. Je ne suis pas en état. Et j'ai un rapport avec mon corps compliqué.

— Pourtant ce corps me semble parfait, non ?

— Les apparences sont trompeuses.

Leur conversation s'était arrêtée là, l'un et l'autre avaient replongé la tête dans leur assiette. Ils n'avaient pas pris de dessert, préférant une seconde coupe de champagne pour clore le repas. Diniz avait réglé l'addition, ils étaient ressortis de l'auberge main dans la main, avaient échangé un baiser sans fin avant de reprendre la route sous un ciel étoilé.

À vingt-neuf ans, Lola Rivière n'avait connu que des histoires sans lendemain. Y compris à Singapour où elle avait vécu quelques semaines heureuses avec un expatrié canadien qui travaillait dans une banque. De peur de trop se dévoiler, elle avait fini par se séparer de lui.

Elle traversait Sedan lorsqu'il rompit le silence :

— Tu veux qu'on passe la nuit à l'hôtel ?

— Pourquoi pas chez toi ? répondit-elle.

— Pas chez moi, non.

— T'as honte de me dire que tu héberges Gulveda et sa nièce ? Ce n'est pas parce que je suis flic que je vais m'en offusquer, bien au contraire.

— Je ne préfère pas, c'est tout.

Elle était restée silencieuse jusqu'à La Pointe. Leur dernier baiser, devant le Moulin, parut forcé.

Le réveil de Lola fut cruel. Quelqu'un frappait à sa porte. Mireille Camus en personne venait lui apporter le quotidien régional. La une du *Courrier ardennais* était claire : une femme avait été découverte dans les décombres de l'incendie du domicile de Jean-Paul Kaufmann. L'article, accompagné d'une photo en couleurs de la bâtisse en feu, se concluait par une série de questions. Quelle était l'origine du départ de feu ? Qui était cette femme trouvée en partie calcinée ?

— La morte correspond peut-être à l'une des femmes que vous m'avez montrées en photo sur votre téléphone ? suggéra la maîtresse de La Pointe.

La Parisienne ne répondit pas.

— On ne connaît jamais assez bien les gens que l'on côtoie…, poursuivit Mireille pendant que Lola lisait l'article. Si ça se trouve, c'est lui qui a mis le feu pour se débarrasser d'une personne devenue trop encombrante.

— En tuant ses chiens du même coup ?

— Allez savoir. Sait-on ce qui se passe vraiment dans la tête d'un homme qui vit seul dans les bois ?

— Il est où, en ce moment ?

— Il a passé la nuit chez Levert. Les gendarmes sont en train de le cuisiner. À mon avis, on n'est pas près de le revoir.

— Et le cadavre, vous l'avez vu ?

— Moi, non. J'ai pas voulu m'approcher. Par contre, vu son état, c'est Vincent, mon cantonnier, qui a assuré son transport jusqu'à la morgue à l'aide du camion communal.

Lola était en retard. Une nouvelle fois, elle allait en être quitte pour patienter une plombe dans la salle d'attente de la gendarmerie. Elle se précipita dans la salle de bains, s'habilla et fit tousser la Citroën au démarrage. Dix minutes plus tard, elle pénétrait dans une ruche où un gendarme était occupé à répondre à plusieurs appels en même temps tandis qu'un autre, dans une pièce mal insonorisée, désespérait d'obtenir une identité de la part de Jean-Paul Kaufmann.

— Puisque je vous dis que je n'hébergeais personne ! hurlait le lieutenant de louveterie.

— Soyez raisonnable, Kaufmann. On trouve une femme morte chez vous et vous avez le toupet de dire que vous ne la connaissiez pas ? rétorqua le gendarme.

— Je ne vais quand même pas vous inventer une histoire, si ? Je n'ai pas la moindre idée de qui peut être cette femme. Tout comme je n'ai pas idée de qui a pu me cambrioler il y a deux mois, vu que vous n'avez pas été fichus d'identifier les responsables.

La jeune enquêtrice ne fut pas surprise de tomber sur Justine Kaufmann. Elle reniflait et se rongeait les ongles dans l'attente d'être auditionnée. Lola resta près de la porte, vigilante aux bribes de conversations téléphoniques. Elle comprit que le planton, à l'accueil, venait de raccrocher au nez et à la barbe d'un journaliste pour répondre au légiste. Par chance, pour être sûr de bien comprendre, le gendarme répétait à haute voix toutes les paroles de son interlocuteur. « Femme de type caucasien, trente à quarante ans, grossesse à terme, tuée par balle, calibre de 8 mm » furent les mots qu'elle perçut. De peur de les oublier, elle les enregistra sur son téléphone. Elle se trouvait dans l'entrebâillement de la porte lorsqu'elle vit apparaître l'adjudant Levert portant un carton rempli de pots en verre contenant des cendres. L'enquête battait son plein. Recherche des causes de l'incendie, identification de la victime, causes de sa mort, la gendarmerie locale allait rapidement avoir besoin de renfort.

— Si je peux vous être d'une quelconque aide, suggéra Lola en sortant la tête de la salle d'attente. Les incendies, c'est mon rayon, à la Crim' de Paris.

— Hors de ma vue ! cria Levert qui ne semblait pas avoir dormi beaucoup plus qu'elle.

— Il faut que je signe votre registre, mon adjudant…

— Pas le temps. Repassez demain. On antidatera.

Elle ne se fit pas prier.

« Trente à quarante ans », selon le légiste qui avait autopsié le corps. Voilà ce qu'avait avant tout retenu Lola. Si la fourchette était bonne, cela excluait la femme de Guillaume Desgranges, plus âgée, mais aussi Ingrid Van Houten, trop jeune. Qui était cette morte, alors ? Et à quel type d'arme correspondait ce calibre de 8 mm, cause du décès, dont elle n'avait jamais entendu parler ?

— Le 8 mm, c'est le calibre de beaucoup d'armes de guerre utilisées lors des deux conflits mondiaux, lui dit Zoé à qui elle en référa.

Cette dernière l'informa surtout du fait qu'elle s'apprêtait à venir la rejoindre dans les Ardennes dans les prochaines heures. Lola s'en réjouit même si elle avait pour projet, à l'origine, de revoir Gaël.

En attendant, elle regagna La Pointe et stationna la 2 CV sur la nouvelle place Gustave-Kaufmann. Elle marcha jusqu'à la mairie, rebroussa chemin, passa devant la salle communale. Ce fut derrière les grilles du cimetière qu'elle aperçut enfin la silhouette de Vincent Roth. Celui-ci bêchait les mauvaises herbes qui se propageaient dans les allées gravillonneuses. Elle s'approcha dans son dos, il sursauta.

— Le cimetière est fermé au public le matin. Qu'est-ce que vous faites ici ?

— Je vous cherchais. C'est Mme Camus qui m'envoie, mentit-elle. Il paraît que c'est vous qui avez assuré le transport du cadavre découvert au domicile de Jean-Paul Kaufmann…

Il confirma. Il avait aidé l'équipe de l'adjudant Levert à placer le macchabée dans une enveloppe en plastique avant de le monter dans la benne du camion communal.

— Vous avez vu son visage, alors ?

— Vite fait.

— On m'a dit qu'elle était enceinte, aussi. C'est vrai ?

— Possible. Ce n'était plus qu'un morceau de charbon, dit-il en se retournant.

Lola n'en douta pas. Quelques mois plus tôt, elle avait participé au ramassage d'une vingtaine de corps au dernier étage d'un immeuble social ravagé par les flammes dans le 11e arrondissement de Paris.

— Je peux quand même vous montrer quelques photos ?

— Quelles photos ?

— Des photos de femmes qui ont disparu.

Il ne répondit pas, porta une main à la cicatrice qui lui barrait l'arcade sourcilière. D'autorité elle sortit son téléphone et lui colla le cliché de Sylvie Desgranges sous les yeux. Il regarda à peine.

— Vous ne voulez pas m'aider ?

— J'ai du travail.

— J'en ai pour dix secondes…

Elle lui présenta de nouveau le cliché. Il secoua la tête.

— Et celle-ci ? dit-elle en lui soumettant la photo d'Ingrid Van Houten.

Son regard dévia vers une tombe.

— Alors ? insista-t-elle.

Il semblait incapable de fixer de l'image.

— Non. Rien à voir.

— Vous êtes sûr ?

— Oui, sûr.

Elle partit à reculons, sans un mot. Cet homme connaissait Ingrid Van Houten, elle en était certaine.

55

Zoé Dechaume était arrivée à la gare de Sedan avec près de deux heures de retard, en raison d'un arbre couché sur une voie de la ligne TGV. Pour autant, celle-ci n'avait pas perdu sa bonne humeur. Après s'être moquée allégrement du véhicule de Lola, elle jouait à faire tanguer la 2 CV alors que la conductrice se crispait sur le volant.

Zoé se rattrapa à leur arrivée au gîte. Elle remit à sa collègue un carton à l'effigie du 36 au dos duquel chacun des flics de la Crim' y était allé de sa petite signature. Les *Courage, on est tous avec toi !* côtoyaient d'autres formules tendres et amicales qui insistaient sur son dévouement inégalable.

— Ne cherche pas la contribution de Compostel, il est en déplacement à Lyon depuis le début de la semaine.

— Et Guillaume, il a mis un mot ?

— Je n'ai pas osé le lui demander, mentit Zoé.

— Ça va mieux entre vous ?

— On a enterré la hache de guerre. Figure-toi qu'il m'a même laissée fouiner dans les affaires de sa femme.

— Et ?

— Rien hormis quelques cartes postales et des bilans sanguins. Je nous ai pris un pomerol pour la soirée, dit Zoé pour changer de sujet tout en défaisant ses bagages.

Le grand cru 2012, vendu par l'amicale de la brigade criminelle, était bradé depuis plusieurs mois. Et pour cause, son étiquette portait le sigle de l'ancienne adresse du 36, celle du quai des Orfèvres. Lola s'empressa de trouver un tire-bouchon pendant que Zoé remplissait le réfrigérateur des victuailles qu'elles avaient achetées dans un supermarché de Givet.

Son verre à la main, Lola baissa l'intensité de l'halogène au minimum, picora quelques dés de surimi disposés dans une coupelle et s'installa sur le canapé. Elle finit par lui raconter dans les grandes lignes sa semaine ardennaise avant d'évoquer le cadavre trouvé chez Jean-Paul Kaufmann. Face à elle, Zoé, pieds nus, posa son verre sur la table basse, s'empara de son téléphone sur lequel elle pianota.

— Si ce que je te raconte ne t'intéresse pas, tu me le dis !

Zoé ne prit pas la peine de lui répondre. Elle venait de se connecter sur le site d'un organe de presse régional et lut à haute voix :

— « Dernière minute : rebondissement dans l'affaire de l'incendie de La Pointe. À l'occasion d'un point presse, le procureur de la République de Charleville-Mézières s'est fait l'écho de l'avancée spectaculaire de l'enquête relative à la découverte d'un cadavre dans les décombres d'une bâtisse incendiée sur la commune de La Pointe. Selon toute vraisemblance, il y a tout lieu de croire qu'il s'agit d'une femme de trente à quarante ans tuée par arme à feu. En effet, l'autopsie du cadavre a révélé en début de matinée une blessure mortelle causée par un projectile de 8 mm compatible avec une arme longue de marque Mauser. S'il a la réputation de lutter contre le braconnage dans le parc naturel des Ardennes, le lieutenant de louveterie Jean-Paul Kaufmann n'en est pas moins le principal suspect. Il avait hérité voici plusieurs années d'une arme de ce calibre ayant appartenu à un sniper allemand tué par son père durant les combats pour la Libération en 1944. Il semblerait par ailleurs que l'incendie de son domicile soit volontaire, des traces d'hydrocarbures ayant été détectées parmi les débris relevés. Actuellement en garde à vue à la gendarmerie de La Pointe, Jean-Paul Kaufmann ne cesse de clamer son innocence. Il devrait être déféré devant le procureur dès demain. Quant à la victime, il pourrait s'agir d'une femme d'origine picarde disparue dans la région cet été. Le procureur n'a pas souhaité communiquer son identité à ce stade de l'enquête. »

Ni la femme de Desgranges ni Ingrid Van Houten n'était picarde.

— On dirait que tu t'es fait des idées, ma cocotte.

Lola n'en était pas si sûre. Deux mortes et deux disparues dont les traces aboutissaient dans le même secteur, ce n'était pas anodin.

— Je te rappelle que tu n'as aucune preuve qu'Ingrid Van Houten soit venue par ici.

— On fait quoi, alors ?

— Rien. Kaufmann est entre les mains des gendarmes. Il va peut-être finir par lâcher des infos.

— Je n'arrive pas à croire qu'il ait pu tuer des femmes.

— Pourquoi ?

— Je le sens intègre.

Zoé rit de bon cœur.

— Tu es trop naïve. C'est lui qui furetait dans le parc lorsque nous avons trouvé la médaille de Virginie Lelonclé. Comme par hasard…

— Il m'a prise en stop, m'a conduite à la gendarmerie. Si c'était un pervers, le moment était idéal pour s'occuper de moi.

— Tu n'es peut-être pas son type de…

Zoé fut interrompue par un grincement aigu, métallique, une sorte de bruit de balançoire incessant ou de portail rouillé. Lola se boucha les oreilles, Zoé se redressa d'un geste brusque. En trois pas vifs, cette dernière se posta à la fenêtre pour constater la présence d'une ombre qui s'en prenait à la 2 CV. Lola la vit sauter dans ses baskets et foncer vers la porte d'entrée. Elle arracha la poignée, surprit un homme grimpé sur l'un des pneus de la deuche qui lacérait de grands coups de canif la toile qui faisait office de toit. Elle hurla. L'homme abandonna son couteau, prit ses jambes à son cou. Il n'eut pas le temps d'atteindre la route. Telle une hyène, Zoé lui sauta sur le dos, cala son bras droit à la base du menton de l'individu, débuta un étranglement en règle. L'homme s'affaissa, éructa, rendit les armes. Elle ne lui laissa aucun répit, lui fit une clé de bras. Il jura.

— Ferme ta gueule ! lui balança-t-elle. Ça ne t'emmerde pas de dégrader le bien d'autrui ?

— Argh ! Lâche-moi, tu me fais mal !

— Pas tant que tu m'auras pas dit pourquoi tu t'en prends à notre caisse.

— C'est pas à vous que j'en veux…

— À qui, alors ?

— À Diniz. Il m'a frappé l'autre jour, il m'a pété l'arcade.

Lola les avait rejoints. Elle reconnut aussitôt la voix de Vincent Roth, l'employé communal.

— Qu'est-ce que tu lui veux, à Diniz ?

— Me venger.

— Fallait pas lui chercher des noises, intervint Lola.

— C'est lui qui m'en cherche. Il n'arrête pas de me suivre depuis plusieurs semaines.

— Qu'est-ce que tu nous chantes ? Pourquoi il te suivrait ?

— Qu'est-ce que j'en sais, moi ? Lâchez-moi, je vais rembourser les dégâts.

— N'y compte pas. Lola, appelle la gendarmerie !

— Attendez ! grimaça-t-il.

— Pourquoi ?

— Si je vous dis qui est la fille découverte chez Kaufmann, vous me laissez partir ?

— Non.

— Si ! coupa Lola.

— Vous jurez ?

— Accouche !

— Ses parents…

— Ses *parents* ?

— Ses parents, ils sont venus il y a un mois de ça dans le secteur. Ils cherchaient leur fille, une certaine Esther. Même qu'ils disaient qu'elle était enceinte.

— Leur nom de famille ?

— Aucune idée. Par contre, le père avait un accent bizarre. Un accent pas de chez nous.

— Continue…

— Je sais juste qu'ils ont fait le tour des communes des environs avec la photo de leur fille. Ils sont même allés voir les gendarmes, à Givet.

— Pourquoi tu ne me l'as pas dit, ça, quand je suis venue te voir au cimetière ?

— Je bave pas aux étrangers.

Le coup de pied dans les parties lui fit perdre son arrogance. Zoé lui libéra le bras et se releva.

— T'as deux jours pour nous dédommager. Sinon on dépose plainte. C'est compris ?

— Je peux récupérer mon Opinel, au moins ? dit-il en se redressant.

— Dégage ! crièrent-elles de concert.

Elles dormirent peu et mal. Zoé n'avait pas réussi à faire redescendre la tension liée à l'interpellation mouvementée de Vincent Roth, et Lola ne put s'empêcher de scruter le moindre bruit dans le gîte, de peur que l'employé de mairie n'ait la mauvaise idée de revenir.

Au petit matin, elles ne purent que constater l'ampleur des dégâts. Des lambeaux de tissu pendaient à l'intérieur de la voiture tandis que la tôle réclamait une nouvelle couche de peinture vert pomme.

— Qu'est-ce qui lui est arrivé ? s'enquit Connor qui prenait le chemin de l'école.

— Elle est vieille, elle a des rides et elle perd ses cheveux, rétorqua Zoé. Mais on va tâcher de lui refaire une beauté.

— Et pour moi, tu peux quelque chose ? Parce que moi aussi j'ai perdu mes cheveux.

Aucune des deux ne répondit. Elles s'empressèrent de monter à bord de la deuche dont l'habitacle avait souffert de l'humidité durant la nuit. Le klaxon fonctionna lorsque Lola tenta de s'en servir à hauteur du petit garçon, ce qui lui redonna le sourire. Elles arrivèrent à la gendarmerie un quart d'heure plus tard, au moment même où un convoi quittait les lieux sirènes hurlantes, suivi de près par un scooter sur lequel était juché un photographe de presse.

Ne restaient que deux personnes sur le perron de la maréchaussée. Un gendarme adjoint volontaire avait fort à faire avec Justine Kaufmann qui ne cessait de parler de complot. Son père venait d'être embarqué dans un fourgon pour être conduit devant un magistrat du tribunal de grande instance de Charleville-Mézières. Accusé de meurtre, sa mise en examen et son écrou en attente d'un procès d'assises étaient assurés.

— Je vous demande de rentrer chez vous, mademoiselle Kaufmann, insistait le jeune gendarme.

— Puisque je vous dis que mon père ne connaissait pas cette femme ! Il vivait en ermite avec ses chiens pour seuls compagnons !

C'était un dialogue de sourds. Il cherchait à ce qu'elle débarrasse le plancher, elle déversait son trop-plein de colère et de désespoir.

Elle finit par obtempérer, manqua de bousculer Zoé et Lola en regagnant son véhicule. Les deux collègues sentirent le gendarme se détendre. Elles lui sourirent, passèrent devant lui et vinrent s'appuyer contre le bat-flanc de l'accueil.

— L'adjudant Levert n'est pas là ? s'enquit Lola.

— Je suis seul. Il escorte Kaufmann jusqu'au TGI avec le reste de la brigade. C'est pour votre contrôle judiciaire, c'est bien ça ?

Elle confirma. Le jeune gendarme sortit le registre et le lui posa sous le nez. Elle signa.

— On aimerait déposer plainte, également, enchaîna Zoé.

— Pour ?

— Dégradations de biens privés.

— À savoir ?

— Le véhicule qu'on nous a prêté. Il a fait l'objet de nombreuses rayures et détériorations cette nuit. Venez voir ! dit-elle en adressant un regard complice à Lola.

Zoé fit quelques pas en direction du perron. Elle sentit le militaire hésiter tandis que Lola faisait mine de se diriger vers la salle d'attente. Il céda, s'empara d'un appareil photo et d'un porte-documents. La jeune enquêtrice attendit quelques secondes qu'ils s'éloignent, se courba en deux, poussa la porte battante qui menait à l'espace de travail des gendarmes et s'installa derrière un ordinateur. Elle bougea la souris, scruta les icônes, cliqua sur celle qui correspondait au logiciel de procédure. Un mot de passe était réclamé. Elle rebroussa chemin. La main courante informatisée, elle, n'était pas verrouillée. Lola se redressa, jeta un coup d'œil par la fenêtre. Zoé parlementait, le gendarme relevait les références de l'assurance. Elle se replongea sur l'interface logicielle, sélectionna le mode « recherche », tapa le mot *picard*. Aucun résultat. Elle mit les bouchées doubles, il fallait faire vite, remplit le champ suivant : *disparu + enceinte*. Une fiche s'ouvrit. Elle lança l'impression. Un appareil, à deux pas d'elle, crépita. Elle se releva, se saisit du document, le plia en quatre et le rangea dans une poche. Dehors, le gendarme n'arrivait pas à se défaire de Zoé qui s'était emparée de l'appareil photo et qui mitraillait les nombreuses zébrures effectuées par Vincent Roth la nuit précédente. Lola revint vers l'écran, s'apprêtait à fermer le logiciel. Elle changea d'avis. La recherche *Gaël Diniz* donna trois résultats. L'une des mains courantes correspondait à la découverte d'un cadavre dans les bois, une autre faisait état d'une altercation avec Vincent Roth. La dernière indiquait qu'il avait été mis en cause pour harcèlement à l'égard d'un praticien de l'hôpital de Chinon. Les joues rouges, le cœur palpitant, Lola avait regagné la salle d'attente les poches bien remplies lorsque le gendarme revint à son poste.

— Alors ?

— Écoute ça, débuta Lola qui s'était garée quelques centaines de mètres plus loin après avoir quitté la gendarmerie : « Ce jour, M. et Mme Pierre-Jean Leconte, domiciliés sur la commune du Crotoy (Somme), se présentent à nous afin de faire état de la disparition de leur fille, Esther Leconte, âgée de trente-cinq ans, laquelle les a contactés par téléphone (n° masqué) le 18 août 2018 à 22 h 14 sur la ligne cellulaire de monsieur. Le message laissé évoque sa présence à la date de l'appel sur la commune de La Pointe, et le ton laisse penser qu'elle regrette son départ et qu'elle se trouve aux abois. Elle annonce également qu'elle est enceinte. Les nombreuses démarches effectuées par M. et Mme Leconte auprès des habitants de La Pointe n'ont pas permis de retrouver la trace de leur fille qui a quitté son emploi de guide touristique et son domicile du Crotoy en avril 2017 sans laisser d'adresse. Main courante déposée à toutes fins utiles le 20 août 2018. »

— Ça fait quatre. Que des femmes. Est-ce que le numéro de téléphone de Pierre-Jean Leconte est noté ?

Lola acquiesça avant de lui tendre le document. Elle savait ce que sa collègue comptait en faire : retracer l'appel *via* une réquisition judiciaire afin d'identifier le propriétaire de l'appareil utilisé par Esther Leconte.

— Tu me ramènes à la gare ?

— Tu veux déjà m'abandonner !

— J'ai des envies d'air marin, si tu vois ce que je veux dire.

— Je serais bien venue avec toi.

— Sauf que j'ai l'impression qu'en ce moment tu préfères la course à pied à la pêche à pied. Je me trompe ?

Elles rirent de bon cœur et reprirent la route en direction du gîte où Zoé récupéra ses bagages. Elles allaient remonter à bord de la 2 CV lorsqu'elles virent arriver la pharmacienne à grands pas.

— Elle est là, Mireille ?

Aucune trace du véhicule de la mairesse de La Pointe. Lola répondit par la négative.

— On peut peut-être vous aider ? relança Zoé.

— Je cherche les coordonnées des parents de la femme qui a été retrouvée morte chez mon père. Ils ont dormi ici il y a quelques semaines.

Les deux amies se regardèrent.

— Dans notre gîte ?

— Oui. Mireille tient bien un registre, non ?

Elles confirmèrent. Elles-mêmes l'avaient paraphé lors de leur premier séjour.

— J'ai besoin de le voir !

— Repassez plus tard. Je pense qu'elle sera là en fin de journée, répondit Lola.

Justine ne l'écouta pas. Elle se précipita vers la porte d'entrée du pavillon de Mireille Camus, tourna la poignée. Elle était verrouillée. Elle leva le poing, résista à l'envie de casser un carreau et fit demi-tour sans un mot.

56

Lola s'était bien gardée de révéler à Zoé la récupération des mains courantes relatives à Gaël Diniz. Elle avait honte de son initiative dans les locaux de la gendarmerie, de ces investigations officieuses et condamnables concernant l'athlète dont elle était en train de tomber amoureuse. Elle eut moins de remords lorsqu'elle avoua à ce dernier que son véhicule avait été dégradé. À sa grande surprise, il réagit à peine. Assis face à Lola sur le canapé du gîte qu'elle occupait, il préféra se consoler en l'embrassant avant de devenir plus entreprenant.

— Attends ! lui intima-t-elle quand elle sentit sa main valide glisser sous son chemisier.

— Quoi ? Qu'est-ce qu'il y a ?

— Qu'est-ce qui te plaît, chez moi ?

— Pourquoi cette question ? Pourquoi maintenant ?

— Réponds. Qu'est-ce qui te plaît, chez moi ?

Il hésita, bafouilla :

— Tout. Ta beauté bien sûr, ton sourire, ta douceur. Ta fragilité, aussi.

À ce mot, elle frémit. Elle se mit sur ses pieds, se dirigea vers la porte-fenêtre, abaissa le store électrique.

Elle appuya sur l'interrupteur, revint se camper devant le canapé.

— Je ne suis pas fragile, Gaël. Je suis malade, lâcha-t-elle en déboutonnant son chemisier sur la cicatrice épaisse, boursouflée, qui lui barrait le ventre.

— Je le sais, tu me l'as déjà dit.

— Regarde-moi !

Il quitta ses yeux, fit couler son regard en direction du nombril de Lola. La gravité de cette dernière lui faisait peur. Elle continua :

— Il ne me reste que quelques décimètres d'intestins…

Il hocha la tête. Il comprenait le message. Lola prenait très au sérieux leur relation. Elle refusait de s'offrir à un homme qui n'aurait pas une idée précise de son état de santé.

— … La prochaine étape, c'est la…

— Ne dis rien, coupa-t-il, j'ai compris.

Chacun à leur manière, ils souffraient. Elle de se donner à un homme qui risquait de la rejeter si sa maladie empirait ; lui de ne pas avoir su convaincre une mère qu'il avait veillée jusqu'à son dernier soupir, à l'hôpital de Chinon.

Il tendit les mains vers elle. Lola hésita de longues secondes avant de faire de même.

57

Zoé Dechaume n'avait qu'une journée devant elle. Elle sauta dans le premier train pour Amiens, puis grimpa dans un TER pour la commune de Rue située à quelques kilomètres du Crotoy. Un taxi fit le reste. Il la déposa place Jeanne-d'Arc, non loin du quai Léonard qui donnait sur la baie de Somme.

La grisaille parisienne avait laissé la place à un crachin secoué par des bourrasques. Zoé courba l'échine et pénétra dans le premier bistrot.

— On dirait que vous n'avez pas choisi le bon week-end, lança le barman. Qu'est-ce que je vous sers, mademoiselle ?

— Un café et un croissant au beurre.

Perchée sur un tabouret de bar, elle enchaîna :

— Je ne suis pas touriste. Je suis à la recherche d'une vieille copine que j'ai perdue de vue et qui habite Le Crotoy.

— Comment elle s'appelle ? demanda-t-il alors qu'il s'activait sur son percolateur.

— Esther Leconte.

L'homme se retourna.

— Vous venez d'où ?

— Paris.

— J'ai bien peur que vous ayez fait tout ce chemin pour rien.

— Pourquoi ?

— Il n'y a pas que vous qui l'ayez perdue de vue. Allez faire un tour dans la ville, les parents d'Esther ont collé des affiches partout.

— Et depuis quand elle a disparu ?

— Un peu plus d'un an.

Il lui servit son café et son croissant, posa sur le zinc du miel d'argousier et de la confiture de lait.

— Je ne devrais pas dire ça mais, à l'heure qu'il est, elle ne doit pas être en très bon état.

— Pardon ?

— Esther était malade. Il y en a d'ailleurs qui disent qu'elle est partie pour éviter de faire souffrir ses parents. Pourtant, elle ne méritait pas ça. Qu'importe le temps, qu'importe son état de santé, elle faisait son job comme personne.

— À savoir ?

— Elle était guide dans la baie. Elle accompagnait les touristes, leur faisait visiter les marais.

— Et sa maladie ?

— Un cancer du sein. Elle a été soignée au CHU d'Amiens pendant un an, on a tous cru qu'elle allait en guérir. Et puis elle a rechuté. C'est pour ça qu'à mon avis elle est partie. Elle se savait condamnée.

— Elle n'avait pas de petit ami ?

— Pas à ma connaissance, non. Il y avait bien du monde qui lui tournait autour, mais elle refusait de s'engager.

— Et vous savez où je peux trouver ses parents ? J'ai tenté de les appeler hier toute la journée, leur ligne semble occupée.

— Eux non plus ne doivent pas être dans un bel état au moment où je vous parle. Si vous tenez à les voir à tout prix, c'est au cimetière qu'il faut vous rendre. Ils ont été retrouvés morts noyés dans leur cabane de chasseur.

— Un suicide ?

— Les enquêteurs en doutent. L'accès à la hutte était cadenassé de l'extérieur et le système de coulisse a été trafiqué de manière à ce que la cabane soit immergée. Les gendarmes sont tellement aux abois qu'ils ont lancé un appel à témoin par voie de presse. Mais, hormis des phoques et des loutres, ils risquent d'avoir du mal à dégotter des témoins qui auraient traîné au milieu de la baie.

Zoé se tut. Elle termina son croissant, en commanda un autre, qu'elle tartina à l'excès.

— Et ils habitaient où, les Leconte ?

— Derrière, dans la rue Jules-Verne, au n° 12.

— Et Esther, elle n'a jamais été suivie sur Paris pour sa maladie ?

— Je ne crois pas. Vous ne seriez pas journaliste, par hasard ?

Zoé sourit. Elle avait laissé cette voie à sa sœur. Flic ou pisse-copie, les méthodes s'apparentaient. Seul l'objectif différait. Rassasiée, prête à affronter le crachin qui ne cessait pas, elle sortit un billet qu'elle tendit au barman. Elle ne ramassa pas la monnaie.

58

Lola ne s'était assoupie qu'à l'aube, après une nuit de baisers et de caresses que seul un amour naissant pouvait alimenter. Gaël l'avait abandonnée lorsqu'elle se réveilla au son de coups portés contre la porte d'entrée. Elle enfila son pyjama avant d'ouvrir la porte à Connor.

— Zeinah et moi, on t'attend à la maison, dit-il de sa voix fluette.

Lola n'avait pas oublié le cours de soutien scolaire. Vidée par tant d'émotions charnelles, elle avait juste omis d'activer le mode « réveil » de son téléphone.

— Laissez-moi dix minutes, j'arrive.

Elle fila sous la douche, finit d'émerger, s'habilla en quatrième vitesse et, le ventre vide, traversa la cour jusqu'au pavillon de Mireille Camus. Zeinah lisait une fable de La Fontaine tandis que Connor dessinait la silhouette d'un Pokémon lorsqu'elle s'assit en face d'eux. Lola prit en priorité le cahier de brouillon de l'enfant malade sur lequel elle inscrivit deux problèmes nécessitant additions et soustractions. Zeinah, elle, reçut pour consigne d'inventer une histoire. La gravité s'empara de la petite réfugiée.

Lola se releva de sa chaise, sortit le téléphone de sa poche. Elle l'alluma, s'isola dans la pièce voisine, contacta la gendarmerie. Elle reconnut le ton du jeune gendarme adjoint, lui dit qu'elle était désolée de cet énième retard, qu'elle passerait signer son contrôle judiciaire en fin de matinée. Elle raccrocha, consulta un SMS envoyé par Zoé :

Parents d'Esther Leconte sont morts. Leur fille avait un cancer du sein. À première vue, pas de pied-à-terre à Paris. Rappelle-moi.

Seule au milieu du salon, elle obtempéra. Zoé décrocha sur-le-champ.

— On s'est plantées, Lola. L'extrême droite, Saint-Nicolas-du-Chardonnet, les scarifications nazies, c'était une fausse piste.

— T'as mieux à proposer ?

— Tu as de la peau de saucisson devant les yeux ou quoi ? Esther Leconte avait un cancer du sein, elle était soignée au CHU d'Amiens. Ingrid Van Houten était hospitalisée en HP à Garches. Et la femme de Guillaume travaillait à l'Hôtel-Dieu au service ophtalmo.

— On a tous et toutes un rapport plus ou moins étroit avec la médecine, Zoé. Je suis bien placée pour le dire, non ? Et puis tu oublies que Virginie Deloncle, elle, ne les aimait pas beaucoup, les hôpitaux. Elle luttait contre les IVG.

— …

— T'es où, là ?

— Au domicile des Leconte.

— Je croyais qu'ils étaient morts !

— J'ai brisé le scellé et forcé la porte.

— Quel scellé ?

— Ils ne sont peut-être pas morts accidentellement. Je te raconterai.

— T'es malade ! Sors de là avant de te faire choper !

— Ne t'inquiète pas, je te rappelle que je cours plus vite que toi. Je suis dans la chambre d'Esther. Qu'est-ce que tu prendrais à ma place ?

— T'es vraiment folle ! Sors d'ici, bordel !

— …

— L'ordi. Il y a un ordi ?

— Oui.

— Alors prends l'unité centrale et va-t'en avant que les voisins débarquent !

Le téléphone lui brûlait les doigts. Lola le rangea au fond de sa poche. Elle sursauta au moment où Zeinah lui tapota le bras.

— Tu as déjà terminé ! Retourne à ta place, j'arrive.

Lola se dirigea vers les toilettes. Son téléphone vibra. Nouveau SMS de Zoé.

Je fais quoi de l'ordi ?

Puis un MMS accompagné d'un cœur, cette fois-ci. Gaël, en tenue de sport au milieu des bois. Sourire béat. Lola se redressa, chercha la salle de bains, s'approcha du lavabo, se lava les mains, rinça le visage cerné que lui renvoyait le miroir d'un compartiment à pharmacie entrouvert. Elle le tira, l'ouvrit sur des dizaines de boîtes de comprimés. Elle le referma puis revint auprès des deux enfants.

Connor butait encore sur le second exercice, Zeinah tendit son travail en direction de sa maîtresse de substitution. Cette dernière se concentra, guida le premier vers la solution avant de déchiffrer les mots tremblants de la fillette. Abstraction faite des fautes grammaticales, Lola fut très vite happée par le récit de la jeune Syrienne. Il avait pour cadre un pont enjambant un fleuve sur lequel une femme tentait d'échapper à des hommes en armes. Cette dernière ne parvint pas à se sauver.

Lola releva la tête. Les images télévisées de villageoises réfugiées sur les bords de l'Euphrate qui fuyaient la barbarie lui vinrent à l'esprit. Son regard croisa celui de Zeinah sur lequel glissaient des larmes silencieuses.

— C'est l'histoire de ta maman ?

L'enfant resta mutique. Elle essuya son visage d'un revers de manche, récupéra sa feuille qu'elle plia et fourra dans sa poche, et s'empara du recueil des fables de La Fontaine qu'elle ouvrit au hasard. Lola n'insista pas. Elle se tourna vers Connor, lui fit reviser ses tables de multiplication avant de consacrer un long moment à lui expliquer les calculs à retenue.

Près d'une heure était passée. Elle donna à Connor une dernière série d'opérations avant de s'éloigner de quelques pas pour rappeler Zoé. Celle-ci s'apprêtait à rentrer à Paris.

— Je fais quoi de l'ordi ? redemanda Zoé.

— Tu l'apportes au Bastion. À proximité de mon poste de travail, tu trouveras tout le nécessaire pour faire une copie « image » du disque dur.

Zoé partageait le quotidien d'une cyber-enquêtrice depuis plus d'un an. Et pourtant elle ne comprenait toujours rien à son vocabulaire.

— Ne t'inquiète pas, je vais t'expliquer toute la procédure par SMS, la rassura Lola. À la fin, tu me transmettras le résultat sur ma boîte mail perso *via* WeTransfer. Tu comprends ?

— À peu près.

Lola raccrocha puis retourna vérifier les résultats de Connor. Elle le félicita avant de l'inviter à ranger ses affaires. L'enfant fila dans sa chambre, suivi de près par Zeinah. L'enquêtrice s'apprêtait à sortir à son tour lorsqu'elle arrêta son mouvement. Le registre des occupants du gîte se trouvait à deux pas. Elle s'en saisit, le feuilleta. Aucune mention des parents d'Esther Leconte au cours du dernier mois.

Lola se sentit soulagée jusqu'au moment où elle s'aperçut qu'une page avait été arrachée. Ce qu'elle ne vit pas, c'est la présence de Mireille Camus dans l'entrebâillement de la porte.

59

Il n'est pas un jour, un soir,
Où je me désespère de te revoir,
De jouir de ton sourire mutin,
De ce regard espiègle au petit matin.
Gagné par l'impatience et le désir,
J'angoisse pourtant de te décevoir,
D'échapper à mon devoir,
Celui de servir ton plaisir.

Dans la cave de Guillaume, Zoé avait hésité. Pas ici, pas dans ce train qui la ramenait à Paris. Sorties de son sac à dos, des dizaines de lettres couvraient la tablette située devant elle. Elle constitua deux tas en fonction de la couleur des enveloppes. À gauche les lettres bleues comportant l'écriture saccadée de son chef de groupe, à droite les courriers roses adressés à ce dernier.

Huit vers en rime couraient sur le premier billet dont elle se saisit. Elle les lut, retourna la feuille sur une page blanche, observa les autres passagers, fixa de nouveau cette succession de mots chargés d'érotisme. Ce n'était ni du Rimbaud ni du Verlaine, mais ça ne ressemblait pas non plus à Desgranges ; pas à celui qu'elle côtoyait depuis trois ans en tout cas ni à l'homme dépeint par les vieux flicards qui l'avaient secondé quinze ans plus tôt à l'Antigang. Et pourtant, il s'agissait bien de sa griffe.

Elle prit une autre enveloppe écornée, qui cette fois-ci contenait un carton d'invitation pour deux personnes pour un dîner aux chandelles sur une péniche parisienne stationnée non loin de la statue équestre d'Henri IV. Là encore, le *Je t'aime* apposé en biais ne laissait aucun doute quant à l'identité de son auteur. La forme changea dans la lettre suivante. Pas l'amour qu'il lui portait :

Assis à l'arrière du soum depuis des plombes, je planque seul sur le dom' de la maîtresse d'un voyou. Le givre se colle sur la vitre sans tain, j'ai les doigts engourdis et les muscles des jambes ankylosés. La nuque me fait mal, et j'ai faim. Alors, pour oublier ces petits désagréments, je pense à toi. Non pas à la femme belle et élégante qui me consacre tout son temps libre, mais à la femme sensible et dévouée qui passe ses jours et ses nuits au chevet des malades, lesquels, je dois l'avouer, me rendent jaloux. Pour oublier cette énième surveillance stérile, je ne cesse de me dire que je ne te mérite pas, que le plus bel événement qui me soit arrivé est d'avoir croisé ton regard. Pour oublier, je pense au moment où l'équipe lèvera la planque, où je glisserai ma carcasse à l'avant du Jumper, où je roulerai en direction du 36, où je m'arrêterai en coup de vent devant l'Hôtel-Dieu pour y déposer ces quelques lignes. Pour oublier, je t'imagine ouvrir l'enveloppe au comptoir de l'accueil, retrouver le sourire après une nuit sans sommeil au contact de ces mots légers, te précipiter à l'appart' et te lover contre moi pour un réveil en douceur…

Zoé stoppa sa lecture, ses lèvres étaient sèches, des bouffées de chaleur la secouaient. Elle ferma les yeux, honteuse de pénétrer l'intimité de son chef de groupe. Elle replia le courrier au plus vite. Aucune trace d'un mobile, d'un secret enfoui dans les quelques passages qu'elle venait de s'approprier. Elle n'y avait découvert que les mots d'un homme qui préférait coucher ses sentiments sur le papier plutôt que les déclamer haut et fort.

Elle se leva, fit quelques pas pour se dégourdir. La curiosité reprit le dessus, elle retourna s'asseoir. Une première enveloppe rose, choisie au hasard, se retrouva entre ses mains. Un poème en prose signé de Sylvie.

Je me réveille à tes côtés au point du jour,
Et me concentre sur tes profonds soupirs,
Ton visage est baigné d'un rai de lumière
Le mien pleure de ne pas te connaître.
Mes jours noirs valent tes nuits blanches,
Intenses et sinistres, solitaires,
Où j'angoisse de ne plus revoir
Le chasseur du bitume piégé par sa proie.
Aveugles, on se croise, on se décroise,
Muets, on partage un café, un baiser,

Sourds, on échange un sourire fatigué,
Installés dans une routine sans lendemain.
Je te déteste autant que je t'aime,
Rêve parfois de me libérer de toi,
De m'échapper et de souffler,
Loin de cette ville qui hurle le désespoir.
Aujourd'hui je pleure de renoncer,
Et m'engage dans une voie nouvelle :
Celle de donner corps à un petit homme,
Fruit de l'amour et de la haine que je te porte.

Quelle valeur donner à ces mots ? Zoé n'en savait rien. Guillaume et sa femme avaient joué à s'aimer à travers des billets enflammés. Puis, happés chacun par des vies professionnelles épuisantes, ils ne faisaient plus que se croiser. Visiblement, la naissance de Victor n'avait qu'ajourné la fuite de Sylvie.

60

Passé le sempiternel arrêt à la gendarmerie de Givet, Lola poursuivit sa route jusqu'à Sedan. Elle stationna la 2 CV sur le parking de la gare, emprunta une rue piétonne puis se rua dans un taxiphone contigu à un vendeur de kebabs dont le rideau était tiré. Le commerce, tenu par un rasta, comprenait un photocopieur, quatre cabines téléphoniques ainsi qu'une douzaine de postes informatiques. Elle se faufila jusqu'au fond de la pièce, le plus loin possible de la seule occupante des lieux, une femme qui s'époumonait dans la langue de Goethe derrière la fine cloison de son publiphone.

Lola vérifia l'heure, se connecta au logiciel de transfert de fichiers utilisé par Zoé sur lequel elle récupéra la copie de l'image du disque dur d'Esther Leconte. Elle récupéra dans sa poche la clé USB contenant tous ses logiciels d'analyse, la brancha sur son poste de travail puis lança la restauration de l'image du disque. Vingt-quatre minutes de temps d'attente estimé, qu'elle consacra à l'appel dominical réclamé par sa mère. Le ciel était plus clair sur le lac d'Annecy que dans les contrées ardennaises, voilà ce qu'elle retint de son échange. Elle raccrocha vite, prête à en découdre avec les centaines de dossiers, les mégaoctets de recherches Internet et de traces informatiques. Elle se leva, réclama un stylo et une feuille de papier que le commerçant lui factura, puis se lança dans un travail sans fin.

Elle passa près de deux heures à cliquer et double-cliquer en tous sens avant de comprendre qu'Esther, peu avant sa disparition, avait cumulé les recherches sur les forums médicaux. Pas un jour ne passait sans qu'elle jette un œil sur un blog ou un article relatif au traitement de la maladie lourde dont elle souffrait. La mention « cancers du sein triple-négatifs » avait envahi les clusters du disque dur. Si son médecin traitant du CHU d'Amiens ne l'avait pas assez renseignée sur sa maladie, Esther n'avait pas hésité à le faire elle-même.

À ce titre, Internet était une mine d'or. La malade y avait appris que sa tumeur, plus agressive que les autres, représentait 15 % des cancers du sein. Celle-ci frappait en règle générale des femmes jeunes et trouvait des parades génétiques pour s'adapter aux chimiothérapies classiques. Pire, le risque de dissémination de cellules cancéreuses vers les autres organes était fort et le pronostic de guérison beaucoup plus faible que pour les autres types de cancers du sein. Les caractéristiques génétiques de ce cancer le rendaient surtout inaccessibles à des traitements médicamenteux autres que la chimiothérapie.

Esther ne s'était pas arrêtée à ces quelques informations. L'avant-veille de sa disparition, elle avait cliqué sur des dizaines de liens relatifs à l'hygiène de vie. Elle était restée connectée six minutes sur un site qui mentionnait, étude américaine à l'appui, que la marche et la course à pied réduisaient de moitié le taux de mortalité des femmes atteintes d'un cancer du sein. Puis elle avait visionné pour la énième fois une vidéo sur l'usage d'un régime alimentaire supposé renforcer ses défenses naturelles. Esther avait passé des heures à surfer. Jusqu'à s'inscrire sur une *chat room* médicale au milieu de la nuit. Cet espace de dialogues relatait des dizaines d'histoires et de retours d'expériences éprouvés par les malades ou leurs proches. Ici le témoignage d'un veuf qui avait retranscrit, de manière quotidienne, sa souffrance devant son impuissance à sauver sa moitié ; là les reproches d'une sœur visant un cancérologue parisien jugé incompétent. L'utilisatrice de l'ordinateur, elle, avait fini par poster le commentaire suivant sur la plate-forme :

Bonjour, je m'appelle Esther, j'ai trente-quatre ans, je lutte contre un cancer du sein depuis une dizaine d'années et suis nouvelle sur ce forum. Jusqu'à l'année dernière, j'étais en rémission à la suite d'une mastectomie. Mais des métastases ont fait leur apparition au niveau des poumons et du cerveau. Je ne sais plus quoi faire, j'ai peur.

Les témoignages de sympathie avaient afflué durant les heures qui avaient suivi. Tout comme Esther, Lola les avait tous lus. Leur sincérité ne gommait pas l'inconvenance de certains d'entre eux :

Garde le moral, ne baisse pas les bras, tu vas t'en sortir même si le combat se révèle compliqué. Je suis bien placé pour le savoir, mon frère a succombé à un cancer de la gorge.

D'autres se voulaient prescriptifs :

Le Pr Georges Mabel, à la clinique de Montsouris, est le meilleur. Vous devriez le contacter.

Plus bas, un remède de grand-mère :

Pour détoxiquer votre foie, je vous conseille une cure de citron.

L'un des derniers *posts* consultés par la malade était beaucoup plus sibyllin :

Madame, votre souffrance m'émeut. À vous lire, je vous sens au fond du gouffre. Pourtant, rien n'est perdu. J'en veux pour preuve mon fils de neuf ans. Il survit à une maladie rare depuis son plus jeune âge grâce à une thérapie naturelle qui a également fait ses preuves auprès de malades en phase terminale du cancer et du sida. Contactez-moi en MP, je vous en dirai plus. Cdlt, Rita de Cascia.

Lola fit une pause, se dirigea vers le guichet alors que la nuit prenait possession de la ville. Avant de se reprendre. Rita de Cascia ? Ce nom à consonance italienne lui disait quelque chose. Elle se creusa les méninges. Où l'avait-elle lu ? Où en avait-elle entendu parler ? Ses doigts reprirent place sur le clavier, elle saisit le nom dans son moteur de recherche favori. Lola apprit qu'il s'agissait d'une sainte née en Italie au Moyen Âge. Une pleine page Wikipédia dressait sa biographie. Elle était surtout la patronne des causes désespérées. Des liens entraînèrent l'enquêtrice vers des adresses d'églises éponymes, sur des sites de miracles et de dévotion. Lola resta stupéfaite lorsque le nom apparut dans la chronique d'un blog littéraire qui portait sur l'ouvrage de Mireille Camus. L'article se concluait par ces mots :

> Mireille Camus, sorte de Rita de Cascia des temps modernes, est un modèle de générosité et l'égale d'une sainte.

Ça lui revint. Rita de Cascia, femme dévouée, n'était autre que l'héroïne de Mireille Camus, que cette dernière avait découverte par l'entremise d'un curé de campagne. Elle n'en croyait pas ses yeux. Elle reprit l'échange médical, fit apparaître l'en-tête technique, interrogea un site d'identification d'IP. Le résultat était formel : le nœud de connexion d'où avait été émis le *post* se trouvait dans un rayon d'une vingtaine de kilomètres autour de la commune de Givet.

Mireille Camus et Esther se connaissaient. Ou tout du moins avaient échangé. Mireille Camus s'était même permis d'évoquer l'état de santé de son fils.

Lola n'en finissait plus de réfléchir. Quel lien y avait-il entre la mairesse de la commune de La Pointe et la malade de la baie de Somme ? Elle ne savait pas. Elle frotta ses yeux engourdis par des heures de lecture sur écran, se déconnecta, alla régler la note. Dehors, la pluie crépitait sur les pavés. Elle marcha vite, à l'aplomb des gouttières qui ruisselaient sur ses épaules, récupéra la deuche dont l'intérieur était détrempé.

Sur la route du retour, le crissement des essuie-glaces nourrit une migraine qui la fatiguait depuis la veille. Elle hésita à s'arrêter, appeler Zoé, lui révéler sa trouvaille. Elle en souriait d'avance lorsqu'elle constata que la Meuse, sur sa droite, était nimbée de lumière. Elle n'eut pas le temps de déterminer l'origine de ce halo. La calandre en acier d'un puissant 4 × 4, brillante comme la lame d'un poignard, surgit du néant et la percuta de plein fouet. Elle valdingua au rythme des tonneaux jusqu'à ce que son véhicule, déjà griffé de toutes parts, s'encastre dans un chêne centenaire.

61

Bruit de moteur, décélération, frein à main que l'on serre, claquement de portière. Des pas qui foulent du verre dispersé sur le bitume.

De nouveau le silence. La nuit profonde. L'angoisse. Le froid, aussi. Et le goût du sang dans la bouche. Elle tenta un appel à l'aide. Aucun son ne sortit. Elle souffrait, immobile, enfermée dans son sarcophage de taule, les sens aux aguets, la tête à l'envers, le corps en partie maintenu par la ceinture de sécurité.

Le faisceau d'une torche lui brûla les yeux.

— Lola ?

D'emblée, elle reconnut la voix. Le timbre rocailleux de ces femmes qui ont vécu, couplé à l'accent local qui fait durer les mots.

— Lola, pas de panique ! Je vais vous aider.

Mireille Camus. Celle-ci se précipita, balaya de sa lampe la partie avant du véhicule. Les vitres avaient éclaté, la carcasse était déformée. Elle posa sa torche au sol, accrocha à deux mains la poignée de la portière côté conducteur. En vain. Elle fit le tour. L'autre portière ne s'ouvrit pas non plus.

— Ne vous inquiétez pas, je vais vous sortir de là !

— Appelez les pompiers, gémit Lola.

Mireille avait-elle entendu la plainte ? Lola ne sut dire. Des gouttes de sang, épaisses et noires, se fracassaient vingt centimètres plus bas contre la paroi métallique. Elle hésitait à bouger, de peur de provoquer une accélération de son débit sanguin. Elle tendit l'oreille. Le silence, encore, insupportable, aussi violent que les battements secs de sa jugulaire gonflée.

— Mireille ? Mireille, aidez-moi, je vous en supplie…

Où était-elle passée ? Pour réponse, elle n'entendit qu'un clic. Celui de la ceinture de sécurité que l'on débloque. Lola chuta, elle hurla un court instant. Avant de perdre connaissance.

Plus de son, plus d'image.

62

Je donnerai mes soins à l'indigent
et à quiconque me les demandera.

Extrait du serment d'Hippocrate

Lola Rivière était allongée sur le dos, dans des draps propres, immaculés comme les murs et le plafond, comme les montants métalliques du lit simple qu'elle occupait, comme le radiateur à gaz, comme le tee-shirt sans manches qu'elle portait en guise de chemise de nuit. Seule touche de gaieté : le néon, de couleur jaune. La pièce ressemblait à une chambre d'hôpital. En plus petit format, sans le sacro-saint téléviseur, et sans les raccordements classiques d'oxygène. Et surtout sans fenêtre.

Où se trouvait-elle ? À quand remontait son accident ? Elle n'en avait aucune idée.

Elle bougea un bras. Pas de douleur. Puis le second. *Idem*. Elle se redressa sur ses coudes. Pas de signe alarmant. Par réflexe, ses jambes se replièrent. Tout semblait en parfait état. Ce fut au moment de pivoter la tête qu'une gêne la saisit. Elle porta une main à son visage, celui-ci semblait indolore. Indolore mais difforme. Elle fronça les sourcils, tira le tiroir d'une table de chevet en Formica blanc à la recherche d'un miroir. Elle ne découvrit qu'une seringue usagée et une ampoule anesthésiante. Elle aperçut une corbeille, se pencha, s'en empara et la fouilla pour en retirer plusieurs compresses ensanglantées.

La mémoire lui revint. Elle porta les deux mains à hauteur de sa bouche, écarta les lèvres sans vie, les retroussa, les palpa jusqu'à sentir des sutures sur toute la largeur de la lèvre supérieure. Par chance, la cicatrice ne serait pas apparente.

Dans un réflexe, ses mains se portèrent vers une autre cicatrice. Elles soulevèrent le devant de son tee-shirt, glissèrent sur la peau striée de son bas-ventre. Ce geste la rassura. Elle s'assit en tailleur, palpa cette fois-ci son nez, ses oreilles, son crâne. Aucun bandage ni pansement, juste un léger picotement émanant de la cavité buccale. Elle essaya de tirer la langue. Impossible. Tenta un mot. Pas mieux. C'est alors qu'elle perçut des chuchotements provenant de l'extérieur. Un homme et une femme palabraient de l'autre côté de la cloison. Des phrases indistinctes mais une tonalité grave, sans conteste.

Avec qui Mireille Camus parlait-elle ? Pieds nus, Lola se leva, colla son oreille contre la porte. Le dialogue, atténué par le bruit d'une pluie violente qui frappait les tuiles, laissa place au cacardement d'un jars. Elle fit le tour de la pièce, pénétra dans la salle d'eau, distingua des cernes violets dans la glace, revint vers la chambre, se pencha sous le lit. Pas la moindre trace de poussière, aucun vêtement en perspective. Où étaient passés son jean, ses bottines, son blouson, ses papiers ? Où se trouvait son équipement « police » ? Elle blêmit d'un coup, se saisit de la poignée dans un mouvement rageur. Verrouillée. Lola était enfermée. En partie nue dans une pièce vide, sans ses effets personnels ni son arme. Elle tambourina à la porte de longues minutes.

Faute de cris, des larmes apparurent.

63

Le commissaire divisionnaire était rentré deux jours plus tôt de Lyon où, face à des aspirants policiers tous plus diplômés et plus brillants les uns que les autres, il avait épuisé son lot de questions sur les notions de liberté et de sécurité, sur le rapport à l'autorité, sur la vocation. On lui avait cité du Clausewitz, du Kepel, du Sun Tzu, et bien d'autres qu'il n'avait jamais lus. En fait, Hervé Compostel se moquait des citations et des thèses soutenues. Seule lui importait la conviction avec laquelle le candidat se défendait. Un chef de service n'était pas jugé en fonction de ses prises de décision, mais selon la détermination qu'il mettait à défendre ses choix. Car, selon lui, détermination était synonyme de motivation et de charisme. Des hommes et des femmes capables de le convaincre de les suivre sur n'importe quel champ de bataille, voilà ce qu'il recherchait en priorité.

Il avait passé son week-end au service pour rattraper le temps perdu. Son adjoint avait traité toutes les affaires courantes, mais lui seul avait autorité pour établir les listes d'avancement au grade supérieur, les listes de fonctionnaires susceptibles de recevoir des gratifications à titre honorifique ou la médaille de la sécurité intérieure. Le choix était délicat. Donc nécessairement subjectif. Il devait jongler avec de nombreux paramètres, ne pas léser le corps des gardiens et gradés au détriment de celui des officiers, récompenser sous une forme ou une autre chacun des groupes dont il avait la charge, ne pas oublier les administratifs, privilégier les fonctionnaires fidèles et loyaux, corvéables à merci, qui ne comptaient pas leurs heures.

Il raya d'emblée les noms de ceux qui avaient été récompensés l'année précédente. Puis ceux de Lola Rivière et de Zoé Dechaume. Leur virée en Belgique avait fait le tour des bureaux du Bastion, elles ne pouvaient figurer sur le tableau. Complice ou non, leur chef de groupe était responsable d'elles. Guillaume Desgranges eut lui aussi droit à un grand coup de crayon. Il ne lui restait qu'une quinzaine de noms lorsque celui de sa secrétaire s'afficha sur l'écran de son téléphone.

— L'adjudant Levert de la gendarmerie de Givet souhaite vous parler, monsieur.

Il serra fort son stylo, prit la communication. Le militaire, déférent, lui indiqua que Lola Rivière s'était soustraite à son obligation de contrôle judiciaire.

— Vous êtes allés sur son lieu d'hébergement ?

— Oui, monsieur le commissaire. Il n'y a personne. Elle a plusieurs heures de retard, je vais devoir en référer à la justice.

— Vous pouvez me laisser deux petites heures ?

— C'est que…

— Je vous rappelle sans faute dès que je lui mets le grappin dessus. Elle va passer un sale quart d'heure, je vous le promets, conclut-il pour l'amadouer.

Levert finit par accepter. Compostel convoqua aussitôt Zoé Dechaume. Elle était la dernière à l'avoir vue, elle avait cinq minutes pour la retrouver. L'enquêtrice demanda à sortir, il refusa. C'est devant lui qu'elle pianota le numéro de téléphone de Lola.

— Mettez le haut-parleur, ordonna Compostel.

Aucune tonalité. L'appel fut tout de suite dirigé vers le répondeur. Sans attendre, Zoé joignit Mireille Camus. Celle-ci décrocha à la première sonnerie.

— Lola ? Elle ne vous a pas dit ? Elle m'a donné son congé hier soir.

— Pour quelle destination ?

— Aucune idée. Elle m'a juste signifié que le juge lui avait donné l'autorisation de regagner Paris, que sa famille lui manquait. À mon avis, vous n'allez pas tarder à la voir pointer son museau.

Zoé fixa son chef de service. Ils savaient tous deux que la justice était lente, y compris outre-Quiévrain. Un élargissement de son contrôle judiciaire par le magistrat belge une semaine à peine après sa mise en examen paraissait improbable. Zoé finit par s'asseoir, chercha le numéro du standard de la centrale de Chooz, le composa. Après plusieurs tentatives, elle fut dirigée vers le poste de Gaël Diniz. Elle entendit des bruits de marteau en fond sonore.

— En quoi je peux vous aider ?

— Je cherche à joindre Lola. Il semblerait qu'elle ait quitté le gîte…

— Je pense qu'elle me l'aurait dit, non ?

— Elle vous a rendu votre voiture ?
— Non. Et je ne la lui ai pas réclamée.
— Elle n'aurait pas évoqué un éventuel retour à Paris, par hasard ?
— Pas que je sache. Pour tout vous dire, je la vois mal faire trois cents bornes dans ce vieux tacot.
Avant de raccrocher, elle obtint son numéro de téléphone personnel.
— C'est qui, ce Gaël Diniz ?
— Le type qui a retrouvé le cadavre de Virginie Deloncle. Lola a le béguin pour lui.
— Elle n'a pas perdu son temps, dites donc.
Ce propos lui avait échappé. Il se rattrapa :
— Lancez-moi une géolocalisation de son cellulaire dans les plus brefs délais.
— Sous quel motif ?
— Débrouillez-vous ! Vous avez plutôt l'habitude de travailler hors des clous, hein ?

64

Perdue, paniquée, seule dans cette pièce aveugle, elle avait glissé le long d'un mur, les genoux pliés, avec pour seul rempart contre le froid et l'humidité un fin tee-shirt sans manches. Elle avait fini par se mettre en boule sous les draps de son lit. Le corps plein de soubresauts, les muscles tendus, son cœur s'emballait. Elle était tiraillée par la soif et la faim. Et son ventre la faisait souffrir. Tremblante, elle finit par plonger dans un état léthargique, épuisée par le remords d'être partie à l'aventure, sans filet de sécurité.

Elle se réveilla en sursaut. Les effets de l'anesthésie avaient disparu, sa lèvre inférieure la brûlait. Elle se redressa, scruta la chambre. Seul indicateur temporel, le chant d'un coq auquel répondirent des oies. Leurs cris semblaient voisins. Le lieu n'était pas sans vie.

Malgré la douleur, Lola ouvrit la bouche, la referma. Elle enchaîna des mouvements de lèvres, bougea la langue, émit des sons. Aucune difficulté. Ses premiers mots sortirent *crescendo* :

— Hé oh ! Il y a quelqu'un ? S'il vous plaît !

Elle n'eut pas le temps de chauffer sa voix que la porte s'ouvrit sur Mireille Camus qui portait un grand sac de vêtements :

— Comment ça va, ma chérie ?

Voix aigre mais ton amical.

— Je suis où, là ? demanda la jeune enquêtrice. Je veux partir !

— Je ne crois pas que ce soit une bonne idée. Vous êtes encore trop faible. Et puis je veux vous présenter quelqu'un qui m'est cher. L'un des médecins les plus qualifiés, celui qui travaille contre la maladie de Connor, celui qui me permet de profiter de lui un peu plus chaque jour. Je suis certaine qu'il peut vous aider, vous aussi.

— Je n'ai pas besoin d'aide, Mireille.

— Calmez-vous, Lola. Vous êtes en lieu sûr, dans sa clinique.

— Sa *clinique* ?

Mireille Camus sourit.

— Je vous le concède, c'est une clinique un peu familiale, en pleine campagne. Il n'y a pas beaucoup de patients. Mais on fait du sur-mesure, ici. Et je peux vous assurer que vous êtes entre de bonnes mains.

— Il faut que je parte, Mireille. Rendez-moi mes vêtements et mon arme. Je veux sortir d'ici. Je veux rentrer à Paris. J'ai besoin de mes médicaments, aussi.

— Je suis désolée, votre arme a dû glisser dans l'habitacle au moment de l'accident. Elle a dû fondre dans l'incendie, tout comme vos médocs. Votre véhicule a pris feu après que vous avez perdu connaissance. Pour ce qui est de Paris, je ne suis pas sûre que vous y soyez la bienvenue. Vu les appels que j'ai reçus, il semblerait que vous soyez recherchée, dit-elle sur un ton quelque peu méprisant.

— Il faut que je téléphone !

— À qui, Lola ? Au moindre coup de fil, la police va débarquer ici pour vous arrêter. Vous avez besoin de vous requinquer avant d'affronter la justice. Prenez le temps de réfléchir… Ici, vous êtes en sécurité, personne ne viendra vous chercher. Et puis vous pourrez toujours prétexter que vous ne vous saviez pas recherchée. Ici, pour le bien de la communauté, on n'a ni télé ni radio. Les patients sont coupés du monde, ce qui leur permet d'échapper à toute pensée néfaste liée aux actualités morbides.

La jeune femme se dressa sur ses jambes. Le contact de ses pieds nus sur le sol froid la saisit. Elle chancela. Mireille se précipita vers elle pour la soutenir.

— Laissez-lui une chance de vous guérir. En plus, vous verrez, tous les autres pensionnaires sont charmants. Sylvie vous a dégotté quelques effets pour vous vêtir. D'ici à demain ou après-demain, quand vous irez mieux, je vous ferai faire le tour du propriétaire.

Mireille Camus déposa le sac de vêtements près du lit.

— N'hésitez pas à nous appeler en cas de besoin, dit-elle avant de sortir de la pièce en laissant la porte entrebâillée.

67

Ce fut un bruit de tronçonneuse qui la réveilla. Il semblait à la fois proche et lointain. Le moteur rugissait de longues secondes avant de récupérer pour une nouvelle découpe. Encore un signe de vie, peut-être de bon augure.

Ses yeux étaient rongés de fatigue, elle peina à les ouvrir. Ils se figèrent aussitôt sur un mur clair, plein de promesses. La lumière provenait de la porte de sa chambre, grande ouverte. Elle parvint à redresser la tête, souleva le buste, ressentit une douleur violente dans le bas-ventre. Sans médicamentation, son Crohn, ce mal qui lui dévorait les intestins, se réveillait sans aucun doute. Elle tenta de se rassurer, mit ce symptôme sur le compte de la faim. Elle crevait de soif, aussi. Ni verre ni bouteille en vue. Seul point d'eau : le robinet du cabinet de toilette contigu. Elle posa un pied nu au sol et avança vers la porte.

Elle franchit le seuil, déboucha sur un long couloir de pierres apparentes, étroit et bas de plafond. Des portes de chaque côté. Elle en compta douze au total. Toutes fermées, excepté la sienne. Ses pieds nus progressèrent sur le dallage lisse et ocre, en direction du puits de lumière qui filtrait à travers une porte en verre dépoli.

La tronçonneuse s'était tue. Des coups de hache, violents, avaient pris le relais. Un homme, très certainement, débitait des bûches à tour de bras quelque part dans les environs. Lola posa une main sur la poignée. Elle entendit des poules caqueter de l'autre côté. Elle appuya et découvrit la cour intérieure d'un corps de ferme de plusieurs centaines de mètres carrés où de nombreux animaux de basse-cour s'égaillaient. Rien de comparable à une clinique.

La pluie avait cédé la place à un ciel dégagé. Éblouie par la lumière rasante du soleil, elle dut mettre une main en visière. L'endroit, clos par une barrière de deux mètres de hauteur, paraissait silencieux. Du lierre grimpait sur la façade des trois niveaux du bâtiment principal. Les ouvertures, couleur rouge sang, et la toiture refaite à neuf récemment donnaient un charme certain à cette longère qui devait dater du XIXe siècle.

Lola baissa la tête en direction des oies domestiques, observa l'abreuvoir à poules en acier galvanisé qui trônait non loin de là. Il était vide. Pas la moindre goutte d'eau. Le sol de la cour était constellé de pierres et de cailloux divers et variés, de chiures d'animaux, de coquilles de crustacés aiguisées par les coups de bec des poules en liberté. Impossible d'avancer pieds nus sans se blesser.

Elle sursauta. Une main venait de se poser sur son épaule.

— Bonjour, Lola. Bienvenue à la clinique.

Ce n'était pas la voix de Mireille. Celle-ci était douce, maternelle. Elle se retourna avec calme. La femme portait un pantalon de toile clair et une tunique blanche, échancrée. Son teint était hâlé, sa peau constellée de taches de rousseur. Ses cheveux, gris et longs, étaient coiffés en chignon. Elle apparaissait radieuse, souriante, aimable. Elle ressemblait trait pour trait à Sylvie Desgranges.

— J'ai soif, supplia Lola. J'ai besoin de mes médicaments, aussi.

— Suis-moi à la cuisine.

L'épouse de Guillaume, disparue depuis des années, tenait un trousseau de clés. Elle lui sourit. Les deux femmes retraversèrent le couloir en sens inverse, s'arrêtèrent devant une porte menant au bâtiment central que Sylvie déverrouilla. Sa démarche était souple, aérienne. Elle semblait en bonne santé.

— Ici, nous sommes dans le domaine privé du Professeur, débuta-t-elle après avoir refermé derrière elle. Le Professeur consulte au deuxième étage, dans son bureau situé sous les combles. Ses appartements se trouvent au premier. Les patients n'ont pas le droit de s'y rendre ou de le déranger. Seul le rez-de-chaussée nous est autorisé.

— Nous ?

— Oui, nous sommes une dizaine, ici. Nous dormons tous dans la même dépendance.

— Quel jour on est ? On est où, ici ? se demanda l'enquêtrice.

— Ce sont des questions sans importance, Lola. Ici, le temps s'arrête durant la thérapie. Le Professeur te l'expliquera mieux que moi mais il faut que tu saches que cette mise au vert participe de la guérison.

Lola n'insista pas. La bouche sèche, l'intestin grêle douloureux, elle était prise de vertiges.

Des tomettes en terre cuite couvraient le sol, une cheminée en pierre blanche occupait tout un mur, trois poutres de chêne couraient dans le sens de la longueur. Pour le reste, la pièce était habillée de rangements en bois et d'équipements dernier cri. Lola se précipita vers le réfrigérateur. Aucune bouteille d'eau.

— L'eau minérale n'est pas conseillée. Elle n'est pas saine, elle est chargée de produits chimiques néfastes à la santé, ajouta Sylvie qui lui tendit un verre qu'elle venait de remplir à l'évier.

Lola hésita. Un an auparavant, l'eau bue au robinet d'un sanitaire d'une tour de la Défense lui avait coûté une hospitalisation au Val-de-Grâce alors qu'elle tentait de mettre hors d'état de nuire le tueur d'une journaliste. Elle jeta un œil à travers les carreaux de l'une des deux fenêtres qui encadraient le point d'eau. Le corps de ferme était entouré d'une forêt épaisse et dense comme les Ardennes en recelaient. Pas la moindre route, aucun véhicule visible. Seul un bûcheron, en effet, travaillait torse nu à la lisière du bois. Un chien, peut-être un épagneul, gambadait à proximité.

— Il vit avec nous, intervint Sylvie. C'est un ancien toxicomane. Le Professeur a réussi à le guérir du sida.

Lola faillit ouvrir la bouche mais se retint. L'homme se trouvait trop loin pour que la nouvelle pensionnaire puisse distinguer ses traits.

— J'ai nettoyé les vêtements que tu portais lors de ton arrivée, ils sont secs, déclara Sylvie alors que Lola déposait son verre vide.

— Et les autres pensionnaires, ils sont où ?

— La plupart se reposent dans leur chambre. Ceux qui le peuvent travaillent au jardin. Ici, on ne se nourrit que de produits naturels. C'est moi qui m'occupe des repas. Et je fais aussi office de fée du logis.

— Je ne pourrai pas tenir très longtemps sans médicaments. Il faut que je voie de toute urgence mon médecin, supplia Lola dont les douleurs se propageaient jusque dans sa cage thoracique.

— Ne t'inquiète pas, à mon avis, le Professeur ne va pas tarder à te recevoir. En attendant, il m'a demandé de te préparer un traitement dont il a le secret. Viens !

Elles passèrent dans la pièce voisine, un grand salon principalement meublé par une table en bois massif. Lola finit par s'y asseoir. Cinq minutes plus tard, elle plongea le nez dans un grand bol fumant. Le goût de menthe poivrée et d'artichaut se mélangeait à celui de la carotte. Elle l'avala d'un trait. Mais, pour l'avoir testée lorsque la maladie s'était déclarée, quinze ans plus tôt, elle savait que cette recette de grand-mère, vieille comme Hérode, ne l'avait jamais soulagée.

Ce ne fut qu'après avoir reposé son bol qu'elle sentit comme un arrière-goût. Elle sombra de nouveau durant de longues heures.

66

Une fois n'est pas coutume, Hervé Compostel s'était invité dans le bureau de Zoé. Celle-ci n'était pas seule. Son chef de groupe l'assistait comme il pouvait, même s'il était déjà trop tard. La justice belge avait en effet délivré un mandat d'arrêt européen à l'encontre de Lola au moment même où l'adjudant Levert avait avisé le magistrat de Charleroi de sa disparition.

— Alors ?

Zoé, en ligne avec un opérateur de la société de téléphonie chez laquelle Lola était abonnée, fit la moue. Le chef de la Crim' rebroussa chemin.

Rien n'allait. Lola était introuvable. Soit le système de géolocalisation que la police judiciaire louait à prix d'or ne fonctionnait pas, soit le portable de la jeune enquêtrice était éteint. Zoé raccrocha, décida de changer de stratégie, appela de nouveau Mireille Camus. Mais celle-ci déclara n'avoir revu ni sa locataire ni le véhicule utilisé par Lola, et n'avait aucune raison de l'avoir revue. Quant à Gaël Diniz, il semblait s'être volatilisé.

À défaut, elle élargit le périmètre et joignit la pharmacie de La Pointe. Zoé se présenta à Justine Kaufmann, lui expliqua sa démarche. La fille du lieutenant de louveterie incarcéré avait d'autres chats à fouetter. Elle se contenta de lui dire que Lola Rivière avait passé commande quelques jours plus tôt de médicaments à présent disponibles.

Zoé farfouilla. Elle inséra sa carte de police dans le lecteur de son ordinateur, se brancha au fichier national des cartes grises, releva l'immatriculation de la 2 CV de Gaël Diniz qu'elle fit mouliner dans la base de données des véhicules flashés pour excès de vitesse. *No match.*

Elle se rencogna dans son fauteuil, plia les jambes, regarda Desgranges qui, assis à la place de Lola, passait coup de fil sur coup de fil aux garagistes du canton de Givet, avec le mince espoir de tomber sur celui qui aurait été invité à retaper la carrosserie d'une vieille deuche vandalisée à l'aide d'un canif. Zoé se ressaisit, ouvrit sa boîte mail pro. Une ligne en gras l'accueillit. La banque de Lola venait de répondre à sa réquisition judiciaire. L'index de Zoé s'apprêtait à cliquer sur la pièce jointe, celle qui pouvait la mener sur la voie de la vérité. Ou vers des secrets inavoués. Elle ne résista pas au désir de savoir. Tout comme elle n'avait pu s'empêcher de lire la correspondance privée de son chef de groupe au retour du Crotoy. S'afficha la liste des deux derniers mois de mouvements bancaires effectués par sa collègue. L'ultime opération de retrait, faite auprès d'un distributeur du centre-ville de Sedan, datait de trois jours.

Zoé débutait l'épluchage de la liste lorsque sa boîte mail bipa. Nouveau courriel. Celui d'un opérateur téléphonique, cette fois-ci. Elle ouvrit le document qui correspondait à l'identification du numéro de téléphone cellulaire, avec lequel une Esther Leconte aux abois, quelques semaines plus tôt, avait joint la messagerie de son père.

— Appelle le patron !

— Quoi ?

— La fille de la baie de Somme découverte morte chez Jean-Paul Kaufmann, elle a appelé son père depuis un portable appartenant à une certaine Gulveda Yazid.

— Et ? s'enquit Desgranges qui ne savait pas qui était cette femme.

— Gulveda Yazid est une réfugiée syrienne. Elle vit à La Pointe chez Gaël Diniz et fait des ménages chez Mireille Camus.

Trop d'éléments d'un coup pour le commandant Desgranges.

— Ça ne nous dit pas où est passée Lola…

— Oui, mais ça nous donne enfin un lien physique entre l'une des disparues de La Pointe et une résidente de la commune.

— Qu'est-ce que tu proposes ? Tu veux l'interroger ?

— Ça paraît compliqué, elle parle à peine deux mots de français.

Ni Zoé ni Desgranges n'eurent à aller chercher leur chef de service. Compostel se trouvait sur le seuil de la porte.

— Je viens de recevoir un appel de Levert. Il y a du neuf, les coupa-t-il.

Ils attendirent la suite.

— Les gendarmes de Givet viennent d'arrêter Gaël Diniz suite à un appel anonyme leur indiquant qu'il était le tueur de la femme enceinte découverte dans les décombres de l'incendie de la maison de Kaufmann. La perquisition de sa propriété a permis la découverte d'un Mauser K98K compatible avec l'arme à l'origine du coup de feu mortel. Le fusil se trouvait dissimulé sous des planches, dans un moulin désaffecté.

Le sang de Zoé ne fit qu'un tour.

— Je descends au parking et je vous récupère devant le bâtiment.

Compostel n'osa pas s'opposer. Desgranges, lui, trouva une parade. Il se sentait plus utile au service au cas où des recherches complémentaires seraient nécessaires.

— Dans ce cas-là, obtiens-nous au plus vite la facture détaillée de la ligne de Lola. La liste de ses derniers appels nous donnera peut-être des indications. Je veux la même chose pour la ligne de Gulveda Yazid, ordonna Zoé.

67

Je ferai tout pour soulager les souffrances.

Extrait du serment d'Hippocrate

Elle n'avait plus dormi depuis quarante-huit heures et ne mangeait désormais que des bouillons de menthe poivrée et d'artichaut, ou des potages à base de carotte concoctés par Sylvie. Elle se trouvait assise dans un canapé en rotin. Un halogène, situé dans le coin de la pièce, éclairait l'endroit *a minima*. Elle scruta les alentours. Pas de pendule, aucune indication ni sur l'heure ni sur la date. Les manches retroussées du Professeur ne laissaient apparaître aucune montre. Seule certitude : il faisait nuit noire à l'extérieur, pas la moindre source de lumière dans cet amas sombre et lugubre de forêts de chênes et d'épicéas qui enfermaient le corps de ferme.

— Vous êtes au cœur du plus grand massif forestier de la Gaule. Ce n'est pas moi qui le dis, c'est Jules César dans sa *Guerre des Gaules*. La forêt s'étend à perte de vue. En son temps, elle a accueilli des saints ermites, des rebelles et même des résistants. Des fugitifs, aussi. Un peu à notre manière, nous perpétuons cette tradition. Bien ! Assez parlé d'histoire. Comment va votre ventre, Lola ?

— Je souffre. J'ai besoin de corticoïdes. Il n'y a que ça qui calme mes crises.

— J'imagine que Sylvie vous en a parlé, je ne suis pas un adepte de la médecine conventionnelle. Vous croyez au destin, Lola ?

Elle haussa les épaules. Elle ne se sentait pas en capacité de disserter sur le sujet. Le Professeur poursuivit :

— Le destin a voulu que nos routes se croisent, ce n'est pas un hasard. Vous êtes malade, je suis professeur de médecine. Il y a une force qui a décidé de nous mettre en relation, alors faisons-lui confiance. Respectons-la. Ne gâchons pas cette occasion…

Elle le laissa continuer. Il se leva.

— … J'imagine que vous pensez tout savoir de votre maladie, traitement, causes, conséquences. J'imagine aussi que vous avez rencontré les plus grands spécialistes, pour vous donner les meilleures chances de guérison. J'imagine qu'ils ont tous abondé dans votre sens, genre : « Si vous suivez mon traitement au pied de la lettre, on peut vous éviter la pose d'une poche. » Non ?

Il disait vrai. Elle était allée consulter au bout du monde, avait payé des sommes indécentes pour recevoir cette bonne parole.

— Ce sont tous des bonimenteurs, Lola. À l'extérieur, vous n'avez aucune chance d'en réchapper… Vous savez combien j'ai sauvé de personnes, ici ? Des dizaines. Des dizaines de condamnés à mort que la médecine classique aurait fini par tuer avec ses thérapies soumises au lobby des industries pharmaceutiques. Parlez-en à Sylvie ou à Ingrid. Elles ont droit à une seconde vie, grâce à moi. Vous entendez, Lola, je suis leur sauveur, tout comme je suis celui qui permet à Connor de supporter sa souffrance. Et Dieu seul sait que sa maladie est impossible à guérir. Je suis un thaumaturge, Lola, un guérisseur, un faiseur de miracles. Tout ça parce que je navigue à contre-courant, le plus éloigné possible de la médecine chimique, selon des principes naturels hérités de nos ancêtres.

Le Professeur se tut. Il l'observa. Le silence avait envahi la pièce. Puis il reprit sa logorrhée :

— Je suis insomniaque, Lola. Voilà pourquoi je préfère mener mes entretiens au milieu de la nuit. Et puis mon savoir-faire s'exprime mieux à cette heure tardive… Comment s'appelle le professeur qui vous suit, en ce moment ?

— Lacombe. Il est gastro-entérologue aux hospices de…

— … Lyon. Oui, je le connais. J'ai officié quelques mois dans le même établissement. Il est très professionnel, mais il ne vaut pas mieux que les autres.

Elle fronça les sourcils. Il s'en aperçut.

— La médecine à la chaîne, ma chère Lola. Pour lui comme pour les autres, les patients ne sont que des clients. On ouvre, on opère, on recoud et *basta*, au suivant ! Vous n'êtes pas d'accord ?

Lola ne pipa mot. Le Professeur surenchérit :

— C'est la course à la rentabilité. Dès l'opération terminée, il n'y a plus de suivi alors que les patients ont tant besoin d'un réconfort moral, d'une attention. Mais non ! C'est tout le contraire, l'hôpital est devenu le règne de l'ambulatoire. Le plâtre n'est pas sec que vous devez déjà libérer votre chambre.

Elle ne pouvait le contredire sur ce point.

— Et je ne vous parle pas des erreurs médicales ! Dans votre jargon, on utilise bien le terme de « bavures », non ?

Elle acquiesça.

— Vous savez qu'en France on compte en moyenne quatre décès quotidiens à l'hôpital à la suite d'une erreur médicale ? C'est un drame, une honte ! Voilà pourquoi j'ai monté cette clinique et que je me suis désengagé du monde hospitalier. Ici, on partage, on échange. On souffre ensemble et on guérit ensemble. Aucune erreur d'administration de produits, aucune erreur de réalisation de soin. Et j'ai la prétention de dire que je ne me trompe jamais de diagnostic.

— Quelle était votre spécialité ?

— Peu importe, Lola. Sachez toutefois que j'ai travaillé dans une quinzaine d'établissements durant près de vingt-huit ans. Et je le regrette. Comme les autres, j'étais devenu un véritable mercenaire, un nomade de la médecine qui n'était intéressé que par le montant de ses honoraires.

— Et qu'est-ce qui vous a fait changer ?

— J'étais à Épinal en 2006 lorsque des milliers de malades ont été irradiés dans le service de radiothérapie. Plusieurs en sont décédés. C'est à partir de cette date que j'ai commencé à prendre conscience des limites de la médecine conventionnelle. J'ai tout lâché il y a trois ans lorsque je travaillais à Paris. La succession des scandales sanitaires tels que le Mediator et le Distilbène ont fini de me dégoûter.

Lola demeurait silencieuse.

— J'ai vu votre cicatrice, dit-il. Elle n'est pas vieille…

Lola avait effectivement subi sa quatrième intervention chirurgicale l'été précédent.

— Il me reste à peine un mètre d'intestin. Le Pr Lacombe m'a tout retiré. J'ai un Crohn. Il s'est révélé en pleine adolescence.

— Quatre opérations !

Timidement, elle hocha la tête.

— Il me faut mes médicaments. Je souffre trop !

— Je vous le redis, les médicaments nous tuent, Lola. C'est un cercle vicieux, à la solde de l'industrie pharmaceutique. On absorbe du chimique, soi-disant pour guérir. Mais le chimique appelle le chimique. Le médicament ne traite pas la cause, il ne gère que la conséquence de la maladie. Et encore, rien ne prouve qu'il guérisse. Ce qui fait que la maladie réapparaît sous un jour nouveau quelque temps plus tard, sous un autre nom. En bref, sans travail sur l'origine, nous sommes des malades à vie. Et c'est votre cas.

Il parlait bien, il enfonça le clou :

— Vous savez ce que la médecine a trouvé comme moyen pour soigner le mal de crâne ? Du Doliprane. À l'arrivée, le patient est content, son mal de tête passe durant deux heures. Sauf que la douleur revient sans cesse et que le malade est condamné à se gaver de cachetons. À la fin de sa vie, il aura investi des sommes considérables pour des médocs qui ne l'auront jamais guéri mais seulement soulagé. Le pire, c'est que le traitement aura fait naître de nouvelles pathologies… Moi, ce que je vous propose, ce n'est pas du prêt-à-porter comme le monde de l'hôpital en fournit, c'est du sur-mesure. Et je vous promets que je vais vous guérir.

Promettre. C'était un terme proscrit dans le monde de la police. Ne jamais rien promettre à personne sous peine d'être condamné à s'excuser, à balbutier, à se cacher des victimes qu'on n'avait su épargner. Les fils se révélaient parfois complexes à démêler, certaines affaires étaient insolubles. Les mots entendus, eux, restaient gravés à jamais dans l'esprit des proches des victimes.

— Vous avez toujours des saignements ?

— Oui, ça continue, dit-elle, honteuse.

Lola s'attendait à ce qu'il lui demande de se déshabiller. Ce ne fut pas le cas.

— C'est bien. C'est signe que votre corps réagit au traitement. Il faut poursuivre dans cette voie. Le régime de carottes va vous nettoyer. Mais ça ne suffira pas. Comme je vous le disais, il faut en comprendre la cause. Sans ça, pas de guérison possible. On commencera la recherche demain. Vous êtes d'accord ?

Lola releva les yeux. Elle était vaseuse, la tête lui tournait. Elle finit par acquiescer avant de se redresser.

— Je vous raccompagne.

Abandonnée par la force, elle accepta la main qui la guida vers sa chambre.

68

Zoé s'était emparée d'un véhicule de mission du pool auto. Cramponnée au volant de ce 806 gris métallisé, elle ne quittait plus la voie la plus à gauche de l'autoroute. Côté passager, Compostel ne pipait mot. Son devoir était de freiner sa collaboratrice, il n'en avait pas la force. Il perdait pied dans cette affaire, se rendait compte qu'il était relégué au simple rang de spectateur.

À l'approche du péage, elle ralentit enfin. Son téléphone ne cessait de carillonner, elle le tendit à son patron alors qu'elle sortait la carte « autoroute » du service pour payer. Compostel mit le haut-parleur. Il s'agissait de Desgranges.

— Le téléphone de Gulveda Yazid n'a jamais resservi après l'appel passé par Esther Leconte.

— Tu as reçu la facture détaillée du numéro de Lola ? cria Zoé afin de se faire entendre.

— Toujours pas. Je te tiens au courant.

— Est-ce que tu peux nous réserver deux chambres d'hôtel du côté de Sedan, aussi ?

— Sans problème. Je vous envoie les infos par SMS.

La conversation terminée, Compostel déposa l'appareil dans le rangement central.

— Je pense que cette Gulveda a des choses à nous dire, vous ne croyez pas ?

— Je ne vous savais pas sujet aux lapalissades, patron, lâcha-t-elle.

— Vous pouvez me dire pourquoi vous êtes si mordante, aujourd'hui ?

— Cette affaire pue. Lola n'avait aucune raison de disparaître. Et surtout, j'attends par exemple que vous me parliez de votre enquête parallèle.

— Quelle enquête parallèle ?

— Ingrid Van Houten ?

— ...

— La donne a changé depuis le déménagement de la plupart des services au Bastion. La moindre commande « off » des chefs de service fait le tour du bâtiment, désormais, lui apprit-elle sans quitter la route des yeux.

Il souffla.

— J'ai utilisé les relations d'une vieille connaissance qui travaille à la commission des affaires budgétaires de l'Union européenne à Bruxelles. La Carte bleue d'Ingrid Van Houten a été utilisée dans un temps très proche des retraits bancaires effectués à l'aide de celle de Virginie Deloncle. Je n'ai rien voulu vous dire pour ne pas vous donner l'impression de vous encourager à poursuivre vos investigations. Dois-je vous rappeler que l'avenir professionnel de Lola est particulièrement compromis ? Dans le meilleur des cas, elle risque d'être rétrogradée de plusieurs échelons.

— Et dans le pire des cas on risque de ne pas la retrouver vivante ! coupa-t-elle.

Compostel descendit le premier de voiture. Zoé le rattrapa sur les marches de la gendarmerie. Se trouvaient à l'intérieur l'adjudant Levert assisté du gendarme adjoint qui avait procédé aux constatations sur la 2 CV.

— Toujours pas de nouvelles de ma collaboratrice, mon adjudant ? débuta Compostel après s'être présenté.

— Aucune, monsieur.

— Et ce Gaël Diniz, il ne pourrait pas être à l'origine de sa disparition ?

— Rien ne permet de le penser, monsieur le commissaire.

— Il semble pourtant qu'il ait tué une femme avant de tenter de la faire disparaître, non ?

— Oui, mais... On n'a pas encore d'aveux... C'est juste qu'on a retrouvé chez lui le fusil Mauser que Jean-Paul Kaufmann avait déclaré volé.

— C'est lui ou c'est pas lui, le tueur ?

— Disons qu'on a deux tueurs pour le prix d'un. Par contre, on a formellement identifié la victime grâce à un rapprochement génétique. Elle s'appelait Esther Leconte, ses parents étaient venus signaler sa disparition il y a quelques semaines.

— Et Diniz, vous l'avez déféré ?

— Oui, ce matin.

— Je peux jeter un œil sur la pelure ?

Compostel réclamait la copie « archive » de la procédure. Le sous-officier la lui déposa sur le bat-flanc. Le chef de la Crim' s'empara du rapport de synthèse tandis que Zoé chercha parmi les dizaines de procès-verbaux ceux consacrés au cadavre d'Esther Leconte.

Le résumé de procédure était clair : Gaël Diniz avait été interpellé la veille à la suite d'un appel anonyme indiquant que l'arme du crime commis à l'encontre d'Esther Leconte se trouvait dissimulée dans le vieux moulin contigu à son domicile.

— Vous avez travaillé sur l'appel anonyme ?

— Oui. Il provient de la région de Charleroi. À coup sûr une cabine téléphonique ou un taxiphone.

— Une voix d'homme ou de femme ?

— Difficile à dire. La bande-son a été envoyée au pôle judiciaire de la gendarmerie, à Pontoise. Nos techniciens se chargeront de l'analyser.

— Qu'est-ce qu'il a dit au cours de son audition ?

— Il a chiqué. Il dit qu'il ne mettait jamais les pieds dans son moulin, qu'il déteste les armes à feu, qu'il n'en a jamais possédé et encore moins volé.

— Et vous, vous en pensez quoi ?

— Que ça fait beaucoup pour un seul homme. Je vous rappelle que c'est déjà lui qui a découvert un cadavre de femme dans un endroit improbable du parc naturel, il y a quelques semaines.

— Vous n'avez rien trouvé concernant notre collègue, chez lui ?

— Rien du tout. Pour tout vous avouer, on n'a pas trop prêté attention à sa maison. On s'est concentrés sur le moulin et sur les personnes qu'il hébergeait.

— À savoir ?

— Une gamine syrienne et sa tante.

Zoé les interrompit. Elle venait de tomber sur les résultats de l'anatomopathologie effectuée dans le cadre de l'autopsie d'Esther Leconte. Tout comme chez Virginie Deloncle, les conclusions de l'anapath' évoquaient une *présence significative de traces d'ibogaïne dans les quelques résidus de sang prélevés.*

— Ça vous embêterait de nous faire visiter le domicile de Diniz ?

— C'est que tout est sous scellés.

— Mais je croyais qu'il hébergeait une famille ?

— Certes. Mais une famille en situation irrégulière…

Zoé releva la tête de sa paperasse.

— … On les a conduits au CRA de Lesquin, près de Lille, poursuivit le sous-officier de gendarmerie.

— Ils n'avaient pas le statut de réfugiés ? demanda l'enquêtrice.

— Pas à notre connaissance.

— On ne touchera à rien, reprit Compostel. Juste un coup d'œil, promis.

L'adjudant Levert finit par céder. De toute façon, il devait y retourner. Si ses hommes avaient coupé le courant avant le placement sous scellés, ils avaient omis de vider le réfrigérateur de l'athlète.

69

Elle n'avait pas revu Mireille Camus depuis son arrivée à la clinique. Celle-ci ne paraissait pas vivre au sein de la communauté, au contraire de Sylvie Desgranges ou d'une jeune femme prénommée Ingrid qui occupait la chambre voisine de la sienne. Vincent Roth, lui, bénéficiait d'un statut particulier. Absent des repas communautaires, le cantonnier de La Pointe semblait demeurer à l'écart des autres pensionnaires, dans une dépendance qui s'ouvrait sur la forêt dans laquelle il aimait s'enfoncer en compagnie de son chien.

Au prix d'un effort certain, Lola réussit à se lever et à traîner les pieds jusqu'à la salle commune. Elle n'avait pas dormi, souffrait et pensait trop. À son arrivée, les visages de tous les convives installés autour de l'immense table en chêne s'illuminèrent. En majeure partie des visages féminins, inconnus. Le seul homme attablé, sourire béat, se leva à son tour et fit de la place pour l'accueillir. Aucune trace du Professeur.

On l'aida à s'installer sur l'un des bancs, puis Sylvie s'absenta quelques instants et revint avec une assiette remplie de carottes cuites coupées en rondelles.

— C'est moi qui les ai plantées, souffla le vieil homme assis à sa droite.

Lola était trop épuisée pour réagir. Elle avait à peine la force d'ouvrir la bouche.

— C'est de la carotte de Colmar à cœur rouge. J'étais dans la culture avant de tomber malade, compléta-t-il de manière à montrer qu'il s'y connaissait.

— Tais-toi, Damien ! On mange dans le silence, le rudoya Sylvie.

Il piqua sa fourchette dans sa potée de légumes et baissa la tête. Damien avait une soixantaine d'années. Son chandail masquait mal un certain embonpoint tandis qu'un béret de vieux paysan couvrait son crâne chauve et des sourcils broussailleux.

Il n'y avait pas de télé, pas de radio, pas de pendule comtoise, rien qui puisse perturber ce moment de partage. Pas d'échange non plus. Après quelques bouchées, Lola les observa tour à tour. Excepté Ingrid, les autres femmes semblaient toutes avoir plus de cinquante ans. Leurs visages apaisés exprimaient de la tendresse à son égard. Des regards empreints de la sollicitude des femmes maternantes. De quoi étaient-elles malades ? Deux d'entre elles paraissaient mal en point. Le cou de girafe de la première portait des taches brunes et noirâtres qui ne laissaient aucun doute sur son avenir proche. Quant au petit bout de femme qui lui faisait face, elle était animée de tremblements. Cette dernière fut soudain saisie d'une quinte de toux violente. Sylvie se précipita sur le pichet d'eau et l'aida à boire au verre.

Le calme revenu, les hôtes se partagèrent un fromage de chèvre sous les yeux de l'enquêtrice. Elle crevait d'envie d'en prendre une part, de voler un moment de fraîcheur. Sylvie le lui interdit :

— C'est proscrit. Le Professeur a été clair. Tu ne dois consommer que des plats à base de carottes, hormis quelques fruits potagers.

Lola se retint. Elle patienta et finit par croquer dans une poire qu'elle avait pris soin de peler.

— La peau des fruits recèle des vitamines en tout genre, coupa de nouveau Sylvie. Tu ne devrais pas t'en priver.

Puis les convives quittèrent la table un à un, de manière mécanique. Trois femmes, précédées par Damien, sortirent dans la cour intérieure du corps de ferme tandis que les autres prirent le chemin de leur chambre.

— J'ai besoin de voir le Professeur au plus vite, Sylvie…

— Qu'est-ce que tu lui veux ?

— Je veux une nouvelle séance. Il a interrompu la précédente.

— Impossible ! Il ne consulte que la nuit, il ne déroge pas à cette règle.

— S'il te plaît…, implora Lola.

— Je suis désolée, mais je ne peux rien faire. Il se repose. Il faut que tu sois patiente.

— Combien de temps ?

— C'est lui qui décide. Mais rassure-toi, il saura quand ce sera le moment.

— Ils vont où, les autres ? s'enquit Lola.

— Au jardin. On possède un verger et plusieurs hectares de terrain pour nourrir nos chèvres.

Lola, toujours assise, observa Sylvie qui naviguait entre la salle à manger et la cuisine où elle transportait la vaisselle sale.

— Il n'a pas l'air malade, Damien ?

— Il est fragile. Il a tenté de se suicider avant de nous rejoindre. Son exploitation agricole avait fait faillite et sa femme était partie. Maintenant ça va mieux. Mais la clinique est un peu devenue sa famille, alors il reste avec nous.

— Et toi, ça fait combien de temps que tu es ici ?

— Tu poses trop de questions. Nous sommes là pour guérir, le reste importe peu.

— Je parie que tu es infirmière, osa-t-elle. Je me trompe ?

Le geste de Sylvie qui passait l'éponge sur le bois massif ralentit imperceptiblement. Sa mâchoire se crispa.

— Et à quoi tu vois ça ?

— Ta douceur, tes mots, tes gestes avec moi lorsque j'ai des crises ou de la fièvre. Tu sais, j'ai l'habitude des hôpitaux…

— Bien vu. Sauf que jamais plus je n'entrerai dans ce type d'établissement. Le Professeur nous montre chaque jour qu'une thérapie de type familial est bien plus bénéfique que la médecine conventionnelle.

— Et tu l'as connu comment, le Professeur ?

— Dis donc ! On ne t'a jamais dit que tu étais trop curieuse ? Moins tu poseras de questions, mieux ton séjour se passera.

— Excuse-moi. Je ne voulais pas paraître indiscrète.

— Je vais te raccompagner à ta chambre. Il faut que tu te reposes au cas où il accepterait de te recevoir la nuit prochaine pour une nouvelle séance.

Visiblement, Sylvie refusait de remuer son passé. Lola, qui quittait le salon, poursuivit malgré tout :

— Et toi, c'est quoi ta maladie ? Tu es guérie ?

— On n'est jamais totalement guéris. C'est un enseignement que je dois au Professeur. La vie est un effort permanent, un chemin fait d'obstacles qu'il m'aide à franchir au quotidien.

Lola avait assez peu fréquenté les églises. Pourtant, il lui semblait bien que Sylvie parlait du Professeur comme le curé invoque le Tout-Puissant devant ses fidèles.

De peur de la braquer, elle n'insista pas.

70

— Le Mauser se trouvait dissimulé sous ces planches, indiqua l'adjudant Levert une fois à l'intérieur du vieux moulin.

— Vous n'avez rien trouvé d'autre ? s'enquit Zoé qui déplaçait des bouts de bois pour se rendre compte par elle-même.

— Absolument rien.

— Gaël Diniz était avec vous lors de cette découverte ?

— Bien sûr. C'est la règle en cas de perquisition, vous le savez bien.

— Quelle a été sa réaction ?

— Pas la moindre. Il est resté impassible.

Zoé se comportait comme une avocate qui auditionne un directeur d'enquête devant une cour d'assises. Elle cherchait la faille. Compostel prit le relais :

— Et là-haut ? indiqua-t-il en donnant un coup de tête en direction du grenier.

— On est allés voir, rien de notable. Je n'ai pas beaucoup de temps, je vous montre la maison ? questionna le gendarme.

Ils le suivirent jusque devant l'entrée, l'observèrent briser le scellé avant de déverrouiller l'accès qui s'ouvrit sur une grande pièce de vie qui faisait office de cuisine et de salle à manger. Compostel retint sa collègue par le bras, attendit que l'adjudant leur donne l'ordre de pénétrer. Ce dernier rétablit l'électricité et donna son aval. L'endroit, bas de plafond, était sombre.

— Je vous laisse deux minutes, le temps que je vide le frigo.

Zoé fonça en direction d'une première porte. Elle tomba sur une chambre dérangée par des gendarmes désireux de récolter un maximum d'éléments potentiellement incriminants. La seule armoire de la pièce, surplombée de coupes, avait été vidée sur le lit, et le meuble de bureau ne supportait plus que la trace d'un ordinateur portable autour duquel une petite couche de poussière s'était accumulée. Il n'y avait plus rien à glaner hormis un radio-réveil qui clignotait, des dossards de courses à pied punaisés sur un mur, des médailles suspendues à un portemanteau, et la photo encadrée de Gaël Diniz et d'une femme d'une cinquantaine d'années qui présentait les mêmes traits que le sportif.

Après avoir visité les toilettes et la salle de bains, Compostel, lui, se retrouva dans une chambre à lit double. À n'en pas douter celle de Gulveda et de Zeinah, au vu des quelques vêtements féminins qu'il découvrit dans une panière à linge sale. Il fut rejoint par sa collègue au moment où le gendarme leur signalait qu'il en avait terminé. Ils firent demi-tour, abandonnèrent Levert qui remettait le scellé, se dirigèrent à pied de l'autre côté de la maison. Un emplacement vide sous un abri marquait l'absence de la 2 CV. Les deux équipiers s'approchèrent de la grange où étaient entreposés un vieux tambour de machine à laver, plusieurs vélos d'un autre temps, un lot d'outils de jardinage rouillés. Compostel aperçut le premier les bords de ce qui ressemblait à une trappe, malgré les objets hétéroclites qui la cachaient en partie. Lola se rapprocha alors que Levert les rejoignait.

— Vous êtes venu par ici, mon adjudant ?

Il secoua la tête de droite à gauche.

— Vous m'autorisez ?

— Si ça vous chante, allez-y !

Les deux Parisiens déblayèrent la trappe. Compostel regarda de nouveau son homologue.

— Je vous en prie, à vous l'honneur…

Le chef de la Crim' retira sa veste, retroussa ses manches et tira sur la poignée. La trappe s'ouvrit sur un puits noir.

— Lola, si tu es là, réponds ! tenta Zoé.

Rien. L'adjudant sortit sa lampe d'un étui de ceinture, se mit à éclairer l'échelle verticale qui menait deux mètres plus bas. Zoé se lança. Un sol meuble l'accueillit. La première chose qu'elle vit fut un mur constellé de photos. Elle reconnut d'emblée Esther Leconte, Virginie Deloncle et Sylvie Desgranges au milieu desquelles le mauvais cliché en pied d'un homme d'une soixantaine d'années était en bonne place. Vêtu d'un uniforme blanc, il portait un stéthoscope autour du cou. Une autre photo correspondait à celle de Vincent Roth, photographié devant la Poste de La Pointe. Le mur opposé était recouvert d'un plan au 1/1 000e du parc naturel des Ardennes. Des croix rouges semblaient indiquer le lieu de découverte de Virginie Deloncle et du domicile de Jean-Paul Kaufmann.

— Je vous l'avais bien dit, que Diniz était notre homme ! intervint Levert.

Ni Zoé ni son patron ne répondirent. Ils le laissèrent décrocher son téléphone qui sonnait depuis quelques secondes. Zoé remonta la première à la surface. Elle informa aussitôt son chef de groupe, lui transmit par mail la photo de l'homme en blanc. Desgranges, de son côté, n'avait rien de neuf. Le relevé téléphonique de Lola montrait que son dernier appel avait été pour sa mère alors que l'enquêtrice se trouvait près de la gare de Sedan.

— Je vais contacter le commissariat pour voir si une deuche en maraude dans le secteur n'aurait pas été signalée, finit-il.

— Laisse tomber, répondit Zoé alors que Levert, à deux pas d'elle, informait Compostel à l'instant que la 2 CV conduite par leur collègue venait d'être retrouvée dans la Meuse, à hauteur du barrage de Givet.

71

Je n'entreprendrai rien
qui dépasse mes compétences.

Extrait du serment d'Hippocrate

Il était venu en personne la chercher dans sa chambre. Avant de le suivre dans les méandres du corps de ferme, elle avait boutonné sur sa chemise de nuit un gilet à grosses mailles tricoté par l'une des pensionnaires. Ils progressèrent en direction de la salle à manger commune puis grimpèrent les marches patinées de l'escalier. Ils passèrent sans s'arrêter le premier niveau desservant les appartements privés du Professeur pour déboucher dans son cabinet de consultation.

Comme lors des entretiens passés, l'endroit était plongé dans l'obscurité. Elle frissonna. Il alluma l'abat-jour de son bureau puis l'invita à s'asseoir sur le canapé en rotin.

— Bien. Comment vous sentez-vous parmi nous, Lola ?

— J'ai peur que mon état empire. Je veux aussi savoir ce que vous avez vu, la nuit dernière, monsieur ?

— N'ayez crainte pour votre état. Dans quelques jours, votre corps aura pris la mesure de votre nouveau traitement alimentaire. Tout va se régler. Pour ce qui est de votre père, j'ai bien peur que ce ne soit trop tôt. Vous ne me semblez pas prête…

— Si ! Je veux savoir. Je suis forte, j'encaisse facilement, répondit-elle.

Il se leva, glissa les mains dans ses poches, tourna en rond.

— Vous m'avez dit que votre père était mort d'une crise cardiaque, c'est bien ça ?

— Oui.

— Dans quelles circonstances, exactement ?

— Il y a cinq ans, en juillet. Un matin, après s'être levé, il s'est effondré dans le salon. En chutant, il a brisé la vitre de la table basse.

— Vous étiez présente ?

— Non.

— Il était seul ?

— Non, ma mère était là. Elle a tenté de le ranimer, elle n'a pas réussi.

— C'est elle qui vous l'a dit ?

— Oui.

— Il y avait d'autres membres de votre famille ce jour-là ?

— Je ne crois pas.

— Ça paraît violent, comme décès, non ?

Elle ne savait quoi répondre. Qu'insinuait-il ?

— Vos parents, ça leur arrivait de se disputer ?

— Comme tout le monde, oui.

— C'est-à-dire ?

Son questionnement ressemblait à celui d'un flic. Malgré tout, elle se sentit dans l'obligation de répondre.

— Tous les couples se disputent. On a tous des hauts et des bas. On est tous sujets à des coups de colère, parfois.

— Vous avez déjà vécu en couple, vous ?

— Pas vraiment.

— Comment ça *pas vraiment* ?

— Des histoires par-ci par-là, sans lendemain. J'aime bien ma liberté. Et puis ma maladie a tendance à faire fuir les hommes.

— Arrivait-il à vos parents de se battre ?

— Pas que je sache.

— Qui est le médecin qui a constaté le décès de votre père ?

— Notre médecin de famille.

— La police s'est-elle déplacée ?

— Non. Pourquoi ? Il n'y avait pas de raison. Mon père avait énormément de cholestérol. Quelques années plus tôt, il avait été hospitalisé à cause d'une artérite.

Debout, dos à Lola, le Professeur poursuivait :

— Les médecins de province sont loin d'être les plus compétents. Vous savez ce qu'on dit : si vous voulez vous débarrasser de votre mari qui vous a trompée, ne le faites pas en ville, mais dans votre maison de campagne.

Elle le savait. Elle observa avec attention le bureau du Professeur, constata la présence de plusieurs ouvrages médicaux empilés sur un coin. *Genèse du cancer* et *Médecine nouvelle germanique* du Dr Ryke Geerd Hamer, *Le Rebirth* de Jacques de Panafieu et un ouvrage technique en langue anglaise écrit par le Dr Johanna Budwig. Elle n'avait entendu parler d'aucun d'entre eux. Elle regardait le coupe-papier couché sur le plateau du bureau au moment où le médecin se retourna. Il se dirigea vers elle, récupéra son bloc-notes et vint s'asseoir à ses côtés, comme l'avant-veille.

— Je veux savoir ce que vous avez vu, Professeur.

C'était la première fois qu'elle l'appelait ainsi.

— Vous le savez très bien, Lola. Pas besoin de vous faire un dessin.

Elle plissa les paupières.

— C'est pas possible, je m'en souviendrais !

— Non, Lola. Lors des traumatismes violents, notre psyché se verrouille. L'amnésie traumatique, vous connaissez ? C'est une période pendant laquelle une personne n'a pas conscience des violences qu'elle a subies… C'est surtout un réflexe que l'on retrouve fréquemment chez des personnes qui ont été agressées par des proches qu'ils apprécient.

— Je ne vous crois pas…

— Vous ne voulez pas entendre la vérité. C'est normal, c'est humain. Cependant, je vous le redis, votre guérison en dépend. Je suis désolé d'être brutal, mais sans ça vous serez morte dans quelques mois, quelques semaines peut-être. Il faut que vous vous engagiez à mes côtés, que vous me fassiez confiance. Sinon notre projet est voué à l'échec.

— Mon père ne m'a pas… agressée, c'est impossible. Je l'adorais.

— *Agressée* n'est pas le terme exact, vous le savez. Nous devons travailler en priorité à utiliser le bon vocabulaire, car…

— … J'étais vierge lors de mon premier rapport sexuel. La preuve, j'ai saigné.

— C'est tout à fait normal, poursuivit le Professeur avec compassion. La nature fait que l'hymen se reconstruit lorsqu'il subit une agression dans les premières années.

Elle exprimait le doute. Il poursuivit :

— Vous avez eu l'occasion de croiser Ingrid depuis votre arrivée ?

Elle acquiesça.

— Eh bien, figurez-vous qu'elle a subi un traumatisme similaire au vôtre dans sa prime enfance. Et devinez quoi ? Pour elle aussi, le temps a été bénéfique. Sa membrane s'est réparée naturellement. Et, comme pour vous, le prédateur était le père. Il a préféré se pendre en cellule plutôt que de devoir avouer au cours d'un procès qui aurait nui à sa réputation.

Son interlocuteur poursuivit :

— Même si son père est mort avant de répondre de ses fautes, elle a eu la chance de pouvoir déposer plainte contre lui. Pas vous. Mais je pense en toute sincérité qu'on peut quand même vous guérir.

— Ma mère ne l'aurait pas laissé faire !

— S'en est-elle rendu compte sur le coup ? Elle n'était probablement pas présente. D'après la description que vous m'avez faite de sa mort, tout porte à croire que son trépas ne s'est pas déroulé comme elle vous l'a raconté. J'ai l'intime conviction que votre mère savait pour « l'agression » que vous avez subie. Les mères, ça se doute, ça comprend. On ne meurt pas d'une crise cardiaque en brisant une table basse, croyez-moi. Votre mère a tout simplement tué votre père, j'en suis persuadé. Pour vous venger. Mais laissons votre maman tranquille pour le moment. Elle sera d'autant plus surprise et ravie, d'ici à quelques mois, de vous retrouver dans une forme qu'elle ne vous a jamais connue.

Il lui laissa la parole, elle ne la prit pas. Comme un oiseau apeuré, elle tournait la tête dans tous les sens.

— Pour l'instant, on ne change rien au programme, reprit-il en posant une main sur son épaule. On continue le régime de carottes qui va vous permettre de vous purger. Et ne soyez pas inquiète pour la fièvre. C'est un signe normal, ça veut dire que la maladie sort de vous. Au pire, si le régime n'est pas suffisant, on reverra la méthode. J'ai plusieurs cordes à mon arc, vous savez. Et je suis tenace…

En guise de consentement, elle lui sourit d'un pincement de lèvres.

— Dernière chose, et ensuite je vous reconduis dans votre chambre. Ici, vous l'avez compris, nous vivons en communauté. Chacun contribue un peu à sa manière au bien commun. Certains travaillent au jardin, d'autres ne peuvent pas car ils ont besoin d'un repos total. Pour ces derniers, nous demandons une participation…

— J'aimerais bien, monsieur. Mais je n'ai rien avec moi.

— Si. Mireille a réussi à récupérer un portefeuille contenant votre carte bancaire dans la voiture, après votre accident. Et demain, je dois aller faire une course en ville.

Lola n'hésita pas un instant. Elle lui communiqua son code à quatre chiffres.

72

Moteur hurlant, le treuil d'un véhicule de dépannage arrachait la 2 CV du lit envasé de la Meuse lorsque Compostel et Zoé stationnèrent leur véhicule derrière celui de Levert. Plus loin sur la berge, des badauds observaient la manœuvre. Parmi eux, quelques enfants dont le jeune Connor emmitouflé dans une grosse parka.

— Ne bougez pas de là ! ordonna l'adjudant qui les retint à une dizaine de mètres du barrage hydro-électrique et de l'arbre contre lequel la voiture de Gaël Diniz avait fini sa course.

Ils obéirent. Compostel ne pouvait détacher son regard de la tôle froissée. Malgré sa queue-de-cheval qui lui fouettait un côté du visage, Zoé fixait l'habitacle qui se vidait par tous les interstices. Elle fit deux pas en direction du garagiste local qui stoppa sa manœuvre. Le véhicule avait retrouvé la terre ferme. Les pneus étaient à plat, des détritus s'accrochaient à l'armature, les sièges et l'armature étaient noircis. Aucune trace de Lola.

Les deux policiers pivotèrent vers les eaux grises du fleuve battues par le vent au moment où la tête d'un plongeur perça la surface. Il retira son masque, libéra sa bouche, se mit à nager jusqu'à Levert qui l'aida à se propulser sur la berge.

— On n'y voit rien, trop de courant, dit-il après avoir repris son souffle. Il nous faudrait une brigade de scaphandriers. Et encore, le cadavre a le temps d'être bouffé par les poissons avant qu'on le retrouve.

Zoé ne pipa mot. À cet endroit, la Meuse était large de plus de cent trente mètres, et le lieu exact de l'accident leur était inconnu. Elle s'assit au sol à l'écart, posa son menton sur ses genoux alors que Compostel glissait un doigt sur le tableau de bord de la 2 CV. Il recula, retira son téléphone de son étui.

— Vous avez du neuf, Guillaume ?

— Pour ce qui est de Lola, toujours pas d'activation de son mobile. Par contre, pour ce qui est de Gaël Diniz, il n'est pas tout blanc, tout blanc.

— À savoir ?

— Le fichier des antécédents judiciaires laisse apparaître qu'il a été mis en cause pour menaces de mort du côté de Chinon, en Indre-et-Loire.

— À l'encontre de qui ?

— Ce n'est pas mentionné, la plainte a fait l'objet d'un classement sans suite. J'ai demandé à ce qu'on m'adresse la procédure.

— Et la photo du médecin découverte au domicile de Diniz, vous l'avez transmise aux hôpitaux ?

— Oui. Garches et Amiens m'ont déjà répondu. C'est négatif de leur côté, ils ne connaissent pas ce type. J'attends le retour de l'Hôtel-Dieu.

La piste médicale, d'un coup, prenait du plomb dans l'aile.

— Et les mouvements bancaires de Lola ? s'enquit le chef de la Crim'.

— Je vérifie et je vous rappelle.

Compostel raccrocha, vint s'asseoir à côté de sa collègue, lui résuma les dernières trouvailles de Guillaume Desgranges.

— C'est trop tard, répondit-elle en restant rivée sur le fleuve.

— Je n'en suis pas certain. Vous savez ce que c'est, ça ? demanda-t-il en lui montrant son index encore noirci. C'est de la suie et ça vient de la 2 CV. Comment expliquer qu'un véhicule qui a chuté dans le fleuve soit en partie calciné ? Il y a eu intervention après coup, j'en mets ma main à couper.

Zoé s'écarta de quelques mètres, sécha ses larmes d'un revers de manche.

— Madame ?

Connor s'était rapproché.

— Oui ?

— C'est la voiture de votre amie ?

L'enquêtrice confirma.

— Elle était gentille sauf qu'elle ne m'a pas dit au revoir avant de partir.

— Tu étais peut-être à l'école, non ?

— Non, maman m'a dit qu'elle était partie pendant la nuit. Je dormais. Ma copine Zeinah et sa mère, elles sont parties aussi. Maman a raconté que les gendarmes les ont arrêtées et qu'elles sont rentrées dans leur pays. La maîtresse nous a montré où elles vivaient sur une carte.

Les deux Syriennes se trouvaient toujours sur le sol français. Zoé garda le silence, s'écarta de l'enfant, réajusta sa queue-de-cheval alors que Desgranges se manifestait de nouveau.

— Patron ? Y a du neuf…

— J'écoute, répondit Hervé Compostel qui appuya sur la touche du haut-parleur.

— La Carte bleue de Lola a été utilisée ce matin à Charleroi. Elle est en vie !

Compostel et Zoé se regardèrent. Rien n'était moins sûr, d'autant que le distributeur concerné correspondait à celui qu'avait utilisé Virginie Deloncle.

73

La chambre sans fenêtre, les réveils au milieu de la nuit, l'absence de montre lui avaient fait perdre toute notion de temps. Elle revivait les contrecoups de ses voyages entre la France et Singapour, à l'époque où elle travaillait à Interpol.

Elle repensa à ses parents venus la visiter à l'autre bout du monde. À ce père qu'elle avait accueilli à bras ouverts à l'aéroport de Changi, qu'elle avait hébergé dans son deux pièces du quartier colonial perché sur la ville, à qui elle avait interdit de toucher les orchidées du jardin botanique.

La tête sur l'oreiller, le regard dans le vide, confuse, Lola repensait à la séance de la nuit, aux promesses de guérison, à cette révélation. Elle finit par rompre les chaînes de la torpeur. Elle se leva, se dirigea à tâtons vers la porte. La lumière crue du jour se propageait sur toute la longueur du couloir. Elle franchit la porte vitrée qui donnait sur la cour intérieure, fut accueillie par les cris stridents des oies de garde qui se précipitèrent vers elle. Par peur, elle referma le battant.

— Ne t'inquiète pas, ma belle. Les jars finiront par s'habituer à ta présence. En attendant, ne les approche pas trop. Ils peuvent être agressifs.

Sylvie s'apprêtait à pénétrer dans une chambre. Elle tenait à la main une seringue et une ampoule.

— Tu m'accompagnes ? Je dois donner son traitement à Mylène.

Mylène était la femme au cou de girafe. Excepté aux heures de repas, elle ne sortait plus de sa chambre où elle restait alitée.

Sylvie entra la première. Avec sa tendresse coutumière, elle réveilla la malade qui dormait la bouche ouverte. La peau de son visage était fripée, la partie supérieure de son corps laissait apparaître des os saillants, décharnés. Sylvie l'aida à se redresser avant de lui servir un verre d'eau. Sans un bruit, sans un mot, Mylène tendit son bras droit. Comme celle d'une droguée, la veine était piquée de toutes parts. Sylvie chercha longtemps un endroit vierge avant de percer l'opercule de la fiole dans laquelle elle plongea sa seringue.

L'acte médical effectué, Sylvie récupéra le matériel usagé ainsi qu'une serviette dans laquelle Mylène avait craché des glaires toute la nuit. Les deux femmes ressortirent.

— Qu'est-ce que tu lui as injecté ?

— Des vitamines et des minéraux.

— De quoi est-elle malade ?

— Les ovaires.

— Elle n'a pas l'air très en forme…

— Le Professeur dit que tous les remèdes n'y feront jamais rien si elle refuse de livrer ses colères et ses souffrances les plus profondes. Si elle persévère dans la fuite et le non-dit, je crains qu'elle n'en ait plus pour très longtemps, en effet.

Elle avait mille questions à poser mais ne voulait pas, comme la veille, paraître trop intrusive. La jeune femme suivit Sylvie qui traversa la cour intérieure en direction de l'aile opposée du corps de ferme. La porte à glissière d'une ancienne écurie était ouverte. Sylvie s'y dirigea. Le sol bétonné était lisse, constellé de traces d'huile. Un véhicule, aujourd'hui absent, avait l'habitude de dormir là. Dans un recoin étaient rassemblés de nombreux outils de jardin, des brouettes, des sacs de jute. À proximité, trois grands bacs de différentes couleurs servaient à récolter les déchets. Sylvie jeta son matériel médical dans la poubelle jaune.

Par une porte intérieure, elles accédèrent à un immense débarras occupé par deux machines à tambour.

— C'est là qu'on lave le linge. Tu veux l'étendre avec moi ?

Lola acquiesça. Sylvie remplit deux pleines corbeilles, puis, à l'aide d'un lourd trousseau de clés, ouvrit une porte qui menait directement à l'extérieur du corps de ferme. Pour la première fois depuis son arrivée, la nouvelle pensionnaire mettait un pied hors des murs. Un chemin de terre et de pierre, sinueux, longeant une pièce de terre rectangulaire où s'activaient la plupart des résidents, disparaissait quelques dizaines de mètres plus loin dans la forêt. Baignées par le soleil, les deux femmes accrochèrent une quinzaine de draps blancs et autant de serviettes aux cordes.

Puis elles rentrèrent et se dirigèrent vers la cuisine. Sylvie s'affaira à la vaisselle tandis que Lola se mit à éplucher les nombreux légumes cueillis pour le déjeuner. L'ancienne infirmière les plongea dans une cocotte puis libéra sa partenaire.

— Il faut que je monte faire le ménage chez le Professeur. Tu peux retourner te reposer dans ta chambre.

— Je peux t'aider, si tu veux. J'ai besoin de m'occuper.

— Non, merci. Hormis moi, personne n'a le droit de pénétrer dans ses appartements. C'est la règle.

— Peut-être que je peux rejoindre les autres au jardin, alors ?

— Tu es encore trop faible pour travailler. Et puis j'ai besoin de la permission du Professeur.

Lola n'insista pas. Dans son esprit, la clinique était encadrée par trois personnes. Le Professeur faisait en quelque sorte office de directeur de l'établissement et Sylvie s'occupait de la logistique. Le rôle précis de Mireille Camus, qu'elle n'avait pas revue depuis son arrivée, restait à définir.

La jeune femme retourna dans sa chambre. Elle avait conservé son éplucheur à la main. Il lui brûlait les doigts. Lola s'empressa de retirer un embout en plastique d'un montant de son lit, dans lequel elle glissa l'objet.

74

Si Compostel refusait catégoriquement de se rendre en Belgique, à Charleroi ou ailleurs, ils avaient toujours la possibilité de filer vers le nord, du côté de Lesquin, à deux heures de route. Cette commune de l'agglomération lilloise abritait un centre de rétention administrative, véritable tour de Babel où Marocains et Égyptiens s'affrontaient pour chasser l'ennui, sous le regard peu intéressé de policiers antillais accusés d'être les esclaves de la France par les migrants les plus politisés.

Gulveda et Zeinah se trouvaient en compagnie d'une avocate de l'association France terre d'asile lorsque Compostel et Zoé obtinrent du chef d'établissement l'autorisation de pénétrer dans l'enceinte. Celle-ci, entourée d'un grillage de cinq mètres de haut et protégée par un système infrarouge périmétrique, était composée d'une vingtaine de chambres, d'un local de restauration et d'une cour extérieure équipée d'un panier de basket et d'une table de ping-pong en béton. Le ballon était percé, les manches de raquettes cassés, les balles éclatées, et le règlement intérieur, affiché en six langues, largement brûlé à coups de mégot de cigarette.

Zoé s'arrêta devant un distributeur. Elle fouilla ses poches, réclama de la monnaie à son patron, inséra plusieurs pièces dans la fente, récupéra deux paquets de friandises. Zeinah écarquilla les yeux à leur vue. L'avocate partie, les deux policiers s'installèrent en face des Syriennes. Compostel posa ses mains sur la table branlante du parloir qui les séparait, Zoé sortit son téléphone, chercha dans ses fichiers la photo d'Esther Leconte.

— Vous comprenez le français ? demanda Hervé Compostel en détachant lentement les syllabes.

Zeinah baissa les yeux. Gulveda hocha la tête avec timidité.

— Regardez cette photo. *Look at this picture, please*, poursuivit-il en anglais.

Zoé tendit l'appareil. La tante fixa l'image avant de détourner le regard comme pour la fuir. Zeinah, à côté, cessa d'avaler ses bonbons Crocodile.

— *Where is your phone, Gulveda ?*

Elle sortit un portable d'une poche arrière. Zoé fut plus réactive que son patron. L'appareil n'était évidemment pas celui dont s'était servi Esther Leconte pour contacter son père en catastrophe.

— *Where is your old phone, Gulveda ?* reprit-elle.

La tante de Zeinah ne desserra pas les dents.

— Vous n'avez rien à craindre, insista-t-elle. *Where is this woman ?*

La chaise de Gulveda grinça. Elle agrippa la main de Zeinah et la tira en dehors de la pièce. Hervé Compostel et Zoé Dechaume soupirèrent. Il n'y avait rien à faire. Ils retrouvèrent le chef d'établissement qui, de bonne grâce, leur remit le dossier administratif des deux Syriennes.

— Quand est-ce qu'elles doivent être expulsées ?

— Ça dépend du juge. Si leurs déclarations sont exactes, il y a peu de chances qu'elles rentrent dans leur pays.

— Pourquoi ?

— Elles sont Yézidies. Et les Yézidies, en zone syro-irakienne, ont été pourchassées et placées en esclavage par les jihadistes au plus fort des conflits. Trois des sœurs de la gamine ainsi que sa mère ont été violées et crucifiées dans leur village. Seules Zeinah et sa tante ont réussi à fuir. Si elles disent vrai, elles ont gagné un camp tenu par les Kurdes puis ont marché des centaines de kilomètres avant de passer la frontière turque.

— Elles n'avaient pas fait les démarches pour obtenir le statut de réfugiés avant leur interpellation ? s'enquit Zoé.

— La tante nous a dit qu'une demande avait été déposée par la femme qui l'employait. Pourtant, les gendarmes de La Pointe n'en ont trouvé aucune trace à l'OFPRA. Il faut savoir qu'il arrive que des gens mal intentionnés leur fassent miroiter une régularisation pour mieux les exploiter.

— Peut-être que les services de l'OFPRA sont tout simplement engorgés, non ?

Le directeur du centre ne savait pas. Les deux policiers s'apprêtaient à quitter l'établissement lorsqu'un gardien de la paix les rattrapa dans le couloir. Il tendit à Zoé une feuille quadrillée pliée en quatre.

— C'est pour vous !

L'enquêtrice s'empara du document, le déplia et découvrit une vingtaine de lignes à l'écriture hésitante, celle de Zeinah certainement, raturée par la main de Lola. Zoé laissa les clés à son chef de service, attendit qu'ils s'éloignent de Lesquin avant de déchiffrer un texte qui évoquait la course effrénée d'une femme fuyant des hommes armés sur un pont de pierre.

— Il y a une sorte de croquis au verso, intervint Compostel qui la surveillait du coin de l'œil.

Zoé retourna la feuille et tomba sur un dessin approximatif mettant en scène une femme qui cherchait à échapper à deux hommes. L'un d'eux épaulait un fusil d'où sortait un projectile qui venait frapper le dos de celle qui tentait de rejoindre une forêt. La silhouette de la femme ne laissait aucun doute ; celle-ci était enceinte jusqu'au cou.

— Patron ! Faites demi-tour !

75

D'habitude, en cas de crise majeure, seules les piqûres de morphine soulageaient son mal. Aujourd'hui, malgré les saignements, le manque de sommeil et une prise d'aliments dépourvus de protéines et de lipides, elle ne souffrait pas. Mieux, une certaine forme d'euphorie la gagnait. Elle se surprit à sourire.

Était-ce les premières retombées du travail du Professeur ? Ou bien le résultat du régime alimentaire imposé par la clinique ? Elle éluda ces questions, choisit de quitter sa chambre et vivre ses délires au grand air. Les jars ressemblaient désormais à des autruches, et l'épagneul à un lézard géant qui se faisait dorer au soleil. Elle progressa dans la cour, en direction du portail, s'arrêta quand elle aperçut un enfant installé devant les clapiers à lapins qui jouait à glisser ses doigts à travers les croisillons. Elle hurla de peur.

Connor se retourna, perplexe. Quel danger courait-il ? Il retira ses mains par réflexe, la reconnut malgré ses airs de femme perdue et délirante, se précipita vers elle.

— Qu'est-ce que tu fais là ? Tu es malade, toi aussi ?

Elle ne répondit pas. Connor ne traîna pas, il fila caresser le lézard qui remuait la queue devant l'entrée de sa grotte. La bouche ouverte, elle inspirait de grandes bouffées qui lui déchiraient les poumons, serrait les poings à s'en rompre les os. Le regard exorbité, les muscles tendus, elle se sentait invincible, différente. Elle s'assit sur un banc de pierre, posa le dos et l'arrière du crâne contre la façade du corps de ferme, se força à respirer avec calme, sentit le retour des douleurs, celles qui la hantaient au quotidien. Celles dont elle ne pouvait se défaire, celles qu'elle cherchait en permanence à apprivoiser. Celles qu'elle n'avait jamais pu soulager.

Elle se prit à penser que cette souffrance lui manquait. Où avait-elle bien pu disparaître ? Par quel artifice le Professeur l'avait-il gommée ? Le questionnement ne dura pas, des picotements réapparaissaient au fil des minutes, tandis que l'ankylose la reprenait et que les acouphènes et les visions s'atténuaient. Elle redressa la tête, vit Sylvie, un chiffon à la main, qui l'observait depuis une fenêtre des appartements du Professeur. Elle se leva prudemment, rejoignit Connor qui pourchassait les poules avec l'espoir que l'une d'entre elles finisse par s'envoler.

— Elle est où, ta mère ?

— À l'intérieur. Elle discute avec le Professeur. Tu veux jouer à cache-cache avec moi ?

Lola lui sourit. Elle avait passé l'âge et elle manquait de forces. Elle avait de l'empathie pour ce môme en surpoids et en souffrance, qui n'avait plus un cheveu sur le caillou. Il ne survivrait sans doute pas longtemps à ses pancréatites à répétition, il méritait d'avoir quelques moments d'insouciance. Elle accepta.

— Tu fermes les yeux et tu comptes jusqu'à cent. D'accord ?

Les deux mains sur le visage, elle s'exécuta. Compte à rebours terminé, elle pivota sur elle-même. Connor avait bel et bien disparu. Elle scruta la cour, observa l'épagneul qui la fixait. Pas le moindre indice à l'horizon. Elle se rapprocha du grand portail qui clôturait la cour. Il mesurait plus de deux mètres de hauteur. Aucune poignée, à première vue une ouverture magnétique. Elle n'insista pas, fit demi-tour, poursuivit son exploration en direction d'une grange. Elle y pénétra sans difficulté. Des ballots de foin occupaient une grande partie de la pièce. Sur un côté étaient entreposés des sacs de cinquante kilos de nourriture animale. Coquilles d'huîtres broyées, insectes séchés, maïs concassé, granulés divers et variés, les poules semblaient être des reines, dans ce petit territoire. Elle fut happée par un couple d'hirondelles qui pénétra dans la longère à travers une lucarne et virevolta en direction d'un nid planté sous la charpente. Puis elle reprit ses recherches.

— Connor, où es-tu ? répéta-t-elle.

L'enfant ne pipait mot. Elle continua dans une pièce voisine qui faisait office de garage. Un puissant 4 × 4 noir immatriculé en Belgique équipé d'un pare-buffle en acier chromé prenait tout l'espace. Elle entendit un léger bruit sous la carlingue. Peut-être une souris, pourquoi pas un chat, certainement un enfant leucémique avec la main sur la bouche dans l'espoir de passer inaperçu. Elle se mit à faire le tour du véhicule avec lenteur, ouvrit une portière avant de la claquer avec fermeté. Elle fit durer le moment, contourna de nouveau la voiture, puis se pencha au ras du sol, enfin, avec un genou à terre. Connor était prostré sous l'essieu, immobile.

— Je vais te manger !

Connor glissa un peu plus loin, afin d'échapper aux griffes de Lola.

Alors qu'elle se redressait, Lola remarqua des traces de peinture vert pomme sur le pare-chocs.

76

L'audition de Zeinah s'était révélée fastidieuse. Muette depuis la mort de sa mère, elle avait répondu aux questions de Zoé à l'aide d'une feuille et d'un stylo, et du peu de vocabulaire dont elle disposait. Une femme au « gros ventre » et aux pieds nus, dont les vêtements étaient déchirés, leur avait réclamé un téléphone. Jusqu'à ce qu'elle fuie à la vue d'une « grosse voiture ». Un homme était descendu, il lui avait tiré dessus. Gulveda et Zeinah s'étaient alors sauvées.

— Cette femme n'est autre qu'Esther Leconte, mon adjudant. La gamine l'a confirmé lorsque nous lui avons montré sa photo.

— …

— Le plus important, peut-être, c'est qu'elle n'a reconnu ni Kaufmann ni Diniz.

— Elle protège Diniz, c'est certain, rétorqua le gendarme. Elle ne va quand même pas dénoncer celui qui l'héberge gracieusement !

— Vous vous trompez, Levert. Celui qu'elle a reconnu formellement, c'est Vincent Roth.

Debout, de l'autre côté du comptoir, l'adjudant était occupé à gérer la garde à vue d'un individu qui avait laissé ses empreintes dans un pavillon cambriolé. Il soupira. Cette affaire n'était plus de son ressort. Au juge d'instruction, désormais, d'éclaircir les zones d'ombre.

— Vous êtes en train de vous faire berner par une gamine qui cherche par tous les moyens à ne pas retourner dans son pays.

— C'est vous, Levert, qui vous êtes fait piéger, rétorqua Compostel en haussant le ton.

— Moins fort, s'il vous plaît. On n'est pas seuls.

Un médecin de permanence se trouvait en effet dans une pièce voisine, en compagnie du cambrioleur, pour vérifier que son état de santé était compatible avec la mesure de garde à vue.

— À votre avis, à qui profite leur expulsion ? poursuivit Compostel à mi-voix.

— …

— Aux tueurs d'Esther Leconte. Ni plus ni moins. Quelle meilleure façon de se débarrasser de ces deux témoins gênants ?

Compostel venait de marquer un point. Il ne laissa pas Levert reprendre la main.

— On ne lui a suggéré aucune réponse. Et puis, à cause de la guerre civile dans son pays, vous savez très bien qu'elle risque d'obtenir le statut de réfugiée politique. D'ici à quelques jours, elle sera libre et probablement de retour à La Pointe avec sa tante. Si vous ne les sortez pas du CRA dans lequel vous les avez foutues pour les auditionner officiellement, je vous assure que j'avise le procureur dans les plus brefs délais. Je suis sûr qu'il sera ravi d'apprendre que les témoins d'un meurtre sont en passe d'être expulsés !

Le chef de la Crim' pivota sans le saluer. La menace allait faire son effet, il le savait.

Zoé le suivit comme elle put en direction de leur véhicule et s'arrêta net au milieu du parking.

— Vous faites quoi ?

Elle était plantée devant la voiture sérigraphiée du médecin de garde.

— Je crois que je viens de comprendre, glissa-t-elle tout bas.

Elle composa le numéro de Desgranges. Ce dernier avait coupé son téléphone.

— Je dois vérifier quelque chose. Il faut qu'on rentre à Paris, dit-elle en se tournant vers son chef de service.

77

Je respecterai toutes les personnes,
leur autonomie et leur volonté,
sans aucune discrimination
selon leur état ou leurs convictions.

Extrait du serment d'Hippocrate

Elle patientait sur son banc de pierre, dans la cour intérieure, lorsque le Professeur la héla depuis ses appartements. Que lui voulait-il en plein milieu de journée ? Elle ne se posa pas longtemps la question. Il avait transformé une pièce en studio photo, deux parapluies géants orientaient la lumière vers un tabouret.

— Aujourd'hui, nous allons travailler à vous redonner confiance en vous.

Elle regarda avec circonspection l'appareil qu'il portait en bandoulière.

— Cela participe de la thérapie, poursuivit-il. Il s'agit d'un travail sur soi, d'accepter son corps tel qu'il est.

— Je n'ai pas honte de mon corps.

— C'est ce que vous croyez. À titre personnel, j'en suis moins convaincu. Il faut que vous vous réappropriiez votre enveloppe charnelle.

— Qu'est-ce que je dois faire ?

— Vous laisser guider. Commencez par vous asseoir sur le siège et fixez mon appareil.

Elle obéit, posa les fesses sur le siège, garda le buste bien droit.

— On relève le menton et on fixe l'objectif. Et, surtout, on sourit. Il y a trop de mélancolie sur ce joli minois.

Le sexagénaire tournait autour d'elle, faisait crépiter son appareil.

— OK, très bien. Détachez vos cheveux, maintenant. Je veux une femme libre !

Elle dénoua sa queue-de-cheval, laissa tomber ses cheveux longs sur ses oreilles.

— Parfait ! Ne bougez plus, laissez vos mains sur le crâne. Jouez-la femme rebelle, en colère. Plissez les yeux !

Une main sur le déclencheur, l'autre sur l'objectif, il la mitrailla sous toutes les coutures pendant près de deux minutes. Il s'arrêta, vérifia son travail sur l'écran de son appareil.

— Je peux voir ?

— Plus tard. Retirez votre chemisier, à présent !

— Pardon ?

— Retirez le haut !

Elle hésita, se redressa.

— Allez ! Pas de simagrées avec moi. Vous verrez que vous vous sentirez bien mieux à la fin.

— Je…

— Tsss. Toutes celles et ceux qui ont accepté cette épreuve en ont tiré des bénéfices. Vous voulez guérir, oui ou non ?

Elle le fixa, se leva, se retourna. Il reprit son appareil en main alors qu'elle déboutonnait son vêtement.

— Parfait ! Retirez-le, faites-le glisser le long de vos épaules. Superbe ! Continuez !

Elle fermait les yeux, respirait à peine, refusait de penser, s'exécutait telle une machine.

— Allez ! Ça manque de passion, tout ça, un peu d'érotisme, bon sang de bonsoir !

Le chemisier chuta sur ses pieds. Les déclics se rapprochaient, il la contournait. Par réflexe, elle leva ses mains sur sa poitrine engoncée dans un soutien-gorge fourni par Sylvie.

— Vous voyez, que vous avez honte de vous… Allez, on retire ses mains.

La tête basse, elle offrait à l'objectif son torse pâle et amaigri barré d'une cicatrice verticale au niveau de l'estomac.

— C'est bien ! C'est un bon début. On va faire du bon boulot, c'est certain. Allez ! On enlève le dernier morceau et après vous pourrez retourner vous reposer…

Ses yeux noirs s'embuèrent au moment de ce geste ultime. Il eut le temps de faire quelques clichés avant qu'elle ne s'enfuie dans l'escalier.

78

Desgranges non joignable, Zoé n'avait cessé de pester tout au long des trois bonnes heures de route qui séparaient les Ardennes du Bastion. La nuit couvrait Paris lorsqu'elle se précipita dans son bureau. Debout, un stylo à la main, elle épluchait pour la énième fois la procédure relative à la garde à vue de Virginie Deloncle lorsque Compostel la rejoignit.

— Vous ne voulez toujours pas me dire ce que vous cherchez ?

Concentrée, elle ne répondit pas. Passa à un autre dossier. Celui qui avait coûté à Ingrid Van Houten son internement à l'infirmerie psychiatrique de la préfecture de police avant son placement à Garches. Elle redressa enfin la tête.

— J'ai trouvé un lien, patron !

— Lequel ?

— Un médecin généraliste. Un certain…

Elle n'eut pas le temps de finir sa phrase. Une musique de Vangelis, celle des *Chariots de feu*, se mit à résonner dans la pièce. Desgranges se manifestait.

— T'étais où ? gronda-t-elle.

— Sur les bords de Loire.

— Hein ?!

— À Chinon, précisément. Je suis passé au commissariat et je sors tout juste de l'hôpital. Gaël Diniz a menacé de mort un médecin spécialisé dans les soins palliatifs qui s'occupait de sa mère mourante.

— Un certain Michel Saint-Bernard ?

— Comment tu sais ?

Le lien était confirmé. Ledit Michel Saint-Bernard, affecté à l'unité médico-judiciaire de l'Hôtel-Dieu à Paris, avait visité Virginie Deloncle lors de sa garde à vue au commissariat de Neuilly-sur-Seine. Le même médecin avait validé l'internement psychiatrique d'Ingrid Van Houten après que la police fut intervenue pour mettre un terme aux violences qu'elle faisait subir à sa mère.

— Et pourquoi Diniz l'a menacé de mort ? demanda-t-elle alors qu'elle avait mis le haut-parleur afin que Compostel n'en perde pas une miette.

— Le soir des obsèques de Mme Diniz, sur le parking de l'hôpital, son fils a alpagué Saint-Bernard et l'a accusé d'avoir laissé mourir sa mère qui était atteinte d'un cancer en phase terminale en la poussant à abandonner son traitement. Il semblerait que Saint-Bernard lui ait retourné le cerveau et l'ait encouragée à tenter une thérapie naturelle. La chose n'a été confirmée qu'à demi-mot par d'autres médecins, raison pour laquelle la plainte a été classée sans suite. Ce n'est pas tout, poursuivit-il. Saint-Bernard avait signé pour une mission de six mois. Il en a fait à peine quatre. Il est parti du jour au lendemain sans fournir d'explication. Et c'était son dernier poste dans la fonction publique hospitalière, a dit la nana des ressources humaines qui m'a reçue. Mais le meilleur est à venir. Tu ne devineras jamais…

— Vas-y, accouche !

— Saint-Bernard a téléphoné au service administratif du CHU peu de temps après avoir quitté Chinon. Il a communiqué une poste restante afin d'assurer le suivi de son courrier : celle de La Pointe.

Ils finirent par raccrocher. Hervé Compostel s'empressa de se faire l'avocat du diable :

— Ni Amiens ni Garches n'ont reconnu la photo du médecin, Zoé.

Elle n'avait pas d'explication. Cette enquête s'apparentait à une équation à plusieurs inconnues. L'une d'elles venait d'être levée, ils avaient un nom, une piste. Ils devaient retourner au plus vite dans les Ardennes. Même fatigué, Compostel ne s'y opposa pas. Zoé se saisit d'autorité des clés du 806. Au passage, elle s'empara des dossiers médicaux qu'elle avait découverts dans la cave de son chef de groupe.

79

Lola était restée assise dehors toute la soirée. Elle ramassait de temps à autre un petit caillou qu'elle jetait au milieu de la cour. Persuadées qu'il s'agissait de graines, les poules accouraient puis ralentissaient leur course à la vue de la supercherie. Elle lorgnait sur le garage dans lequel le véhicule immatriculé en Belgique était stationné.

La nuit tombait sur la clinique lorsqu'elle se redressa. Les pensionnaires étaient tous rentrés du jardin à l'exception de Damien qui avait la charge de traire les chèvres chaque soir. Vincent Roth, lui, s'était débarrassé de son bleu de travail et était ressorti s'occuper de son chien à l'autre bout de la cour. Il était concentré sur la recherche de tiques éventuelles lorsque Lola décida de s'approcher de lui.

— Bonsoir, Vincent.

L'employé communal de La Pointe la salua à son tour d'un léger mouvement de tête.

— Il est beau. Il s'appelle comment ?

— C'est une femelle. Elle s'appelle Harmonie. C'est le Professeur qui l'a baptisée ainsi.

Elle avait déjà entendu ce nom. Connor l'avait évoqué lors de leur première rencontre.

— Je peux la caresser ?

— Elle n'aime pas les étrangers. Elle peut vous mordre.

Lola s'abstint.

— Je ne savais pas que vous viviez ici ?

— Vous ne me l'avez jamais demandé.

— On est en Belgique ? demanda-t-elle alors qu'elle fixait une poche du jean de Vincent vraisemblablement déformée par un téléphone portable.

— J'ai pas le droit de vous parler, répondit-il en fixant les fenêtres des appartements du Professeur.

Lola n'insista pas. Il avait pourtant une dette envers elle. À cause de la 2 CV.

— Lola ! Vincent ! À table ! cria Sylvie à l'autre bout de la cour.

L'enquêtrice leva un bras pour faire signe qu'ils avaient entendu. Elle revint à la charge, finalement :

— Vous pourriez peut-être me prêter votre téléphone, Vincent ?

— Je ne peux pas. Le règlement l'interdit. Pas d'appel vers l'extérieur…

— Mais vous, alors ?

— Moi, c'est pas pareil. C'est chez moi, ici. Cette ferme m'appartient, dit-il en prenant le chemin de la salle commune. Et puis, moi, je suis guéri.

— Guéri de quoi ? demanda-t-elle, même si elle connaissait la réponse.

— Le sida. Je ne suis pas pédé, hein. J'ai chopé cette maladie à cause d'une seringue contaminée quand je me shootais à l'héro… Il faut y aller, maintenant…

— Vincent, attendez ! Esther, avant de mourir, elle vivait bien ici, n'est-ce pas ?

Il s'était déjà éloigné de quelques pas. Il ne se retourna pas. Elle observa le soleil couchant puis rejoignit la clinique. Tous l'attendaient pour débuter leurs repas, divers et particuliers selon le principe du sur-mesure prôné par le Professeur. Ingrid Van Houten et Damien étaient attablés devant une assiette composée de millepertuis et de valériane, Lola poursuivait son régime de carottes, la femme au cou de girafe plongeait la tête dans un bol de bouillon aux relents d'urine. Vincent Roth et Sylvie Desgranges, eux, avaient droit à une part d'omelette aux lardons que tous regardaient avec envie.

Le silence régnait. Interdiction de communiquer pendant le repas. De toute manière, sans télévision ni radio, faute d'accès à l'information, les sujets de conversation étaient peu nombreux. Après le fromage, tous regagnèrent leur chambre. À l'exception de Lola, qui fut retenue.

— Tu peux m'aider à débarrasser, s'il te plaît ?

Lola empila les assiettes et les couverts, les porta dans le bac à vaisselle où Sylvie s'affairait.

— De quoi tu discutais avec Vincent, tout à l'heure ?

— De sa chienne.

— C'est tout ?

— Oui, mentit Lola.

— Tu sais, Lola, ici, il est déconseillé d'échanger. Cela va à l'encontre des règles édictées par le Professeur. On se doit de rester concentré sur sa maladie. Pour éviter tout élément de discorde. Je te dis ça car tu auras remarqué qu'il y a beaucoup plus de femmes que d'hommes, chez nous. Et Vincent est très convoité. Moins on se parle, moins on suscite la jalousie des autres. Tu comprends ?

Elle fit oui de la tête. Sylvie continua, les mains plongées dans l'eau :

— Ici, tu as vu, tu es libre de tes mouvements. Demain, si tu le souhaites, tu pourras même rejoindre les autres au jardin.

— Ma mère me manque, elle doit s'inquiéter, coupa-t-elle.

— Tu lui as écrit. D'ailleurs, Vincent m'a confirmé qu'il avait posté ton courrier.

— Mais toi, ta famille doit bien savoir que tu es ici, non ?

Sylvie fit non de la tête. Lola insista :

— Tes proches ne savent pas où tu te trouves ?

— Non.

— Tu les as abandonnés ? Ton mari, ton fils… ils doivent croire que tu es morte, alors ? Ou bien ils te cherchent aux quatre coins du monde, non ?

— Mon fils ? Qui t'a dit que j'avais un fils ?

Lola avait gaffé. Sylvie s'était retournée, elle lui faisait face, le visage grave.

— Personne. C'est juste que…

— C'est le Professeur qui t'a dit que j'avais un fils ?

— Non.

— Qui, alors ?

— Absolument personne. J'ai deviné, c'est tout. Je n'imagine pas une femme aussi aimante que toi ne pas avoir d'enfants.

— File dans ta chambre.

— Il a quel âge, ton fils ? Il s'appelle comment ?

— Laisse-moi tranquille ! Je t'ai dit de filer dans ta chambre.

80

Ils s'étaient arrêtés en tout et pour tout dix minutes sur une aire d'autoroute, le temps de faire le plein, de grignoter des gâteaux et de boire un café. Puis Zoé avait repris le volant. Les aiguilles du clocher de La Pointe indiquaient 4 heures lorsqu'ils stationnèrent sur la toute nouvelle place Gustave-Kaufmann. Trop tard pour prendre une chambre d'hôtel, trop tôt pour intervenir. Ils reculèrent leurs sièges, abaissèrent le dossier au maximum, comme lorsqu'ils attendaient, à distance respectable de quelque HLM de la banlieue parisienne, l'heure légale, le moment fatidique où ils se déploieraient dans les étages dans le cadre d'une interpellation.

Aucun d'eux ne trouva le sommeil. Le col de sa veste relevé, Zoé finit par sortir de la voiture et alla marcher en direction du pont de pierre. Le jour se levait quand elle rentra dans l'habitacle, un sachet rempli de chouquettes à la main. Le visage cerné et gris, Compostel saisissait du bout des doigts les derniers grains de sucre lorsqu'elle sortit en trombe du véhicule et fonça vers le bureau de poste. Une jeune femme venait d'en déverrouiller la porte. Le chef de la Crim' la rattrapa et la vit rudoyer la guichetière qui s'apprêtait à contacter l'agence de Givet.

— Pour une telle demande, la Poste a besoin d'une réquisition judiciaire.

— Ma carte de police vaut mandat, mademoiselle !

— Je suis désolée, il me faut un acte officiel, sans quoi je ne suis pas en mesure de vous répondre.

Les poings serrés, Zoé pivota vers les casiers scellés dans le mur, leva les yeux au ciel. Elle aperçut alors son patron qui, muni d'un stylo à bille, remplissait une feuille écornée et plissée qu'il venait de sortir d'une poche intérieure de sa veste, préalablement tamponnée du sceau officiel de la République française. Il lui fallut moins de cinq minutes pour noircir le document. Tout y était : son nom, son statut, l'objet de l'affaire, les articles du code de procédure pénale et, bien sûr, l'objet de la réquisition – *Bien vouloir nous communiquer dans les plus brefs délais tout élément relatif au nommé Michel Saint-Bernard, titulaire d'une poste restante au sein de l'agence de La Pointe (08)*.

La guichetière relut avec attention le document et le photocopia. Elle revint à son poste de travail, effectua plusieurs manipulations informatiques. Le résultat fut sans appel. Michel Saint-Bernard n'avait communiqué aucune adresse spécifique, et l'usage d'une poste restante ne nécessitait pas de contrat particulier. Toute personne était libre de se faire parvenir du courrier où bon lui semblait, à la condition de retirer les lettres ou colis sous trois mois.

— Vous le connaissez, au moins, ce Saint-Bernard ? pesta Zoé.

— Je ne l'ai jamais vu. Je peux juste vous dire qu'il reçoit des courriers au moins une fois par semaine.

— Qui les récupère, alors ?

— Vincent Roth, le cantonnier de la commune. Il a procuration. Vous devriez le trouver au local technique de la mairie.

Les pièces du puzzle s'emboîtaient. Diniz avait menacé de mort Saint-Bernard à l'autre bout de la France, le même Diniz s'était battu avec Vincent Roth, lequel réceptionnait le courrier de Saint-Bernard à La Pointe. Tous trois se connaissaient. Mais aucun n'était accessible sur l'instant. Le passionné d'ultra-trail en était réduit à faire des pompes dans une cellule. Le domicile de Saint-Bernard leur était inconnu. Quant à Vincent Roth, il se trouvait en arrêt de travail depuis l'altercation avec Diniz.

Mireille Camus, qu'ils trouvèrent à la mairie, leur communiqua le numéro de téléphone de son employé. Ils hésitèrent, finirent par le composer. Personne ne décrocha. Elle leur conseilla donc de se rendre chez ses parents.

81

Reçu à l'intérieur des maisons,
je respecterai les secrets des foyers
et ma conduite ne servira pas
à corrompre les mœurs.

Extrait du serment d'Hippocrate

Allongée sur le dos, elle réfléchissait tant bien que mal. Elle imaginait l'ancienne infirmière faire part de leurs derniers échanges au Professeur, lui révéler ses doutes, lorsqu'un brouhaha se diffusa à tout le couloir.

« Rendez-vous dans la salle commune pour une navigation ! » C'était Sylvie.

La nouvelle pensionnaire n'avait aucune idée de ce qu'était une navigation. Elle se leva, ses jambes avaient du mal à la porter. Elle regarda dans le couloir.

— Pas toi. Tu n'es pas prête. Reste dans ta chambre et repose-toi !

Elle referma la porte et s'y adossa quelques instants, le temps que ses voisins s'éloignent.

Que faire ? Rester cloîtrée comme il lui était demandé ou s'affranchir des ordres et explorer la ferme afin de trouver le meilleur moyen de s'échapper de ce lieu sordide ? Elle n'hésita pas une seconde, même si une petite voix lui susurrait que ce cérémonial avait peut-être pour but de la mettre à l'épreuve.

Elle récupéra l'éplucheur qu'elle avait dissimulé, le glissa dans une poche arrière de son pantalon avant de sortir. Elle avança dans le couloir sur la pointe des pieds et colla l'oreille contre la porte de la cuisine. Elle entendit plusieurs crissements de chaise qui précédèrent une prise de parole ; celle du Professeur, maître des lieux. Il était question de fusion avec Dieu, d'intercession, de peurs, de doutes, de confiance et de confidences, de rédemption, d'amour. Mais pas de santé. Elle ne comprenait rien, ou, plutôt, elle avait peur de comprendre.

Le Professeur laissa enfin la parole après avoir été chaudement applaudi. Une femme prit le relais. Mais ses mots étaient trop faibles pour qu'elle entende. Ce fut au tour de Damien, le responsable du jardin, de s'ouvrir aux autres. Elle l'imagina se lever, se mettre au milieu de l'assemblée réunie en cercle comme dans une réunion d'alcooliques anonymes. Il évoqua d'emblée son enfance :

— Mon père ne m'a jamais aimé. Il préférait ses bêtes et ses champs. Il y passait sa vie. Quand il était à la ferme, il s'enfermait dans la cave. Et comme il avait l'alcool mauvais, c'est sur moi que ça retombait. Vu que j'étais fils unique et qu'il fallait que je reprenne l'exploitation, ils ne m'ont pas laissé le choix de mon métier. Dans ma famille, on est agriculteurs de père en fils. Moi, je voulais faire autre chose. J'aurais bien aimé réparer des voitures, j'adorais la mécanique. Mais ils ne l'ont pas voulu. Alors, dès que j'ai eu seize ans, j'ai arrêté l'école. Mais ça faisait quelque temps déjà que je n'y allais plus beaucoup, je passais plus de temps sur le tracteur que sur les bancs du collège. Pour tout ça, j'en veux à mon père. Je lui en veux surtout d'être parti sans que j'aie pu lui faire des reproches. Je ne l'aimais pas et je ne le lui ai jamais dit...

Elle l'écouta poursuivre sa logorrhée sur sa mère, sur la faillite de l'entreprise familiale, et sur sa tentative de suicide. Sous son poids, la corde élimée qu'il avait installée à une poutre de sa grange avait lâché. Même son suicide avait été un échec.

— Merci, Damien, clôtura le Professeur. C'est très bien, tu es une belle personne, il faut te confier pour te soulager. Cela participe de ta guérison et te rend plus fort. Je propose que chacun se lève pour serrer notre ami Damien dans ses bras.

Nouveaux crissements de chaise. Elle perçut des pleurs, des reniflements. Puis le Professeur reprit le contrôle de la séance et laissa la parole à Sylvie :

— J'ai rencontré le Professeur à l'occasion d'une formation médicale à Paris. Nous travaillions sur le même site. J'ai tout de suite été conquise par son discours qui battait en brèche plein d'idées reçues. Dans mon métier, j'ai toujours lutté pour qu'on prenne un peu plus soin des malades, qu'on s'intéresse à eux. Sauf que les médecins, les patrons des cliniques et beaucoup de mes collègues infirmiers et brancardiers avaient d'autres chats à fouetter. Pour eux, j'étais une sorte d'extraterrestre, d'utopiste. Ils riaient dans mon dos. Mais je pense que je serais restée dans ma petite vie bien rangée d'infirmière lambda si je n'avais pas senti une grosseur sous une aisselle. C'est naturellement vers le Professeur que je me suis tournée, un homme disponible et chaleureux. C'est lui qui a repéré les nodules de mon sein gauche…

— Continue, Sylvie, c'est très bien, l'encouragea celui dont elle faisait l'éloge.

— … Il m'a alors proposé un protocole particulier, un protocole vraiment révolutionnaire qu'il applique maintenant avec nous tous et qui consiste à se retirer du monde, pour échapper au stress, pour réfléchir aux causes de nos maladies. Je lui ai fait confiance et j'ai eu raison. À l'époque j'étais mariée, j'avais un enfant. J'ai tout quitté du jour au lendemain, j'ai organisé ma disparition. Car je savais mon mari capable de me retrouver et de venir me chercher dans mon lieu de retraite, quitte à camper devant notre clinique. Et j'ai bien fait parce que, à ce jour, je suis en voie de guérison. Et tout ça sans la moindre séance de radiothérapie ou de chimiothérapie, qui n'aurait fait que détruire les tissus de mon corps.

— Merci beaucoup, Sylvie. Nous sommes très fiers de t'avoir. Sans toi et ta douceur, la clinique ne fonctionnerait pas de la même manière. Je propose à tous les membres de l'assemblée de t'étreindre très fort afin d'échanger nos fluides. À qui le tour ?

— À moi ! lança Lola en s'avançant dans la pièce.

Tous étaient rassemblés en cercle, y compris Vincent qui, assis, tenait la main d'Ingrid. Le Professeur fit un pas dans la direction de la nouvelle recrue alors que Sylvie, circonspecte, rentrait dans le rang.

— Je t'en prie. Nous sommes tout ouïe, l'encouragea le Professeur.

Le sourire crispé, la démarche chancelante, Lola prit sa respiration et débuta :

— Il y a quelques jours, j'ai eu un grave accident de voiture. C'est Mireille qui m'a sauvée. Sans elle, je ne serais pas là pour vous parler et je regrette qu'elle ne soit pas ici ce soir pour la remercier de vive voix…

— Ne t'inquiète pas, tu auras l'occasion de le faire, elle passe souvent nous rendre visite. Continue…

— Comme vous tous, je suis malade. Et comme Damien, il m'est arrivé de souffrir à un tel point que, parfois, pas toujours mais parfois, j'ai envisagé de vouloir en finir. Pour tout vous avouer, l'autre soir, dans la voiture, j'ai presque regretté de voir apparaître Mireille. Elle m'a conduite ici, et, parce que je ne prends plus mes médicaments, j'ai beaucoup souffert et saigné au cours du premier jour. Et hier, il s'est passé quelque chose de formidable…

— Quoi ? coupa Damien à l'instar de l'enfant qui attend la chute d'une histoire.

— La douleur a disparu. Pendant plusieurs heures, je n'avais plus mal du tout au ventre. J'ai même pu jouer dans la cour avec Connor.

La femme au cou de girafe se mit à applaudir. Lola poursuivit :

— Au début, je n'étais pas convaincue. Et puis, ma mère me manque aussi. J'aimerais tellement pouvoir entendre sa voix… Mais à vos côtés, j'ai l'impression de découvrir une nouvelle famille, une famille de cœur…

Lola chercha à capter le regard du Professeur. Avant de continuer :

— … Depuis mon arrivée, le Professeur m'a révélé des choses, confessa-t-elle. Des choses sur moi que j'étais loin de soupçonner, que j'avais refoulées au plus profond de moi. J'ai longtemps cru que je ne pourrais jamais guérir de ma maladie, dont on a toujours dit qu'il fallait que j'apprenne à vivre avec. Aujourd'hui, je suis persuadée du contraire. Oui, monsieur, je suis maintenant certaine que je vais m'en sortir. Merci infiniment ! Merci à vous tous, aussi, de m'accueillir avec autant de chaleur. Merci à toi, Sylvie, pour les bons soins que tu m'as apportés et ta gentillesse. Je vous suis tous redevable.

Le Professeur se leva, se rapprocha de Lola. Sans forces, elle se laissa choir dans ses bras. Il l'étreignit alors qu'elle cherchait à attirer l'attention de Sylvie pour lui transmettre toute son affection. Les autres échangèrent à leur tour des moments de tendresse intense, en particulier Vincent et Ingrid dont les corps semblaient en fusion.

82

Vincent Roth ne vivait plus chez ses parents depuis une dizaine d'années, période où il avait acquis à crédit un vieux corps de ferme dans les Ardennes belges qu'il n'avait jamais eu le loisir de leur faire visiter. Le cantonnier ne passait plus que par intermittence, plus pour relever son courrier que pour les saluer, en coup de vent, après sa journée de travail. Il aimait la nature et le silence. Il vivait en reclus, comme un ermite, surtout depuis sa prise en main par Mireille Camus qui fut la seule, dans la commune, à le soutenir à sa sortie de prison. Car Vincent s'était « égaré » durant plusieurs années. Il avait volé et maquillé des voitures, il s'était camé à l'héroïne, aussi. Double peine : en plus d'écoper de deux ans d'incarcération, il avait contracté le virus du sida.

Les deux enquêteurs abandonnaient les parents de Vincent Roth sur le palier de leur vieux pavillon lorsque Zoé reçut sur son BlackBerry un mail de Desgranges qui récapitulait la longue liste de postes occupés par Michel Saint-Bernard. Sur les vingt dernières années, l'Urssaf avait recensé plus d'une trentaine d'emplois aux quatre coins de la France. Pneumologue à Biarritz durant deux ans, endocrinologue pendant huit mois dans une clinique niçoise, cardiologue pour trois courtes missions, urgentiste auprès des unités médico-judiciaires de l'Hôtel-Dieu pendant dix-huit mois, généraliste au sein du CHU de Reims, Saint-Bernard avait fini sa carrière en soins palliatifs du côté de Chinon. Ce routier de la médecine ne semblait plus officier. Et les premiers « retours » de la clinique du Château de Garches et du CHU d'Amiens étaient confirmés : il n'avait travaillé dans aucun des deux sites.

Compostel attendit qu'elle finisse sa lecture avant de démarrer le 806. Il était sec, à court d'idées, ne savait plus par quel bout prendre cette enquête.

— Direction la pharmacie, patron, ordonna Zoé une fois qu'elle eut rempoché son téléphone.

— Dans quel but ?

— Guillaume a « rebecté » une piste. Il a travaillé sur le numéro de carte vitale de Saint-Bernard. Celui-ci consulte tous les trois jours au centre hospitalier de Charleville-Mézières.

— On y fonce, alors ?

— Non. Secret médical oblige, aucun professionnel de la santé ne voudra nous répondre. On a mieux que ça. Il se fait rembourser des médocs qu'il achète à la fille Kaufmann.

Le duo de flics attendit qu'elle se libère de sa dernière cliente avant de l'aborder. De manière habituelle, Zoé prit la parole :

— J'ai une bonne nouvelle à vous annoncer, mademoiselle Kaufmann. Votre père est innocent. À mon avis, sa libération n'est qu'une question de jours ou d'heures.

La pharmacienne s'immobilisa. Compostel enchaîna :

— On a trouvé des témoins qui ont assisté au meurtre d'Esther Leconte. Dès que l'équipe de l'adjudant Levert les aura auditionnés, votre père devrait être libéré.

— Ça ne lui rendra pas son logement. Et ça n'explique pas ce que le cadavre de cette femme faisait chez mon père…

— On pense que cette femme fuyait quelqu'un. Quelqu'un qui pourrait être client chez vous…

— … Et qui aurait déposé son cadavre chez lui ?

— Oui.

La mayonnaise avait pris.

— Qui ?

— Un certain Michel Saint-Bernard, déclara Zoé en lui tendant son téléphone sur lequel apparaissait une liste de médicaments.

Elle s'en saisit, la parcourut.

— Oui, je vois. C'est moi qui les délivre. Mais je n'ai jamais rencontré ce type.

— Comment ça ? Quelqu'un les récupère, c'est ça ?

— Oui. Mais je ne peux…

— Vincent Roth ?

Elle confirma.

— Il passe prendre commande une fois par mois environ.

Zoé se tourna vers son patron. Puis elle reprit son questionnement :

— De quoi est-il malade ?

— Au vu des prescriptions, un cancer des poumons.

— Et Roth, il fait les courses pour d'autres personnes chez vous ?

— Non.

— Hormis Roth, qui vient récupérer ses médocs ?

— Personne, il me semble.

— Vincent Roth vivrait en Belgique depuis quelques années. À tout hasard, vous ne connaîtriez pas son adresse ?

Elle fit non de la tête. Zoé rangea son appareil. Puis elle sortit, laissant Compostel seul face à la pharmacienne. Quelques instants plus tard, Zoé revint, les mains pleines de radiographies et de bilans de santé. Ceux de Sylvie Desgranges découverts dans la cave de Guillaume.

— Vous avez cinq minutes ? J'aimerais que vous jetiez un œil à ces documents…

Justine Kaufmann s'en empara, posa les bilans sanguins à proximité de sa caisse enregistreuse pour se concentrer sur les radiographies qui étaient glissées dans un carton rigide. Elle en sortit un lot de mammographies.

— Alors ? s'impatienta Zoé après plusieurs minutes.

Justine Kaufmann pinçait les lèvres. Elle observait tour à tour les clichés.

— Vous n'avez pas les comptes rendus ?

Zoé les lui donna. C'était tout ce dont elle disposait. La pharmacienne ajusta ses lunettes, les feuilleta, les retourna, revint sur certains d'entre eux pour s'arrêter sur le plus récent. Il était daté du 11 mars 2008. Soit deux semaines avant la disparition de Sylvie. Des chiffres en tout genre faisaient face à des termes techniques. Le taux de leucocytes était normal, celui de globules blancs dépassait de peu le seuil maximal toléré. Les résultats étaient commentés en des termes cliniques, froids : *Faisant suite à mammographie suspicieuse, la prise de sang confirme chez le sujet un taux de sédimentation hors normes évoquant la présence de nombreux polypes.*

Justine Kaufmann fixa le nom de la patiente : Sylvie Desgranges, elle déchaussa ses lunettes. Son visage s'illumina.

— C'est qui, cette femme ?

Aucun des deux flics ne répondit.

— Vous n'avez pas les résultats de la biopsie ?

— Non.

— Même si certains taux de la prise de sang sont alarmants, je mets au défi quiconque de déterminer le moindre cancer sans une analyse biologique. D'autant que les examens radiographiques que vous me présentez me paraissent, à moi, tout à fait normaux.

Le couple d'enquêteurs de la Crim' était perdu. Ils avaient besoin de mettre leurs idées au clair. Esther Leconte avait subi une mastectomie quelques années avant de mourir tandis qu'on avait fait peut-être croire à Sylvie Desgranges qu'elle était atteinte d'une tumeur. Zoé reprit le bilan de santé, vérifia le nom du laboratoire d'analyses médicales. Il s'agissait de celui de l'Hôtel-Dieu, site où exerçait la femme de Guillaume avant de disparaître. Endroit où Michel Saint-Bernard avait également travaillé.

Ils s'apprêtaient à quitter les lieux lorsque Zoé revint sur ses pas.

— Et si je vous parle d'iboga, mademoiselle Kaufmann ?

Zoé faisait référence aux traces découvertes dans les prélèvements sanguins opérés à l'occasion des autopsies de Virginie Deloncle et d'Esther Leconte.

— C'est une plante d'Afrique de l'Ouest qui produit un alcaloïde très puissant. C'est un hallucinogène qui peut servir dans le cadre de psychothérapies. Il est classé produit dopant.

— On vous en a déjà réclamé ?

— Bien sûr que non ! Je vous ai dit, c'est une drogue. Ça ne se vend pas dans le coin, sinon ça se saurait.

Zoé connaissait parfaitement les filières. À Paris, du temps où elle travaillait encore à la brigade des stupéfiants, son groupe avait perquisitionné plusieurs commerces africains du 10e arrondissement, à deux pas du métro Château d'Eau, à la recherche de ce produit.

— Ça peut être considéré comme un produit thérapeutique naturel aussi, non ?

— Vous pouvez fouiller mes tiroirs. Hormis quelques tubes homéopathiques, vous ne trouverez pas beaucoup de substances à base de plantes, coupa la pharmacienne.

Zoé se retournait en direction de la route nationale lorsque Justine Kaufmann prit une dernière fois la parole, comme pour se justifier :

— Vous savez, ce n'est pas parce que le livre de Mme Camus se vend comme des petits pains dans notre commune que j'adhère à son point de vue. Ici, vous rencontrerez quantité de gens qui croient aux recettes miracles et au pouvoir des voyants et autres rebouteux. Si vous cherchez bien, vous en trouverez au moins deux ou trois par village tout le long de la Meuse. Moi, j'ai toujours des doutes lorsqu'on vient me raconter qu'on a soigné une pneumonie avec des tisanes de guimauve.

Dès sa sortie, la jeune enquêtrice contacta son chef de groupe.

83

Tout habillée, la main crispée sur son éplucheur, Lola avait attendu des lustres, allongée dans le noir, que le silence recouvre la clinique. La veillée, la « navigation », selon le terme employé par Sylvie quand elle avait convoqué les ouailles, avait duré une bonne partie de la nuit. Les patients du Professeur devaient dormir d'un sommeil lourd désormais, vidés de leurs larmes et de leurs souffrances.

Elle se leva, s'aida des mains pour se guider, palpa le mur, trouva la poignée et l'ouvrit sans la faire grincer. Elle attendit de nouveau. Pas d'alerte. Elle reprit sa marche dans le couloir, sur la gauche, en direction de la salle commune. L'obscurité était totale. Le bras droit devant elle afin de prévenir tout obstacle, sa main gauche lissait le mur. Elle n'avait pas peur, elle s'était créé l'alibi de celle qui a faim. Mais autant que son opération reste discrète.

Elle buta contre la porte, la poussa, franchit le seuil et se dirigea à tâtons vers les meubles de rangement de la cuisine. La pièce était grande, elle n'y voyait rien. Elle chercha l'interrupteur, n'en trouva pas. Telle une aveugle sans sa canne, elle aventura ses mains le long des rainures des tiroirs en pin, jusqu'à tomber sur du métal. La cuisinière à gaz. Elle l'ausculta de long en large, souleva le couvercle. Deux plaques et deux gaz occupaient l'espace. Nul besoin d'ouvrir le four, elle se contenta de trouver le contacteur sur lequel elle appuya tout en tournant un bouton. L'étincelle illumina l'espace comme la foudre éclaire la nuit. En vain. Elle recommença. Pas mieux. Elle abandonna, ouvrit le bouton de la gazinière à fond, laissa la pièce se remplir de butane. Elle n'avait pas le choix, pas d'autres moyens. Elle retourna cliquer sur le bouton. Elle n'eut pas le temps de réagir. Le visage soufflé par la flamme, elle bascula en arrière, tomba sur les fesses. Propulsée à plus de deux mètres dans une pièce désormais éclairée.

Elle se redressa, se précipita vers les éléments. La lumière était faible mais suffisante. Elle ouvrit les rangements avec délicatesse, scruta un à un les ustensiles. Ici les plats en inox, là les poêles, dans un placard inférieur divers produits ménagers. Elle s'arrêta devant un tiroir fourre-tout rempli de louches, de raclettes, de cuillers en bois, d'ouvre-boîtes, de ciseaux, d'un casse-noix, de serviettes éponge, de bougies, de cure-dents. Un véritable mikado. Dans le tas, elle aperçut ce qu'elle cherchait. Un briquet. Elle le prit avant de remplacer son petit épluche-légumes par un couteau à désosser qui aurait ravi son défunt père. Elle le glissa à l'arrière de son pantalon, entre sa peau et sa ceinture.

Elle actionna la molette de son briquet, fit apparaître une lumière bleue, coupa le feu de la gazinière et s'arrêta au pied de l'escalier en colimaçon. Une main autour de la flamme, elle se mit à progresser, marche après marche, le souffle coupé, en direction des étages. Elle ravala sa salive au niveau du premier palier, s'arrêta devant la poignée de la porte qui desservait les appartements privés du Professeur, comme paralysée par la peur. Ici, son alibi ne tenait plus.

Elle n'avait pas le choix. Elle repartit sur la pointe des pieds vers l'étage supérieur. La flamme dansait et faiblissait à vue d'œil. Fragile, elle se refléta enfin contre l'entrée en bois massif du cabinet médical. Lola jaugea la puissance de son couteau et actionna la poignée. Les dieux étaient avec elle.

La petite flamme du briquet ne résista pas à l'appel d'air. De nouveau plongée dans le noir. Elle manipula la pierre, se brûla le pouce. Par réflexe, elle se mordit la lèvre. Une lèvre à peine recousue, encore endolorie. La douleur était trop forte. Elle se reprit, souffla sur le briquet pour faire refroidir la molette. Une minuscule flamme réapparut au prix de plusieurs essais. Elle avait quelques secondes de vie, guère plus. Lola repéra l'ordinateur et l'halogène. L'écran devint bleu au moment où elle manipula la souris.

Elle allait s'en sortir, rien ne pouvait plus l'arrêter. Elle posa le briquet hors d'usage sur le plateau, se délesta de son couteau pour s'asseoir derrière l'ordinateur, irradiée qu'elle était par un écran qui réclamait un mot de passe.

Elle regarda autour d'elle, découvrit dans une pochette la lettre qu'elle avait écrite à sa mère et remise à Sylvie, chercha un téléphone dissimulé sous une pile de papiers, remua un bloc de Post-it. Rien d'utile. Seule face à un ordinateur protégé par un code, sans l'outillage et le matériel qui lui auraient permis de démonter le disque dur et de l'exploiter à distance, elle n'avait droit qu'à trois essais.

Pas de gamberge, de l'instinct. Elle ferma les yeux un court instant, se laissa porter. Elle les rouvrit, tapa *La Pointe*. Échec. *Ardennes*. Échec. *Belgique*. Nouvel échec. Redémarrage de l'appareil. Elle tenta trois prénoms. *Idem*. La tactique était vaine, elle le savait. Elle retira ses mains du clavier. Elle se releva, fouilla de nouveau, écarta sans conviction les livres de la bibliothèque. Rien. Pencha la tête dans la corbeille à papier. Vide.

Elle se rassit de rage, s'empara d'un crayon qui se trouvait sur le plateau, le fit rouler entre ses doigts. Elle observa de nouveau le bloc de Post-it, s'en saisit, scruta la feuille supérieure. Elle était vierge de toute écriture. Elle le reposa avant de le reprendre. Elle-même, au Bastion, notait tous ses codes temporaires sur un bloc identique jusqu'à les mémoriser et se débarrasser des feuilles. Elle le porta à la lueur de l'écran d'ordinateur, l'inclina de telle manière qu'elle détecta des traces. Était-ce possible ? Elle chercha un taille-crayon, n'en trouva pas. Tant pis, son couteau ferait l'affaire. Elle gratta la mine sur le bord du plateau jusqu'à obtenir quelques grammes de poudre noire. Un mot de huit caractères apparut. Un mot qu'elle aurait pu deviner si elle avait réfléchi un peu plus longtemps, un nom inspiré par le Professeur lui-même. *Harmonie*. Le nom de l'épagneul de Vincent Roth.

La machine démarra enfin. Un fond d'écran s'installa, sur le mode « diaporama ». Le corps nu d'Ingrid Van Houten s'imposa, puis le ventre rond d'Esther Leconte, puis son propre buste dénudé. Elle rejeta l'image d'un clic, une dizaine de logos s'affichèrent, principalement des raccourcis vers divers logiciels de traitement de texte ou des tableurs. Elle double-cliqua sur l'icône d'Internet Explorer. Une clé fixée à un port USB clignota. Le contact mit de longues secondes à s'établir, preuve que le corps de ferme se trouvait éloigné de tout nœud de connexion. Où se trouvait-elle précisément ? Voilà ce qui la taraudait. Elle ouvrit un moteur de recherche, sélectionna un site d'identification d'IP et tapa un mot clé. Une suite de chiffres apparut : *62.88.2.45*. En quelque sorte l'immatriculation de la connexion Internet, un chiffrement qui devait lui permettre de se localiser. Elle le fit mouliner dans un autre moteur de recherche.

Sa découverte ne la surprit pas. Elle se trouvait tout bonnement en Belgique, au sud de la province de Namur, dans un périmètre de plusieurs dizaines de kilomètres carrés autour de Couvin et de Viroinval, deux communes limitrophes de la frontière française.

Ça ne lui suffisait pas. Elle changea son fusil d'épaule, se connecta sur un autre site de géolocalisation pour tomber sur des coordonnées GPS précises : latitude 50°4'17N ; longitude 4°65'21E. À vol d'oiseau, elle se trouvait en plein cœur des Ardennes belges, à trois kilomètres à l'ouest de la frontière et à cinq kilomètres de la Meuse et de la route départementale qui la longeait.

Lucide, elle se savait incapable d'affronter cinq mille longs mètres à travers la forêt, les ronces et les tourbières. Elle stoppa sa recherche, se prépara à une autre manœuvre. Si elle était trop faible pour s'aventurer en pleine nature, d'autres pouvaient aisément venir à sa rescousse. Elle alla sur Outlook. Le nom du Professeur et son mot de passe étaient préenregistrés. Énième clic. Le portail de la messagerie apparut.

Des dizaines de mails s'affichèrent, parmi lesquels de nombreuses publicités. Lola s'intéressa d'emblée aux échanges avec Mireille Camus. La correspondance semblait soutenue, quasi quotidienne. La jeune femme avait plus urgent à faire, pourtant elle ne résista pas à l'envie de lire les derniers messages.

Le 03/10/2018 à 10 h 24

Cher Michel,

Pour info, les policiers de la brigade criminelle sont à la recherche de leur collègue disparue. Tu connais mes talents d'actrice, je leur ai dit que je ne l'avais pas revue et me suis engagée à les recontacter au cas où elle réapparaîtrait.

À très vite.

Mireille

Le 03/10/2018 à 10 h 51

Tu es certaine que ce n'est pas un coup de bluff de leur part ? Qui t'a appelée, précisément ? Avec quel numéro ?

Tu nous as foutu dans la merde en la ramenant. Je ne la sens pas, cette fille. Elle est rusée.

Le 03/10/2018 à 10 h 58

Reste calme. Je te dis que tu ne risques rien. Ils n'ont aucune raison de l'imaginer avec vous. Encore moins de la trouver. J'ai jeté son téléphone dans le fleuve et j'ai mis le feu à la 2 CV. Je te dis que tu n'as rien à craindre.

Je passerai demain ou après-demain pour faire le point.

Mireille

Le 03/10/2018 à 11 h 02

Non, ne viens pas ! Si ça se trouve, tu es surveillée. Méfie-toi des pandores, je suis certain qu'ils vont venir dans la journée te rendre une petite visite de courtoisie. Surtout, plus aucun échange téléphonique entre nous pendant quelques jours.

Le 03/10/2018 à 17 h 24

Tu avais raison, Levert est passé à la mairie. Les gendarmes ont même présenté la photo de Lola à plusieurs automobilistes lors d'un contrôle routier.

Je me range à ton avis. Il va falloir se résoudre à se débarrasser d'elle. Et proprement, cette fois.

À ces mots, Lola blêmit. Elle tira le clavier vers elle, revint sur le portail Internet, se connecta au serveur de sa propre messagerie. Des lignes en gras apparurent, tous les courriels qu'elle n'avait pas encore lus. Qu'importe, elle en rédigea un nouveau :

AU SECOURS !!!!!!!! DANGER DE MORT !!!!!! URGENT !!!!!!!!!

Je suis séquestrée dans une ferme en Belgique, coordonnées GPS 50°4'17N ; 4°65'21E. Mireille Camus est complice. Ils veulent me tuer. Faites vite !

Lola tapait le plus vite possible. Dans la panique, elle intervertit le s et le t de « Compostel ». Mais les adresses mail de ses deux autres collaborateurs, le commandant Guillaume Desgranges et le brigadier Zoé Dechaume, furent bien renseignées. Elle ajoutait l'adresse générique de l'état-major de la police judiciaire lorsqu'elle fut arrachée de son fauteuil par les cheveux. Elle frappa de toutes ses forces sur le clavier dans un geste réflexe.

Sans atteindre la touche « Entrée ».

84

Desgranges n'aimait pas recevoir d'ordres, il tolérait à peine les recommandations. Mais celles de Zoé passaient bien. Sa dernière en date l'avait conduit à recevoir Charlotte de Bussy dans son bureau. La nouvelle directrice de collection de « Tigre Noir » se trouvait debout, contre la vitre, en train d'observer les trois immenses sucres de tailles différentes qui se superposaient pour former le nouveau Palais de justice de Paris qui était devenu l'un des bâtiments les plus hauts de la capitale.

— Je peux prendre une photo ?

— Allez-y.

— J'imagine que, si vous m'avez conviée dans vos murs, c'est parce que vous avez décidé d'accepter ma proposition.

L'éditrice faisait référence au projet qu'elle lui avait soumis à plusieurs reprises depuis leur première rencontre. Elle souhaitait qu'il la mette en relation avec des grandes figures de la police pour en tirer un recueil d'anecdotes originales.

— Pas du tout, répondit-il alors qu'elle se retournait et le prenait en photo au milieu de son bureau sans lui en demander la permission.

— Qu'est-ce que vous me voulez, alors ? C'est encore pour l'affaire Vazeilles ? Sachez que j'ai décidé de couper définitivement les ponts avec Bellanger, même si je dois reconnaître que son témoignage serait un formidable coup éditorial.

— Non plus.

— Quoi, alors ?

— Ce sont vos talents de *ghostwriter* qui m'intéressent…

— J'avoue que j'aurais préféré que votre convocation ait un motif plus personnel.

Il ne répondit pas, préféra s'asseoir et s'empara de la liste que lui avait préparée Zoé.

— Mes questions concernent Mireille Camus.

— Qu'est-ce que cela a à voir avec la mort de Cécile ?

— Absolument rien. On travaille sur une autre enquête que je ne peux malheureusement pas vous détailler pour le moment.

— Qu'est-ce que j'y gagne, moi ?

— Rien, si ce n'est une visite complète du Bastion, le droit de prendre un maximum de clichés que vous pourrez utilement transmettre à vos auteurs de polars.

— Une invitation à déjeuner aurait été plus galante…

— Vous avez raison. Un couscous royal sur l'avenue de la Porte-de-Clichy, ça vous dit ?

— Vous n'avez pas plus calme ? L'endroit n'est pas très glamour, et je ne supporte plus les coups de klaxon. Il y a plein de bistrots branchés dans le vieux quartier des Batignolles.

— Comme vous voudrez.

Le commandant Desgranges embraya sur l'objet de la convocation, son interlocutrice répondit avec entrain aux premières questions.

Trois ans plus tôt, Mireille Camus avait adressé une sorte d'autobiographie à plusieurs éditeurs. Malgré un sujet porteur, son texte, chargé d'émotion, était truffé de fautes d'orthographe et de syntaxe. Il souffrait surtout d'un manque de structure, raison pour laquelle Charlotte de Bussy fut invitée par un petit éditeur parisien à prendre contact avec la mairesse de La Pointe et à remanier le manuscrit selon les codes en vigueur.

— Comment avez-vous opéré ?

— D'habitude, l'éditeur réserve deux chambres dans un hôtel durant le temps nécessaire aux entretiens. Mais comme Mireille ne voulait pas s'éloigner de sa commune et surtout ne pas laisser son fils, j'ai occupé pendant une dizaine de jours l'un de ses gîtes. J'ai mené plusieurs heures d'entretiens quotidiennement et, le soir venu, je mettais mes notes au propre.

— J'en ai lu des extraits. Il s'avère que sa vie est loin d'être rose…

— Je confirme, elle a vécu malheur sur malheur. Mais elle fait partie de ces gens qui ont cette capacité à surmonter les épreuves et à garder espoir en toutes circonstances, de ces gens qui arrivent à se servir de leurs traumatismes pour se construire ou se reconstruire. On appelle ça la résilience.

— Et ces malheurs, vous les avez vérifiés ?

— Attendez ! Je ne suis pas journaliste. Et je manquais de temps. J'ai donné quelques coups de fil à droite, à gauche, voilà tout. J'ai vite abandonné, c'était trop de travail.

— Vous êtes au moins allée sur les sites décrits ? Son orphelinat ou le CHU de Reims, par exemple ?

— Elle a refusé. Je vois où vous voulez en venir, vous vous dites qu'elle a peut-être fantasmé sa propre vie. C'est possible. Mais n'oubliez pas que, derrière la biographie d'une femme qui a surmonté tant de souffrances, il n'y a qu'une chose à retenir : le message d'espoir qui est transmis à des dizaines de milliers de lecteurs et de lectrices.

— Un message d'espoir qui repose peut-être sur un mensonge, rétorqua Desgranges.

— Vous êtes pollué par la morale, commandant. Il faut parfois en faire abstraction.

— Peut-être, mais je vous rappelle que vous vous adressez à un type qui baigne dans le droit depuis vingt-cinq ans.

Ils se levèrent tour à tour. Comme tant d'autres, cet échange ne menait nulle part. Desgranges s'empara de sa veste qu'il enfila, ferma son bureau à double tour et précéda son invitée dans des couloirs larges et nus. Ils parcoururent plusieurs niveaux, surplombèrent les jardins intérieurs à la végétation dense, passèrent dans les locaux de l'Identité judiciaire au sous-sol. Ils pénétrèrent dans le stand de tir, il la fit tirer à vide avec son Sig Sauer.

Elle sortit ravie de la balade, sans avoir omis de jeter un œil à la collection de romans policiers primés qui trônait derrière une vitrine du rez-de-chaussée, au milieu de produits mis en vente par les nombreux services de police installés au Bastion.

— Vous ne voulez toujours pas me dire pourquoi vous vous intéressez à Mireille Camus ? demanda Charlotte de Bussy alors qu'ils traversaient le parc Martin-Luther-King en direction des Batignolles.

Il hésita. En dire le moins possible était une règle élémentaire dans le monde de l'investigation. Mais parfois les témoins bien informés pouvaient orienter les enquêteurs.

— Vous jurez de ne rien ébruiter ?

— Je le jure, rit-elle en levant la main comme si elle se trouvait à la barre.

— Une de mes collègues de groupe qui a dormi chez elle plusieurs jours a disparu.

— Je la connais ?

— Il s'agit du lieutenant de police Lola Rivière.

— Je doute que cela ait un lien mais, au cours des quelques recherches que j'ai menées pour brosser le portrait de Mme Camus, je me suis aperçue qu'elle avait travaillé quelques mois comme encadrante dans une structure d'accueil de majeurs en détresse pour le compte de l'association Fée du logis qui se trouve à Sedan.

Elle se tut un instant, pour laisser Desgranges mijoter dans son jus.

— Et alors ?

— Elle n'a jamais voulu que j'évoque cette période de sa vie dans le récit. Pourtant, une telle expérience ne pouvait être que valorisante, pour quelqu'un qui souhaitait donner la meilleure image d'elle-même.

— Comment vous l'expliquez ?

— Peut-être parce que des personnes ont fugué de cet établissement sans jamais être retrouvées.

— Vous avez des noms ?

— Non, mais je crois qu'il était question d'un homme, un ancien agriculteur.

— Et vous n'avez pas poussé vos recherches ?

— Je vous ai dit, je ne suis ni journaliste ni inspecteur de police.

— Officier de police. Il y a d'autres éléments qui vous ont alertée ?

— Non, hormis le fait qu'elle prétendait avoir été infirmière au CHU de Reims. En fait, elle n'y était qu'aide-soignante.

Comme beaucoup, Mireille Camus n'avait pas eu de scrupule à arranger son CV. Le commandant s'en moquait. Mais il voulut mettre fin à la conversation :

— Je suis désolé, je crois qu'on va devoir remettre…

— Vous m'aviez promis un déjeuner, non ?

— Je dois passer quelques coups de fil. Ce soir chez moi, proposa-t-il alors.

— Vous jurez ?

— Je vous envoie mon adresse par SMS dans l'après-midi.

85

Elle avait dévalé l'escalier, pliée en deux, traînée par la main puissante du Professeur qui n'avait jamais lâché sa prise. Avait perdu une chaussure dans la cour. Avant d'être balancée de deux mètres de haut sur la terre battue et humide d'un cellier situé sous une grange. La tête endolorie, les cheveux ébouriffés, elle l'entendit refermer la trappe et la coincer à l'aide d'une tige en acier.

Lola ouvrit les yeux. La pénombre, encore, percée par une faible lueur qui émanait d'un soupirail étroit et inaccessible, traversé de barreaux épais et rouillés. Un trou à rats, par-dessus le marché, au milieu d'un gourbi de cartons empilés sur des étagères de bois qu'elle discernait à peine. Elle se redressa. Une douleur atroce lui vrilla les cervicales. Pas de couverture, pas de chaise, nulle part où s'asseoir. De pire en pire… Dans un coin, des bouteilles de vin, quelques bocaux de conserve aussi.

Surtout rester calme, réguler sa respiration pour faire ralentir son pouls. Et se réchauffer. La température ne dépassait pas les dix degrés.

En priorité, dresser un diagnostic : cervicales en compote, lèvre inférieure encore endolorie, intestin grêle en feu. Sans oublier la fatigue et la faim dues au régime drastique des derniers jours.

Puis le temps du questionnement : était-elle parvenue à transmettre son mail d'alerte ? Elle préférait le croire, bien qu'elle en doutât. Si tel était le cas, une unité d'intervention ne tarderait plus. Et qu'importe qu'elle soit belge, elle crierait à en perdre haleine jusqu'à ce que les policiers viennent la libérer des griffes de ce gourou.

« Gourou ». Voilà quel était le terme adapté au Professeur, dans son acception la plus négative. Un leader charismatique qui a pouvoir de vie et de mort sur ses disciples. Un homme qui use, abuse, dans tous les sens du terme. Un psychopathe qui joue à faire mal, à remettre sans cesse en jeu son pouvoir de séduction et de persuasion, à innover son approche, à se mettre en danger pour mieux assouvir ses pulsions mortifères.

Elle avait pourtant joué le jeu en faisant semblant de tomber sous le charme du Professeur, d'adhérer à ses méthodes thérapeutiques. Elle s'était mise à nu, au propre comme au figuré, n'avait pas hésité à se dévoiler. Pour gagner un espace de liberté, pour fuir au plus vite comme Esther Leconte et Virginie Deloncle bien avant elle. Comme elles, Lola avait échoué. Sans même sortir de cette prison champêtre, de ce corps de ferme médicalisé.

Fin de l'analyse, reprise du questionnement. Comment s'échapper ? Par quel moyen ? Trappe inaccessible, murs de pierre, soupirail inviolable. Prise dans la nasse. Combien de temps allait-elle tenir sans manger ni boire ? Viendrait-il la rechercher ?

Elle se mit debout, elle tremblait, avait la chair de poule. Elle se frotta les bras, transie par l'humidité. Elle glissa les mains dans ses poches, fit quelques pas dans la pièce. Et se mit à parler, de manière naturelle, juste pour entendre sa propre voix, se rassurer. Sur le ton de la sentence.

— Je m'appelle Lola Rivière, je suis lieutenant de police. La séquestration est un crime punissable de vingt ans de prison. Et ma qualité d'officier de police aggrave l'infraction. Je vous somme de me libérer ! Immédiatement !

Personne ne l'écoutait, elle le savait. Elle reprit son couplet au début, pourtant, et le déroula en boucle le plus longtemps possible. Sur le même ton. Avec la même intensité.

Car parler, c'était être en vie. Et compter les répétitions était signe de lucidité.

Les syllabes s'empâtèrent, elle s'arrêta à la cent douzième fois. Sa gorge était sèche. Elle avait mal aux jambes, aussi. Le jour semblait se lever. Un rai de lumière, léger, perçait enfin l'obscurité. Et toujours rien. Toujours pas de retour du Professeur.

Lola devait boire. Le front collé contre la planche d'une étagère, elle attrapa une conserve en verre. Ce qui ressemblait à des abricots flottant dans un jus épais. Elle tira sur la languette afin d'ouvrir le couvercle. En vain. Trop faible. Elle l'agrippa avec les dents et poussa le bocal de ses deux mains. Pas mieux, le caoutchouc usé se déchira sans libérer l'air nécessaire.

De colère, elle le jeta contre le mur. Le verre se brisa, le jus l'éclaboussa.

Elle se rua au sol telle une mendiante, pinça de la pulpe de fruit mêlée de terre entre ses doigts et la porta à sa bouche. Elle ferma les yeux. Ils se rouvrirent sur des larmes. Honte de ramasser de la nourriture tombée au sol, douceur du sucre, crainte d'être abandonnée, espoir d'être sauvée, elle était chahutée par des vents contraires.

Sa faim un peu calmée, elle s'assit en tailleur. Puis se mit à écrire avec son doigt dans la terre meuble. *Ingrid*, *Sylvie*, *Damien*, *Vincent*. Les prénoms des autres victimes de cette secte. *Gaël*. Celui dont elle était en train de tomber amoureuse. *Zoé*, *Guillaume*, *Hervé*. Les prénoms de ses collègues. Elle pensait enquête, elle vivait police. Cet univers la passionnait, sans l'ombre d'un doute. Le monde de l'investigation l'avait attirée, elle y avait fait son trou. Un petit trou, entourée de flics rigoureux, opiniâtres, humains. Elle les regrettait déjà. Les imaginait la chercher, enfoncer des portes, causer le désordre pour rétablir l'ordre des choses, la sauver. Elle sourit. Elle rit. Elle se remit à psalmodier.

— Je suis entrée à l'école de police le 2 janvier 2010. J'ai débuté à Singapour, à Interpol. Puis je suis revenue à Paris où j'ai été affectée à la brigade criminelle. Je m'y plais, j'adore mes collègues, même si je ne leur ai jamais dit. Et je vais mourir ici, sans les revoir.

Record à battre : cent douze. Elle céda bien avant, alors qu'elle tentait de graver son matricule à l'aide d'un épais morceau de verre sur l'une des planches de l'étagère.

86

L'association Fée du logis était domiciliée à deux pas de la gare de Sedan. Il s'agissait en fait d'une sorte d'hôtel social d'une trentaine de chambres réparties sur quatre niveaux, subventionné par le conseil général dans le cadre de l'accueil temporaire de majeurs en situation précaire.

Le gardien occupait un petit studio en rez-de-chaussée, d'où il pouvait contrôler les allées et venues depuis une fenêtre protégée par un rideau donnant sur le hall d'entrée. Il reconnut de suite dans la tenue et l'allure de Zoé et de Compostel de potentiels représentants des forces de l'ordre.

— Qu'est-ce qui se passe ? Lequel de mes pensionnaires a encore fait des siennes ?

Deux d'entre eux avaient récemment commis un vol à l'étalage dans le centre-ville, un autre se trouvait en cellule de dégrisement pour ivresse publique et manifeste. Trois mois plus tôt, un bipolaire dans l'attente d'un placement dans une structure spécialisée avait même mis le feu à son appartement.

— Ne vous inquiétez pas, rien de grave. On s'intéresse à l'ancienne encadrante du site. Vous l'avez connue ?

— Seulement de réputation. Il paraît qu'elle était sacrément rude avec les locataires.

Zoé n'était pas certaine qu'ils soient sur la même longueur d'onde.

— Vous parlez bien de Mireille ?

— Pour sûr. Même que les travailleurs sociaux n'en pouvaient plus d'elle, à cause de son manque de rigueur et des entorses qu'elle commettait.

— C'est-à-dire ?

— Ils devaient sans arrêt se déplacer parce qu'elle refusait de s'occuper de l'administratif. Surtout, elle remplissait les chambres comme bon lui semblait avec des SDF sans en référer à sa hiérarchie. Résultat, ils l'ont virée.

— Elle les trouvait où, ces SDF ?

— Aucune idée. Moi, je n'ai fait que lui succéder. Je vous répète juste les on-dit.

— On s'intéresse en fait à un agriculteur qui vivait ici. Il aurait disparu du temps où Mireille était en poste…

— Oui, c'est ce qui se dit. Il s'appelait Damien, je crois. Il serait resté quelques semaines et puis plus rien, plus de nouvelles. Faut quand même que vous sachiez que ce n'est pas une prison, ici. Si les gens veulent partir, ils sont libres, on ne peut pas les en empêcher.

— Il y a eu une enquête ?

— Je ne crois pas, non. Pour quoi faire puisque je vous dis que les gens vont et viennent comme bon leur semble ? Pour vous donner une idée, le plus vieux de mes pensionnaires se trouve ici depuis quatorze semaines.

— Vous avez son nom de famille, à ce Damien ?

— Rien du tout. Faut voir avec le conseil général. Pour ce qui est de Mireille, je vous ai dit, elle n'était pas très à cheval sur la paperasse. Et puis on raconte que, lorsqu'elle a été remerciée, de colère elle a brûlé l'ensemble des archives de l'association.

Zoé laissa son patron parlementer. Elle se rapprocha d'un banc sur lequel deux traîne-misère fumaient et buvaient ce qui restait de leurs pauvres RSA en annotant les pages hippiques d'un quotidien froissé. Elle fit chou blanc. Aucun d'eux ne connaissait Mireille Camus ni Damien l'agriculteur.

— Vous devriez demander à la femme de ménage, elle est en train de passer la serpillière dans les étages. C'est elle la doyenne des lieux, dit l'un des sexagénaires en arrachant le billet de 5 euros que lui tendait le policier.

Zoé la trouva au troisième étage, courbée sur son balai-brosse. Cela faisait en effet plus de dix ans qu'elle fréquentait l'endroit. À raison de deux matinées par semaine sur site, elle en connaissait chaque recoin, mais ne prêtait plus attention au carrelage sombre sur lequel ses bras flasques s'épuisaient pour un salaire de misère. Elle posa son outil contre le mur avant de répondre aux questions de l'enquêtrice. Des centaines de pensionnaires avaient transité par la Fée du logis depuis qu'elle y travaillait. Elle en croisait quelques-uns, logés dans les faubourgs de la ville, réinsérés, employés ici ou là, parfois même au sein d'une collectivité territoriale. Mais la plupart avaient décidé de fuir ce mouroir, cette ville gangrenée par le chômage. Damien était l'un d'eux. Disparu pour toujours, à coup sûr dans une contrée plus verte.

— Et Mireille Camus ?

— C'est pour elle que vous êtes là ? C'est pas trop tôt !

— …

— C'est moi qui l'ai dénoncée.

— Qu'est-ce qu'elle avait fait de mal ?

— Elle pouvait bien loger qui elle voulait dans les studios vacants. Ses magouilles, je m'en foutais, même si elle ne faisait pas ça gratis ! Mais le jour où elle a décrété que je devais faire le ménage de A à Z dans son logement de fonction, j'ai vu rouge. Le lendemain, elle était virée. Le comble, c'est que cette femme prétend être une sainte. Son fils est peut-être malade, elle s'en occupe peut-être bien, mais faire croire au monde qu'elle est une sainte, à d'autres !

Zoé aussi en doutait. Surtout depuis le passage de Zeinah et Guvelda au centre de rétention administratif de Lesquin. Malgré ce qu'elle avait dit, Mireille Camus n'avait jamais déposé de dossier pour qu'elles obtiennent le statut de réfugiées politiques.

— Vous savez comment elle les trouvait, les locataires des studios vacants ?

— Bien sûr ! L'agriculteur, c'était un grand taiseux mais il m'a quand même raconté des choses entre deux portes. À cause de la faillite de son exploitation, il a appelé SOS Suicide. Et devinez qui a décroché le combiné ? Mireille Camus en personne, vu qu'elle était bénévole dans plein d'associations de ce genre.

Les secondes défilèrent. La femme de ménage s'empara de son balai-brosse et le rinça.

— Je peux vous montrer des photos ? Promis, après je ne vous embête plus…

— Faites voir…

Zoé fit défiler quelques clichés sur son vieux BlackBerry, passa très vite sur Sylvie Desgranges.

— Stop !

— Quoi ?

— Revenez en arrière.

Zoé s'exécuta.

— Celle-ci, je la connais. Elle a dormi là quelques semaines, elle ne sortait presque jamais de sa piaule.

— Qu'est-ce qu'elle est devenue ?

— Qu'est-ce que j'en sais, moi ! Voyez avec Mireille Camus, c'est elle qui l'a accueillie.

Zoé et Compostel se retranchèrent une bonne heure à l'intérieur d'une brasserie. Leur intime conviction était faite. Un nomade de la médecine, Michel Saint-Bernard, séquestrait quelque part dans les Ardennes des femmes fragiles ou manipulables avec la complicité de Mireille Camus et de Vincent Roth.

Dans l'immédiat, plusieurs options s'offraient à eux : surveiller en toute discrétion les allées et venues du centre hospitalier régulièrement visité par Saint-Bernard dans l'espoir qu'il les mène jusqu'à son repaire ; mettre la pression sur Mireille Camus afin de lui tirer les vers du nez, convaincre l'adjudant Levert du bien-fondé de leur enquête parallèle, au risque de se voir dénoncés à la police des polices. Ils finirent par choisir une autre option que Zoé n'évoqua pas lorsqu'elle contacta Desgranges :

— Tu peux nous rejoindre demain matin à Bruxelles ?

— Quelle heure ?

— Prends le premier Thalys. On te récupérera à la gare du Midi. Guillaume ?

— Quoi ?

— Sylvie aussi s'est fait retourner la tête. Avec le patron, on a retrouvé la trace de son passage à Sedan.

Il se tut, fut sauvé par la sonnerie de l'Interphone de son immeuble.

— Excuse-moi, c'est Victor qui rentre, mentit-il. On se voit demain matin.

Victor étant absent pour quelques jours, il n'attendait que deux personnes. Le livreur de sushis et Charlotte de Bussy. Cette dernière était en avance.

87

Je ne provoquerai jamais la mort délibérément.

Extrait du serment d'Hippocrate

Sa conscience, ou ce qui en restait, était fixée sur l'image de sa mère lorsque la trappe se souleva sur une lueur. La lumière grise et faible d'une ampoule piquetée de chiures de mouche, esseulée au milieu du plafond d'une grange trop grande pour elle, l'éblouit presque. Une silhouette s'interposa, de la même manière que la nuit avait absorbé le rai de lumière qui avait transpercé le soupirail toute la journée. Les pieds d'une échelle vinrent heurter la terre battue.

— Monte !

Ce n'était pas la voix du Professeur. Ni l'une de ceux qu'elle attendait, ses sauveurs, ses héros, les Desgranges et Compostel. Un chien vint se frotter contre les pattes de son maître. Vincent Roth.

Elle se redressa, épousseta ses fesses sous l'œil torve de l'employé communal, puis entreprit de gravir, barreau après barreau, la vieille échelle de bois.

— Suis-moi ! ordonna-t-il alors qu'elle posait un pied à la surface.

Avait-elle le choix ? Elle l'observa se diriger vers la cour, lui emboîta le pas. Où comptait-il la conduire ? Le questionnement s'arrêta sitôt franchi le seuil de la grange. L'ensemble de la communauté se trouvait dans la cour intérieure de la ferme, rassemblée en arc de cercle autour du gourou malgré un crachin glacial. Même Mireille Camus était présente. Lola était perdue. Elle ne savait où se mettre. Le Professeur la guida :

— Viens à mes côtés, Lola.

Elle frissonna avant de se placer en retrait. Vincent, lui, rentra dans le rang.

— Si je vous réunis ici au cœur de la nuit, poursuivit-il, c'est pour vous manifester mon mécontentement…

Tous avaient la tête enfoncée entre les épaules. Visiblement, ils avaient été sortis du lit contre leur gré. Malgré tout, ils l'écoutaient avec attention.

— … Je suis déçu. Pour être précis, vous m'avez déçu.

Il laissa un nouveau blanc rhétorique.

— Je connais la plupart d'entre vous depuis le début. Je peux même dire que certains me doivent la vie. Sans moi, sans mes soins thérapeutiques, vous seriez morts depuis des lustres…

Lola aperçut de légers hochements de tête.

— … Et je me rends compte que vous n'êtes pas dignes de ma confiance.

Personne ne mouftait. Son regard se voulait panoramique et lent, l'effet était réussi.

— La nuit dernière, j'ai surpris cette personne à l'intérieur de mon cabinet, en train de fouiller dans mes affaires, précisa-t-il en tournant la tête en direction de la jeune enquêtrice. Elle a enfreint les règles de la communauté. Une communauté qui l'a accueillie comme il se doit, qui s'est engagée à l'aider, à la soutenir, à partager sa douleur et à l'assister dans son combat contre sa maladie. Et, en guise de remerciements, elle profite de mon sommeil pour fouiner dans mon ordinateur.

— Elle doit être punie ! tonna Vincent.

Le Professeur sembla agacé par cette manifestation. Il fixa l'importun, réfléchit. Il finit par hocher la tête.

— Oui, Vincent, tu as raison. Elle doit être sanctionnée. Approche-toi.

Le cantonnier obéit. D'un geste du bras, son mentor lui réclama quelque chose. Personne ne semblait comprendre. Vincent se tortilla, souleva son chandail. Il sortit enfin de sa ceinture une arme de poing. Un pistolet. Un Sig Sauer. L'arme de Lola. Celle qui, selon Mireille Camus, avait fondu dans l'incendie de la 2 CV de Diniz.

— Donne !

— Je peux m'en occuper moi-même, monsieur.

— J'ai dit *donne* !

Il obtempéra, fit un pas en direction du Professeur, lui tendit l'arme par le canon. Ce dernier l'empoigna avant de chambrer d'un coup sec une cartouche dans la culasse. Aucun doute, il savait s'en servir.

Tous étaient muets. Excepté Lola.

— Qu'est-ce que vous allez faire ? Vous êtes fou !

Il ignora son intervention. Il reprit son monologue alors que le canon était braqué dans la direction du policier :

— Je ne suis pas quelqu'un de sévère, vous le savez bien. Mais vous savez aussi que notre communauté ne peut fonctionner sans un minimum d'autorité. Nous avons un devoir, celui d'être exemplaire, chacun à notre niveau…

Lola était morte de peur. Qu'allait-il faire d'elle ? Elle sentait le sang pulser à une vitesse affolante dans ses artères.

— … Et, dans cette histoire, beaucoup d'entre vous ont failli.

Tous fronçaient les sourcils, désormais.

— Vous avez failli par manque de vigilance. Voilà pourquoi je vous ai rassemblés. Tous autant que nous sommes avons l'obligation de veiller les uns sur les autres, de nous entraider, de repousser la colère et de chasser le vice des autres membres de la communauté. Vous comprenez ?

Malgré le froid, Damien suait à grosses gouttes. Sylvie, à sa droite, avait entrouvert la bouche. Vincent fut le premier à acquiescer.

— Je n'en veux à personne en particulier. Mais j'entends vous punir de manière collective. Ce qu'à fait notre nouvelle pensionnaire est mal, j'en suis conscient. Mais c'est à vous que j'en veux. En particulier parce que vous n'avez pas su détecter ou voulu dénoncer ses agissements.

Surpris, les membres de la clinique se regardèrent. Lola respirait de nouveau.

— Et je souhaite que nous choisissions ensemble le châtiment, insista-t-il.

Personne ne comprenait plus. Ingrid prit la parole :

— On peut s'infliger un jeûne de vingt-quatre heures, non ?

— Je crains que ça ne suffise pas. Il faut que ce soit exemplaire, répondit il en tournant sur lui-même à la recherche d'une idée.

Son regard s'arrêta sur la niche où s'était réfugiée Harmonie. Vincent se figea. Les autres fixaient le Professeur, à présent immobile, l'arme dirigée vers le sol.

— Non, pas ça, monsieur. Je vous en prie, je vous en supplie, pas elle…

Le Professeur grimaça.

— Tu sais bien que je n'ai pas le choix, Vincent. Cela va nous coûter de nous en séparer. Mais je te rappelle que la perte d'un être cher nous rend toujours plus fort. Tu comprends ?

Les uns après les autres se tournèrent vers la chienne. Elle faisait partie de leur quotidien à tous.

— Ingrid, approche-toi !

La jeune femme obéit.

— Je compte sur toi. Tu es une gentille fille, lui dit le Professeur pour l'encourager tout en lui remettant le pistolet.

— Non, Ingrid, s'il te plaît… Ingrid, si tu m'aimes, ne fais pas ça…

Mais la plainte de Vincent n'avait aucune prise sur sa petite amie. Elle empoigna l'arme et, tel un pantin, fit quelques pas en direction de la niche. Derrière elle, à genoux, Vincent l'implorait. Il hurla sa rage lorsqu'elle tira en direction de la tête de l'épagneul. Cette dernière éclata au premier impact.

— Je vous invite à mieux la surveiller si vous ne voulez pas que ce type de séance se reproduise, martela le Professeur à l'intention du groupe alors qu'il récupérait l'arme des mains d'Ingrid.

Lola se sentait vulnérable. Elle n'osait affronter le regard de Vincent Roth, de peur qu'il ne se jette sur elle. Les yeux exorbités, ce dernier était abattu, il haletait, s'approchait de la dépouille de sa chienne en titubant, se retournait, observait tour à tour Ingrid et Lola.

Le Professeur les invita tous à rentrer se coucher. Il se porta à hauteur de l'homme à tout faire de la clinique, lui tapota l'épaule alors qu'il soulevait Harmonie, et lui glissa à l'oreille :

— Ingrid me paraît envoûtée. Tu sais ce qu'il te reste à faire… Quant à la nouvelle, je te promets que je te laisserai la possibilité de te venger.

88

Hervé Compostel avait cédé. Le voyage en Belgique ne l'enchantait guère mais, s'il entendait revoir Lola, il n'avait d'autre choix que de suivre l'instinct du brigadier Zoé Dechaume.

Ils avaient pris la route sous le givre à 3 heures du matin. À 6 heures, ils se trouvaient dans l'enceinte de la gare du Midi au milieu des SDF allongés sur un bout de carton et enroulés dans leurs couvertures. Le patron buvait du café, Zoé déchargeait la batterie de son téléphone à force de consulter les Pages blanches et de noter des adresses. À 8 heures, le premier Thalys en provenance de Paris entra en gare avec une quinzaine de minutes de retard.

Zoé aperçut la première la silhouette de son chef de groupe parmi le lot de passagers pressés de gagner leur bureau. Mal rasé, les yeux cernés, tout laissait croire que Guillaume avait mal dormi. Ou peu dormi.

— Tu piques ! lança Zoé en l'embrassant.

— Pourquoi on est là ? lui répondit-il en serrant la main de son taulier. Ne me dis pas que ta virée précédente dans les banques ne t'a pas échaudée ?

— Qu'est-ce que tu dirais de te faire faire quelques tresses africaines ?

Desgranges détestait les esquives de Zoé.

— Ça te permettrait de cacher les traces de rouge à lèvres que tu as dans le cou, par exemple, ajouta-t-elle.

Pris en faute, il s'empressa de mouiller ses doigts et de frotter sa nuque. Il finit par relever le col de son blouson.

— Je la connais ?

— Occupe-toi de tes fesses et dis-moi plutôt ce qu'on fait là !

— On va en ville. J'ai noté deux adresses à proximité de l'une des agences bancaires d'où ont été retirées des sommes d'argent.

— Pourquoi Bruxelles plutôt que Charleroi ?

— Parce qu'à Charleroi il n'y a pas de coiffeur gabonais.

Le front de Desgranges se plissa. Il se contenta de faire le sac de sable à l'arrière du véhicule conduit par Zoé pendant que Compostel réglait le GPS.

Le voyage dura à peine vingt minutes, le stationnement presque autant de temps. Garés derrière un fourgon tagué, ils avaient une vue plongeante sur la façade de l'un des salons de coiffure. Le second se trouvait dans leur dos, à une cinquantaine de mètres, à hauteur d'une bouche de métro d'où sortaient par grappes les clients potentiels des nombreux commerces environnants. Guillaume sursauta lorsqu'un employé indien releva la grille qui protégeait l'entrée d'un magasin bio. À proximité, un Asiatique qui sortait des cartons d'un restaurant chinois fixa de longues secondes les occupants du 806 immatriculé en France.

— Je crois bien qu'on est grillés, constata le commandant Desgranges qui bâillait à s'en décrocher la mâchoire.

Zoé lui offrit un chewing-gum. Il l'accepta de bonne grâce. Au bout d'un quart d'heure, Desgranges sortit de l'habitacle et le cracha dans le caniveau. Il avait besoin de se dégourdir les jambons. Ses deux collègues le virent s'éloigner. Une heure plus tard, à son retour, aucun des deux salons n'était ouvert.

— On va rester plantés là longtemps ? maugréa-t-il. Si ça se trouve, les commerçants ont mis la clé sous la porte.

— La patience est mère de toutes les vertus, coupa Compostel.

— Y a qu'un taulier pour sortir une formule à la con comme celle-là. Je vous dis qu'on perd notre temps.

Compostel ne releva pas, il préféra gagner du temps en les invitant à boire un café dans un bistrot environnant. Desgranges avala deux sandwichs en silence devant une grille de mots fléchés pendant que Zoé jetait sans arrêt un œil sur les salons de coiffure. Il était midi passé lorsqu'une mama africaine déverrouilla la porte d'entrée d'un salon de coiffure qui leur faisait face.

— Comment on opère ? s'enquit Compostel.

— Comme d'hab'. On improvise, répondit Zoé en faisant grincer sa chaise.

Les deux hommes la rattrapèrent. Zoé s'engagea la première à l'intérieur du commerce. Ils n'eurent pas à se présenter. Le regard soutenu par un maquillage épais, la Gabonaise se renfrogna sur-le-champ.

— Vous êtes la gérante ?

— C'est pour quoi ?

— Visite de routine. Vous êtes la gérante ? répéta Zoé alors que Desgranges se rapprochait d'une porte.

— Je suis en règle. Vos collègues sont déjà passés la semaine dernière, il n'y a pas plus réglo que moi. Toutes mes salariées sont en situation régulière.

— C'est pas pour ça qu'on est là, intervint Compostel. Ça fait longtemps que vous vivez en Europe ?

— Depuis l'âge de vingt ans. J'en ai quarante-six. Vous voyez, même si je suis couleur cacao, je suis plus belge que beaucoup de Belges. Qu'est-ce que vous me voulez, alors ? Vous savez, je connais bien le commissaire de quartier, il m'arrive parfois de lui refiler des tuyaux.

Zoé observait ses lèvres soutenues de noir. La femme ne tremblait pas.

— On vient pour les racines, tenta-t-elle.

L'Africaine la fixa. Zoé sentit un léger tressaillement.

— Quelles racines ? De quoi vous parlez ?

— Ne faites pas la maligne. Vous savez très bien de quoi je parle.

La gérante tourna la tête, jeta un œil en direction de Desgranges qui, dans son dos, se permettait d'ouvrir les tiroirs et de glisser ses grosses mains à l'intérieur.

— Vous faites quoi, là ? Vous êtes de quel service, d'abord ?

— Ce n'est pas important. Pour tout vous dire, on s'en fout, de vos branches.

— Qu'est-ce que vous cherchez, à la fin ?

— Un nom, rien de plus, et je vous promets que, dès qu'on l'a, on s'en va et vous ne nous reverrez plus.

— Et dans le cas contraire ?

— On remue tout, on y passe la journée s'il le faut, on ameute le quartier, et on entame une procédure pour importation et revente de substances illicites. Dans la foulée on ferme votre boutique.

— Allez-y, vous ne trouverez rien !

Compostel et Zoé se regardèrent. L'esbroufe n'avait pas de prise sur la Gabonaise.

— Il y a quoi dans votre arrière-boutique ? demanda Zoé pour meubler.

Elle ne répondit pas. Guillaume tira sur la poignée de la porte. Elle était fermée à clé. Il la défonça d'un grand coup de pied.

— Eh !

La porte, couverte d'un masque africain en bois décoré de coquillages marins, s'ouvrit sur un vestibule dans lequel s'entassaient des cartons de diverses tailles, quelques perruques accrochées à des patères, un point d'eau et une machine à café. Il la referma aussitôt, arracha le masque traditionnel, le jeta au sol et le saccagea du talon contre le carrelage.

L'Africaine hurla. Desgranges venait de briser le totem peuhl qui protégeait sa boutique du mauvais sort.

— Écoute-moi bien ! Si dans deux minutes mes collègues n'ont pas la réponse à leurs questions, je te jure que je fais marabouter ton commerce, insista-t-il en se saisissant d'une brosse à cheveux qu'il glissa dans la poche de son blouson pour marquer sa détermination.

Depuis l'enquête menée sur l'homicide d'un marabout africain commis dans le quartier de la Goutte d'Or à Paris, le monde des amulettes et autres talismans d'Afrique de l'Ouest n'avait plus de secret pour le commandant de police. Si le groupe dans lequel il officiait alors comme procédurier n'avait pu identifier le meurtrier, il avait eu tout loisir d'auditionner des dizaines de clients et de clientes du magicien, peu fiers d'avoir dilapidé leurs économies à coups de rendez-vous, qu'il avait fini par répartir en trois catégories : ceux qui recherchaient l'amour, ceux qui espéraient voir leur situation administrative se régulariser, et ceux qui souhaitaient protéger leur commerce afin de bénéficier d'une clientèle la plus large possible.

La Gabonaise finit par craquer après s'être fait de nouveau promettre qu'elle ne ferait l'objet d'aucune poursuite. Elle n'avait qu'un seul client français, en l'occurrence une cliente d'une cinquantaine d'années. Elle ne connaissait pas son nom. Les trois enquêteurs se contentèrent d'apprendre que les racines d'iboga lui servaient à soulager son fils de sa maladie.

89

Soutenue par Sylvie Desgranges, elle avait regagné sa chambre. Elle était passée par toutes les couleurs, avait vécu toutes les émotions au cours des soixante-douze dernières heures. Elle s'effondra sur le lit, tourna le dos à la femme de Guillaume, se recroquevilla sous les draps avec ce qui lui restait de vêtements. Épuisée, rincée, vidée, incapable de réfléchir, elle subissait bourdonnements et acouphènes qui nourrissaient une violente migraine. Elle sentait la mort poindre et, chose peu commune, se plaisait à l'attendre. Elle était à bout.

Elle entendit Sylvie gesticuler autour du lit. Nettoyage, rangement. Puis une chaise vint se poser près de la table de chevet. La grande sœur de la communauté s'y assit et débuta un long monologue :

— Tu te méprends sur Michel. Tu as tort de résister à sa thérapie, il nous a tous sauvés. Et si tu te rebelles sans arrêt, il ne pourra pas venir à bout de ta maladie. C'est un homme bon, il faut le comprendre. Ce qui s'est passé tout à l'heure, c'est ni plus ni moins qu'un acte de contrition en réponse à nos péchés. Nous avons failli. Nous avons l'obligation de lui obéir, il est notre guide, notre sauveur. Nous lui devons la vie, un amour total. Chercher à le quitter, à l'abandonner, à fuir la communauté revient à lui nuire. C'est la pire des ignominies pour un homme qui se consacre jour et nuit à nous protéger du mal, à nous sauver du mal qui se propage en dehors de ces murs. Le monde est corrompu, ma belle. La médecine conventionnelle, ceux qui nous gouvernent, les médias nous mentent. S'il n'y a aucune télé, aucun journal, aucun livre au sein de la clinique, c'est pour échapper à la tentation, à cette société de consommation qui nous tend les bras, qui nous ensorcelle dans l'autre monde. Je comprends ton trouble, tes pertes de repère. Mais je te promets qu'au fil des jours et des semaines tu en prendras conscience. Après, tu ne voudras plus nous quitter. Car l'amour, le véritable, le seul, se trouve ici, au sein de notre communauté.

Sylvie se tut quelques secondes. Elle n'était pas certaine d'être écoutée. Malgré tout, elle poursuivit :

— Il est notre chaman. Nous sommes des élus, en quelque sorte. Nous serons les derniers, ceux qui survivront. Car nous vivons au plus près de la nature, nous vivons *de* la nature et nous la respectons. Il nous guérit du mal qui nous ronge, et surtout nous protège du poison qui se diffuse dans ce bas monde. Il est le seul à posséder l'antidote. Bientôt il te sera inoculé. Comme à nous toutes. C'est ça qui m'a sauvée.

La jeune femme s'agita. Elle entendait. Elle n'était pas certaine d'avoir bien compris mais il lui sembla qu'elle n'avait pas encore vécu le pire.

Sylvie souffla puis se leva.

— Repose-toi. Je file à la cuisine te préparer un potage de carottes. Il faut que tu reprennes des forces. Ensuite, je m'occuperai de ta toilette.

90

Zoé avait la rage. Elle rongeait son frein à l'arrière du 806 pendant que Desgranges tentait de concilier vitesse et sécurité.

— Tu ne peux pas aller plus vite ?

Il ne pouvait pas. Le compteur avait affiché cent quatre-vingt huit kilomètres à l'heure sur l'autoroute qui les menait à Charleroi. Mais la première ville wallonne laissa la place à une nationale bondée de poids lourds qui les fit inexorablement ralentir.

Après quatre heures de route, ils rejoignirent enfin la frontière, filèrent à travers Givet sans même un coup d'œil en direction de la gendarmerie. Après les avoir aveuglés, le soleil déclinait lorsqu'ils arrivèrent au domicile de Mireille Camus. Cette dernière n'était pas seule. Elle se trouvait à la porte d'entrée de son pavillon, face à un Gaël Diniz fraîchement libéré de la maison d'arrêt de Châlons-en-Champagne. Mal rasé, les mâchoires serrées, ce dernier avait les traits tirés. Il s'écarta à la vue du trio mené par Zoé.

— On peut vous parler, madame Camus ?

— Qu'est-ce qui se passe ? Est-ce que vous avez retrouvé votre collègue ? tempéra-t-elle.

Personne ne répondit. D'autorité, Zoé lui prit le bras et la conduisit à l'intérieur. Compostel suivit le mouvement. Desgranges, lui, resta à l'extérieur et se campa devant le sportif.

— Elle est où, Lola ?

Diniz n'obtint aucune réponse. Le silence de Guillaume Desgranges lui permit toutefois d'entendre les échanges soutenus entre les deux femmes.

— Qu'est-ce que vous avez fait de Lola ? cria Zoé.

— Rien, je vous ai déjà dit qu'elle était partie avec la 2 CV de Gaël Diniz après m'avoir réglé son séjour. Et ne me parlez pas comme ça ou j'appelle Levert !

Compostel tournait la tête en tous sens, à la recherche de « billes ». Il s'approcha d'un buffet, ouvrit les tiroirs.

— Vous n'avez pas le droit de fouiller ! Je vous l'interdis !

— Comment elle a payé ? poursuivit l'enquêtrice sur le même ton.

— Par chèque. Je l'ai déposé ce matin à ma banque. Désolée, je ne prends pas encore la Carte bleue.

— Épargnez-nous vos sarcasmes et dites-nous ce que vous trafiquiez au sein de l'association Fée du logis ?

— Et ça, c'est quoi ?! la coupa Compostel qui lui brandissait un chèque écrit de la main de Lola qu'il avait découvert sous la table basse.

— Le chèque de caution du gîte. J'ai oublié de le lui rendre. Je le déchirerai.

Mireille Camus avait réponse à tout. Il ne lui laissa aucun répit, lui soumit cette fois-ci un vieil ordonnancier entamé au nom d'un médecin rémois qui était dissimulé sous une pile de revues.

— Remettez tout de suite ça en place ! Je vous promets que ça va vous coûter cher !

Les menaces n'avaient pas de prise sur les deux enquêteurs. Zoé baissa de plusieurs octaves, tourna la tête vers la fenêtre :

— Vous voyez le type qui nous accompagne ? C'est un flic. Sa femme s'appelle Sylvie. Et cette Sylvie, vous l'avez hébergée en « off » à la Fée du logis. Dites-nous tout, sinon je vous garantis qu'on vous laisse seule avec lui le temps qu'il faudra.

— Arrêtez votre comédie et appelez l'adjudant Levert ! Je ne parlerai qu'à lui. Vous n'êtes pas compétents en province.

— Il n'y a plus de Levert ! hurla Zoé. Elle est où, Sylvie ? Elle est où, Lola ? C'est qui, ce Saint-Bernard ? C'est quoi, ce trafic d'iboga ?

— Maman, qu'est-ce qui se passe ? siffla Connor, pieds nus, en haut de l'escalier.

— Retourne dans ta chambre, chéri. J'arrive tout de suite.

— Réponds-nous maintenant parce que, sinon, je te jure que t'es pas près de le revoir, ton môme !

— Il est malade, il a besoin de moi ! Il n'y a que moi qui puisse le soulager. Grâce à l'iboga.

— Ah ouais… ? Et les deux filles qui en avaient plein les veines, de ta poudre de perlimpinpin, tu les as soulagées aussi ? Ils se planquent où, Saint-Bernard et Vincent Roth ?

Mireille Camus se mit à sourire. Puis à se tordre d'un rire dément. La gifle qu'elle reçut la fit revenir à la raison.

— Vous n'avez rien contre moi ! Et vous n'allez quand même pas croire que je vais dénoncer le seul homme capable de guérir mon fils, si ?

Zoé était hors d'elle. Mireille Camus se trouvait à sa merci, elle crevait d'envie de la frapper, encore et encore, pour la faire parler. Compostel s'interposa alors que Connor tirait sur sa manche.

— Quoi !? cria Zoé par réflexe.

L'enfant se figea. L'enquêtrice s'adoucit :

— Qu'est-ce que tu voulais me dire, Connor ?

— Lola et Sylvie, je sais où elles sont.

Le regard de Mireille Camus pour son fils se transforma subitement en un masque de haine.

91

Sylvie la nourrissait à la petite cuiller lorsque Lola sursauta au bruit d'une porte que l'on défonce. Pas la sienne, celle d'une chambre voisine. Des cris se répercutèrent le long des murs. Ceux d'Ingrid.

On investissait sa piaule, on la malmenait, elle se débattait, hurlait, mordait. En vain. Des voix masculines, essoufflées, lui ordonnaient de se taire. Finalement, on la bâillonna.

Lola fixa Sylvie qui la rassura d'un regard. « Ce n'est rien, ne t'inquiète pas, ça n'a rien à voir avec toi », semblait-elle dire. Lola n'en finissait plus d'avoir peur. Peur du Professeur, de ses acolytes, de ne plus revoir sa mère, de cette purée de carottes dans laquelle elle distinguait ce qui ressemblait à du poivre épais.

Une larme glissa sur sa joue. De l'autre côté de la cloison provenaient des bruits sourds.

— C'est quoi ? s'enquit-elle entre deux bouchées.

— Ingrid a le diable en elle. Ils vont l'aider à s'en débarrasser.

En d'autres lieux, Lola aurait souri. À son bureau, par exemple, quand un collègue de la section antiterroriste leur racontait les séances de chasse au *shaytan* opérées par des prédicateurs salafistes désireux de remettre des coreligionnaires dans le droit chemin. Ceux qui avaient péché étaient frappés jusqu'à ce qu'ils vomissent le démon, jusqu'à ce qu'ils expurgent la bête immonde qui les avait pénétrés, au rythme d'incantations professées par le référent religieux.

Ici le mentor n'était autre que Vincent. D'après les paroles échangées, celui-ci était assisté de Damien, le roi du jardinage.

Que reprochait-on à Ingrid ? Vincent ne cessait d'évoquer la mort de son épagneul au rythme des coups de ceinture qu'il donnait à celle qu'il étreignait ostensiblement lors de la dernière séance de canalisation. Lola pensait à autre chose, à la stratégie consistant à semer la discorde parmi les adeptes pour affermir le pouvoir du Professeur sur sa communauté. À l'adage « diviser pour mieux régner ».

Prise de convulsions, elle ne poussa pas plus loin son analyse. De nouveau des tremblements et ce sentiment d'être gagnée par le froid, de chuter dans un puits sans fond. Son corps s'évadait. Il oubliait la douleur, elle ne le maîtrisait plus.

L'expression de Sylvie avait changé.

— Qu'est-ce que tu vas me faire ? balbutia Lola qui n'arrivait plus à articuler.

— Te préparer. Michel va te guérir comme il nous a guéries.

Les yeux noirs de Lola tournaient dans tous les sens. Immobilisée, elle se trouvait à la merci de Sylvie. Celle-ci s'absenta, revint quelques instants plus tard munie d'une trousse de toilette qu'elle déposa sur le lavabo. Elle en sortit un tube de mousse à raser et un coupe-chou. Sylvie ferma la bonde, ouvrit les robinets. Silencieuse et impassible, elle se rapprocha de Lola, inerte sur son lit. Puis elle la déshabilla.

En quelques jours, le corps de Lola était devenu maigre, pâle, décharné. Les côtes saillaient, son cœur palpitait sous la fine paroi. Sylvie lui releva un bras, visa l'aisselle.

— Tu verras, tu n'auras pas mal.

De quoi parlait-elle ? D'un rasage en bonne et due forme sous les bras ? Ou d'autre chose ?

Lola savait, elle devinait. Il ne pouvait en être autrement.

— Il va te guérir. Ton mal va disparaître pour toujours, Lola, commenta l'ancienne infirmière qui, délicate et minutieuse, traquait le moindre poil.

Lola s'affolait, son crâne bourdonnait, le sang lui montait aux oreilles alors que Sylvie finissait le deuxième côté.

— Il ne faut pas résister. Tu dois faire remonter à la surface les souvenirs d'inceste.

Lola haletait, geignait, tentait de remuer. La mâchoire crispée par la colère, ses dents grinçaient.

— Pour ça, tu dois ressembler à l'enfant que tu étais, propre et vierge. C'est la règle. Ne t'inquiète pas, ça repoussera.

Sylvie lui écarta les cuisses, rapprocha ses mains de son entrejambe, appliqua de la mousse sur son pubis, reprit son instrument. Lola sentit ses membres et tout son corps se raidir lorsque la lame froide se mit à glisser. Gagnée par la terreur et la honte, elle se mit à gémir au moment où sa bile, acide, lui vrilla l'œsophage.

— J'ai terminé, Lola. Repose-toi, maintenant, la rassura-t-elle alors qu'elle lui nettoyait l'entrejambe à l'aide d'un gant.

Nue, ses vêtements à proximité, elle suivit la sortie de Sylvie avec des yeux humides. Paralysée. Effrayée. Fruit d'une colère sourde, ses intestins se mirent soudain à cracher des salves, à la faire vomir des jets de bile qu'elle se refusa de contrôler.

Les draps et la descente de lit se teintèrent d'orange. Elle retrouva de la mobilité cinq minutes plus tard, se redressa, alla jusqu'au lavabo, prit sa brosse à dents avant de s'affaisser sur le carrelage, le front appuyé contre le crépi.

92

Elle était nue sous la toge que Sylvie lui avait enfilée. Elle se sentait sans défense. Ses seins ballottaient, le tissu se plaquait contre ses fesses. Alors qu'ils avançaient en groupe en direction de la forêt, Vincent, quelques pas derrière elle, n'en perdait pas une miette malgré la lueur crépusculaire.

Sans entrain, la peur au ventre, Lola avançait avec lenteur, la main droite enfoncée dans la poche en tissu de sa robe de cérémonie. Devant, en tête, le Professeur guidait la troupe.

— On va dans une clairière, tenta de la rassurer Sylvie qui se tenait à sa droite. Tu vas vivre un moment que tu n'es pas près d'oublier.

Elle ne releva pas. Plus les jours passaient, plus elle souffrait des expériences que le Professeur lui faisait subir. Elle ne cessait de penser au rasage en règle qu'elle avait enduré, qu'elle associait aux propos ambigus sur l'inoculation d'un antidote que seul le Professeur possédait. À la grossesse d'Esther, aussi.

Personne ne semblait manquer à l'appel. Pas même Ingrid, malgré les marques de coups visibles sur ses bras. Le corps de ferme s'était vidé, à l'exception des animaux de basse-cour. L'un d'eux, toutefois, les accompagnait. Tenu à bout de bras dans une cage par Vincent, un poulet ne cessait de caqueter.

Après plusieurs centaines de mètres, ils franchirent la lisière du bois en file indienne, progressèrent le long d'un sentier sinueux s'enfonçant dans une forêt de bouleaux. Ils débouchèrent quelques minutes plus tard sur une vaste prairie au milieu de laquelle un hangar en tôle abritait de vieilles machines agricoles.

Il faisait presque noir lorsque le Professeur leur ordonna de s'asseoir en cercle autour d'un brasier allumé par Vincent.

— Cet endroit était à mon grand-père, précisa celui-ci à Lola après avoir sorti plusieurs tambours de bois d'un coffre qui était dissimulé sous une charrette aux roues cerclées. Le Professeur a choisi ce lieu parce que ici nous sommes en fusion totale avec la nature.

Le Sig Sauer de Lola à la ceinture, Vincent était fier. Il fut le dernier à s'accroupir et le premier à frapper son instrument de manière régulière à l'aide d'un hochet. Damien et la femme au cou de girafe enchaînèrent alors que le Professeur se mit à réciter une incantation dans une langue inconnue.

— C'est le chaman qui fait les invocations, lui dit Sylvie en se penchant vers elle. Il est le seul à pouvoir s'adresser aux esprits.

Lola n'en revenait pas. Elle tourna la tête dans tous les sens, chercha la table de marbre où elle imaginait être sacrifiée. Elle se raccrocha au regard de Sylvie qui émiettait dans un récipient l'écorce jaunâtre de racines d'iboga avec une râpe. L'ancienne infirmière finit par lui tendre une cuiller remplie d'un produit terreux.

— C'est du bois sacré. Il vient d'Afrique équatoriale. Avale-le !

Lola l'observa, dubitative.

— N'aie pas peur, tu ne risques rien, je suis là. Tu vas vivre des instants merveilleux, orgasmiques, qui vont te révéler. On est tous passés par là, moi la première. Le maître de cérémonie va décoder tes visions, il va communiquer avec le monde de l'invisible car lui seul est en contact avec l'esprit des plantes et celui des animaux.

Elle ouvrit la bouche. Les battements de tambour s'accélérèrent au même rythme que son pouls alors qu'Ingrid s'était positionnée dans son dos et lui caressait les cheveux. Elle n'avait plus froid, avait oublié sa quasi-nudité, elle se transformait, tressaillait au son de la musique chamanique, ne se contrôlait plus.

Le Professeur psalmodiait de plus en plus fort, il l'observait, la vit tomber à la renverse sur les cuisses d'Ingrid qui lui caressa alors le front. La magie opérait, celle de la drogue, celle des changements de rythme. Lola, le visage béat rongé par les tics, ouvrit les yeux sur un ciel étoilé déchiré par un fin croissant de lune alors que les tambours s'étaient tus à la demande du chef d'orchestre. Ses bras se tendirent, ses mains, crispées, tentaient de saisir, d'attraper quelque chose en elle qui la fuyait, qui s'envolait. Son âme.

Les percussions reprirent, elle naviguait hors d'elle, voyageait dans les cieux, visitait le champ des étoiles, suivait la Voie lactée et les constellations du zodiaque. Elle s'oubliait, se mit à quatre pattes, se transforma en un taureau, un bélier ou bien un sagittaire. Elle se mit à rugir comme une lionne. Le Professeur se leva, jeta une bûche dans le brasier, se saisit du poulet par les ailes. Il lui trancha le cou à l'aide d'une lame de rasoir, aspergea le dos de Lola de sang tout en interprétant ses gestes.

— Tu es en colère, tu rugis comme la lionne blessée, celle qui a exposé sa progéniture au danger. Tu es en chasse et rien ne t'empêchera de te venger. Tu es ta mère et tu vas tuer ton père.

Les tambours redoublèrent de puissance, les convives scandaient le prénom de Lola, elle ne cessait de tourner sur elle-même, à peine gênée par sa robe qui se coinçait sous ses genoux et se déchirait à chaque pas. Elle était à moitié nue lorsqu'elle s'effondra par terre, épuisée par la séance, par cette ronde nocturne, par ce retour de voyage.

Elle fut réveillée par la morsure du froid. Couchée sur les herbes folles, elle avait été délestée de sa toge. Par réflexe, elle porta les mains sur son bas-ventre. Aucune douleur. À deux pas, la silhouette du Professeur. Celui-ci, de dos, débouclait sa ceinture. Elle redressa la tête, tous les autres étaient endormis, blottis près du feu. Elle fixa le ciel étoilé, palpa le sol autour d'elle, à la recherche de sa robe. Elle s'en saisit au moment où l'ombre du sexe de Saint-Bernard se révéla. Pétrifiée, incapable du moindre cri, du moindre mouvement, elle se cramponna à la végétation, la main droite serrant de toutes ses forces sa toge. Il s'agenouilla, plaça ses mains à distance du ventre de Lola en la fixant.

— Tu sens la chaleur ?

Sous ce regard conquérant et lubrique, elle ne ressentait que de la honte. Elle fixait les étoiles lorsqu'elle frémit au contact de ses paumes qui glissèrent sur ses cuisses pour remonter vers sa poitrine. La main droite de Lola se crispa un peu plus alors qu'il portait sa bouche sur un sein. Il était entièrement à sa merci lorsqu'elle lui planta violemment dans le cou le manche de sa brosse à dents qu'elle avait aiguisé durant près d'une heure contre le crépi de sa salle de bains.

93

Mireille Camus avait réclamé Levert, son vœu fut exaucé. Privée de tout moyen de communication, elle fut déposée au pied de la gendarmerie de Givet.

Compostel à sa droite, Desgranges redémarra. Derrière, Connor tenait la main de Zoé tandis que Gaël Diniz s'accrochait à la poignée latérale de sa main valide. Ils retrouvèrent la Meuse, empruntèrent, pleins phares, le pont des Américains en direction de la Belgique. Le moteur du 806 rugit sous les coups de pédale de Guillaume qui décéléra à peine en traversant un lieu-dit.

— Elle est partie où, Zeinah ? demanda Connor.

— Tu vas la revoir très vite, ne t'inquiète pas. On est bientôt arrivés ? demanda Zoé.

— Oui.

L'enfant fit ralentir le chauffeur à hauteur d'une fourche. Le véhicule quitta la départementale pour une route forestière constellée de nids-de-poule. Le GPS indiquait qu'ils étaient désormais en Belgique. Ils s'enfonçaient dans une forêt dense et sombre. Desgranges stoppa à quelques mètres d'une barrière *Propriété privée, défense d'entrer sous peine de poursuites.*

— C'est maman qui a la clé, leur apprit Connor.

— On est encore loin ?

— Cinq minutes à pied.

Ils descendirent tous du véhicule. Zoé, Diniz et Compostel se mirent à courir. Desgranges s'approcha du cadenas, hésita un instant à tester sa résistance, renonça. Connor, à ses côtés, avait l'âge de Victor lorsque sa mère les avait abandonnés. Selon toute vraisemblance, elle se trouvait là, depuis tant d'années, au bout du chemin qui s'ouvrait devant eux. La boule au ventre, le policier progressait à petits pas vers une femme qu'il ne cherchait plus, qui l'avait trahi.

Alors que le corps de ferme n'était encore qu'une tache sombre dans une clairière gagnée par l'obscurité, il entendit les jars apeurés par la visite d'intrus.

— Il n'y a plus personne, dit Zoé quand ils rejoignirent le groupe.

— Ils ne doivent pas être loin.

— Pourquoi tu dis ça, Connor ?

— Parce que le 4 × 4 du Professeur est ici, dit-il en indiquant le véhicule stationné dans la cour.

— Ils ont l'habitude de quitter les lieux ?

— Ça arrive. Ils font parfois des veillées à la belle étoile pour lutter contre le mal.

— Tu pourrais nous y conduire ?

— Je crois que c'est par là, montra-t-il du doigt.

Zoé ne distinguait qu'un entrelacs d'arbres, de ronces épineuses et de genêts.

— J'appelle l'adjudant Levert, intervint Compostel.

— On est en Belgique, patron !

— Il viendra.

— Dans ce cas, dites-lui d'apporter des lampes torches.

94

Ils crurent d'abord à une scène de suicide collectif. Une femme au cou de girafe ronflait sur un matelas de paille tandis qu'un homme, Damien, se réveilla en sursaut lorsqu'une brindille craqua sous les pas d'un policier.

À proximité de ce qui restait du feu de camp, Levert et Compostel, les plus gradés, avaient les bras ballants. Leur homologue belge, à l'aide de sa torche, ne cessait de faire le tour des visages creusés par la fatigue ou la maladie. Il s'arrêta sur celui de Saint-Bernard, allongé en position fœtale sur un lit de camp militaire, alors que Sylvie tentait, à l'aide d'une forte pression des mains, de juguler l'hémorragie occasionnée par le coup porté par Lola.

— Lola n'est pas ici, patron !

Compostel ne pipa mot. Abasourdi, il restait de marbre. Devant lui s'étalaient douze à quinze zombies à prendre en charge, à diagnostiquer, à transporter dans un milieu médicalisé avant d'envisager tout interrogatoire. Zoé s'approcha de Saint-Bernard, donna un grand coup de pied dans l'armature métallique du lit malgré les soins qui lui étaient prodigués. Le barbu chauve geigna.

— Elle est où, Lola ? cria-t-elle à quelques centimètres de son oreille.

Pas de réponse.

— Vincent Roth est également introuvable, intervint Gaël Diniz.

— Lola ! Lola !

Les cris de Zoé se perdirent dans la végétation. C'était peine perdue. Elle se tourna vers Guillaume. La main accrochée à celle de Connor, hagard, il ne cessait de fixer sa femme, affairée à soigner le responsable de la clinique. Elle lui parut en bonne santé, ne semblait pas avoir vieilli. Elle croisa son regard, baissa aussitôt la tête. La honte, peut-être. Ou bien la peur d'être happée. Il tenta un pas.

— Ne t'approche pas, laisse-moi. Je ne veux pas rentrer. Je lui dois la vie, tu comprends ?

— De quoi tu parles ?

— Du cancer que j'ai contracté quand j'étais à Paris. C'est lui qui l'a détecté, c'est lui qui m'a guérie sans le moindre traitement chimique.

— Tu racontes n'importe quoi ! T'as jamais souffert du moindre cancer. Il t'a piégée, ni plus ni moins, en bidonnant tes analyses médicales.

— Tais-toi ! Je savais que tu dirais ça. Tu es capable de tout pour me récupérer.

— Tu te trompes, j'ai fait une croix sur toi. Et Victor aussi.

Un blanc.

— Alors pourquoi es-tu là ?

— Parce que j'ai des collègues qui ne peuvent pas s'empêcher de fourrer leur nez dans ce qui ne les regarde pas.

Il se retourna, chercha Zoé des yeux, la vit pénétrer dans un sentier, suivie de près par Diniz. Elle continuait de hurler le prénom de sa coéquipière. Guillaume reporta son attention sur Sylvie :

— Au fait, pendant que tu en as encore l'occasion, ton Saint-Bernard, s'il est si fort que ça, tu n'as qu'à lui demander pourquoi il met les pieds au centre hospitalier de Charleville-Mézières tous les trois jours depuis plusieurs mois.

95

Cinq mille mètres de végétation à affronter pour rejoindre la route la plus proche, voilà ce qu'elle avait retenu de sa visite dans le bureau du Professeur deux nuits plus tôt. Fragilisée par cette séquestration, à bout de forces, percluse de courbatures, elle se lançait, le ventre vide et sans préparation, dans un marathon qu'elle n'était pas certaine de pouvoir achever. Avec une multitude d'obstacles : la peur, le froid, la nudité et surtout l'obscurité totale.

Le silence l'accueillit. Elle s'arrêta, jeta sa brosse à dents, enfila la toge qu'elle avait conservée à la main, tenta de calmer sa respiration. Puis elle fit un premier pas dans cette mer d'arbres entourés de ronces qui lui déchiraient les mollets. Elle progressait mètre après mètre, les bras devant elle afin de se protéger.

Au fil des minutes, elle se sentait revivre. Mais rien n'était gagné, il fallait qu'elle s'éloigne, vite et de manière discrète, en avançant le plus droit possible. Vers l'ouest, vers la France, vers la Meuse, vers la gendarmerie de Givet où elle trouverait refuge et réconfort.

Loin de cette forêt, immense et lugubre, qui l'emprisonnait depuis plusieurs jours.

Depuis combien de temps marchait-elle ? Lola ne savait pas. Le seul indice dont elle disposait était son propre épuisement. Elle s'arrêta pour souffler. Ne voulait pas se retourner. Aucun bruit aux alentours excepté le murmure des fougères provoqué par l'averse qui s'était invitée. Elle redressa la tête malgré une nuque endolorie, ouvrit la bouche. Elle se mit à sourire. Peu importait le temps qu'il lui faudrait pour quitter la Belgique, elle le savait, elle le sentait, elle allait survivre à ce cauchemar, elle venait d'échapper au viol de ce Professeur de pacotille, ce gourou qui, chaque jour, se délectait des injonctions extravagantes qu'il prescrivait à ses patients.

Elle reprit sa route. Pour déboucher, quelques mètres plus loin, sur ce qui lui paraissait être un chemin de traverse. Un sentier perpendiculaire. Quarante centimètres de large, deux possibilités. Que faire ? Poursuivre dans les bois, s'enfoncer toujours plus au risque de chuter dans une tourbière ou un ravin ? Ou choisir ce chemin sinueux mais praticable dans l'espoir d'aboutir, pourquoi pas, sur une route forestière ? Elle se raisonna, se sentait trop faible pour continuer *ad vitam aeternam*. « Tous les chemins mènent à Rome », se rassura-t-elle. Elle partit sur la gauche, marcha longtemps à tâtons au milieu de nulle part, enjambant des troncs d'arbres, se tordant les chevilles dans les ornières, grimpant des raidillons caillouteux. N'en pouvant plus, elle s'arrêta. Elle marchait depuis plusieurs heures, s'accroupit jusqu'à tomber à la renverse. Ses jambes ne la portaient plus. Elle était allongée, face à un ciel noir qui ne pleurait plus. Pour la première fois, elle distingua la cime des arbres. L'aurore se faisait désirer. Elle s'assoupit.

Le chant lointain d'un coq la fit sursauter. La lumière filtrait à travers les arbres. Ne pas rester là, à découvert. Se rapprocher de ce coq, source de vie. Plus facile à dire qu'à faire, son corps était tout ankylosé. Aidée d'un bout de bois mort qui lui servit de canne, elle parvint enfin à se redresser. Elle regarda autour d'elle, leva la tête. Aucun arbuste fruitier, pas la moindre baie sauvage. Son estomac criait famine. Elle scruta le sol. De l'humus et des brindilles sèches.

Poursuivre son chemin, coûte que coûte. Elle fit un pas, puis deux, se saisit d'un bâton plus fin au bord du sentier et repartit. Le froid se faisait moins mordant, et elle pouvait désormais avancer à un rythme raisonnable. La liberté n'était plus qu'une question de minutes. Le chant du gallinacé se rapprochait, une clairière s'ouvrit devant elle. Lola était sauvée. Son chemin de croix allait prendre fin.

Elle avançait plus vite vers la lumière, vers la chaleur. Un craquement dans son dos. Elle se retourna. Et l'aperçut, à quelques mètres. Vision d'horreur. Le précipice. La folie à l'état pur. Vincent Roth, le bras tendu empoignant l'arme qui avait tué son chien, la braquait. Elle pivota sur elle-même, se glissa derrière un pin au moment où un morceau d'écorce éclata en réponse à une détonation.

Elle s'élança, chuta, se releva. La peur chevillée au corps, la plante des pieds en sang, elle fonça, slaloma entre les troncs, bondit au-dessus des épineux, buta contre les racines, courut comme une dératée. Nouveau coup de feu, elle manqua de s'effondrer, paniqua, elle souffrait d'une épaule, poursuivit sa course folle, profita de la déclivité. Son cœur allait exploser.

Elle gémissait de douleur, il hurlait sa rage.

— Je vais te traquer jusqu'à la mort, salope ! Je vais te crever à petit feu !

Les mots résonnèrent dans son crâne. Mais ils s'éloignaient au rythme de ses foulées encore vives. Après une éternité, elle osa regarder derrière elle. Pas de mouvement, personne. Vincent Roth ne l'avait pas suivie.

Elle se pencha, retira une ronce qui lui piquait le tibia, porta une main à son épaule douloureuse. Du sang. Elle était blessée. Le chasseur l'avait touchée. Elle se redressa, perçut le sifflement d'un oiseau. Elle leva la tête, ne vit rien. Reprit sa marche dans le sens de la descente, tomba sur une étendue d'eau sur laquelle s'ébrouait une famille de cygnes.

Un méandre de la Meuse. Ou peut-être un lac. Plus de cent mètres de large, aucun pont en perspective. Et Vincent Roth pas loin derrière. Sur l'autre rive, elle chercha la route nationale, celle où tout avait débuté, celle où la 2 CV qu'elle conduisait avait été percutée par le 4 × 4 du Professeur alors qu'elle revenait sur la trace de Mireille Camus. Ne la trouva pas. Ce n'était pas la Meuse. Elle avait tant tourné, bifurqué, fui qu'elle n'était plus sûre de rien, pas même d'être en France. Elle n'avait plus le temps ni les capacités de réfléchir à la direction à emprunter. Il fallait avant tout qu'elle se cache pour échapper à la rage de l'homme armé qui la pourchassait.

À son entrée dans la police, Lola ne savait pas nager. Elle avait dû prendre des cours quelques semaines avant l'épreuve de natation obligatoire à l'école d'officiers.

Malgré un temps médiocre, elle avait réussi à effectuer la longueur de bassin nécessaire pour valider sa titularisation. Depuis, elle n'était jamais retournée à l'eau, ni dans le lac d'Annecy ni en mer de Chine.

Elle entendit le bruit caractéristique des feuilles qui craquent sous le pas d'un homme pressé. Il se rapprochait. Elle tourna le dos à la forêt, ferma les yeux, se pinça le nez, inspira profondément et sauta dans l'eau trouble, légèrement striée par le vent. À moitié nue, elle se laissa choir dans les profondeurs, à trois ou quatre mètres peut-être. Ses pieds se posèrent sur une terre meuble. De la vase. Elle se força à ouvrir les yeux. Obscurité totale. Immergée depuis quelques secondes, elle évoluait au gré des courants et ressentait déjà le besoin de respirer. Son rythme cardiaque s'affolait, ses tympans se remplissaient d'eau, son crâne se gonflait de sang. Cette immersion était stupide, vouée à l'échec. La mort assurée. La noyade ou l'exécution. La souffrance ou le coup de grâce.

Elle n'hésita pas une seconde. Tout tenter pour échapper à la mort, ne pas donner à Roth le plaisir de la tuer. À court d'oxygène, elle redressa la tête vers le plafond de lumière et fit les quelques mouvements nécessaires pour remonter à la surface. Telle la grenouille, Lola perça le fil de l'eau à sept ou huit mètres du rivage. Son épaule la brûlait, ses muscles étaient atrophiés. Le corps comme aimanté vers les profondeurs, elle luttait pour remplir ses poumons d'air lorsqu'elle l'aperçut, de dos, l'arme pendante à bout de bras en train de scruter la lisière de la forêt. Il se retourna, la vit, avança au bord de l'eau et tira à deux reprises dans sa direction.

Les deux projectiles fusèrent sur sa gauche, à vingt centimètres de son épaule blessée, alors qu'elle s'enfonçait de nouveau dans les ténèbres.

Les bruits sourds qu'elle perçut ensuite n'étaient pas le résultat d'acouphènes. Assurément d'autres coups de feu, irréguliers, inexplicables. Éreintée, accompagnée du souvenir de ses parents et de ses derniers collègues, de Gaël aussi, elle savait qu'elle n'aurait jamais l'occasion d'en comprendre le sens.

96

Lola reprit connaissance dans le véhicule d'un service d'urgence. Son bras gauche était relié à une sonde, sa main droite enserrée dans celles de Zoé qui lui souriait. Allongée sur le dos, elle tenta de redresser la tête. Sa douleur à l'épaule se réveilla. Elle n'insista pas, referma les yeux, se laissa bercer par la légère brise matinale qui pénétrait l'habitacle par la porte arrière.

Une voix masculine qu'elle ne reconnut pas vint aux nouvelles. Zoé le rassura, concluant son propos par un « monsieur le préfet ». Puis ce fut Levert qui se rapprocha :

— Brigadier Dechaume, il va falloir me suivre à la gendarmerie sans plus tarder.

Zoé desserra son étreinte.

— La ferme… Sylvie…

— Ne t'inquiète pas, on a arrêté Saint-Bernard. Tout est fini.

— Et Mireille…

Zoé lui caressa la joue. Sa main sentait la poudre.

— On va s'occuper d'elle, je te le promets.

— Connor…

— Il est avec nous, c'est lui qui nous a permis de retrouver ta trace.

Lola n'avait plus de force. Même pas celle de dire merci à sa coéquipière qui venait de lui sauver la vie.

Zoé s'éloigna à regret. Soulagée de retrouver Lola vivante, elle sentit comme un vide quand elle passa à côté du corps étendu de Vincent Roth qu'elle avait criblé de balles. Son Sig Sauer se trouvait désormais aux mains des gendarmes pour expertise balistique.

Tous l'observaient. Elle venait de tuer pour la première fois, mais paraissait impassible. Petite-fille d'un Aveyronnais qui avait développé une société de pompes funèbres à l'échelle nationale, fille d'un ancien directeur de la police judiciaire parisienne, elle côtoyait la mort depuis sa plus tendre enfance. Elle grimpa d'autorité à l'arrière du fourgon de gendarmerie d'où elle observa Gaël Diniz, une serviette sur le dos, réclamer à un urgentiste qu'on lui retire son plâtre, détrempé après son plongeon dans le lac. Leurs regards se croisèrent. D'un mouvement de tête, elle le rassura sur l'état de santé de Lola.

97

Chose suffisamment rare pour être notée, après maintes tergiversations entre les ministères de la Justice belge et français, l'ensemble des protagonistes interpellés sur le sol wallon furent transférés au centre hospitalier de Sedan en vertu de la coopération transfrontalière. Faute de personnel, ce furent des policiers du commissariat municipal qui sécurisèrent l'étage privatisé par la gendarmerie. À chaque pensionnaire de la clinique sa chambre individuelle, dans laquelle pénétraient en continu infirmiers, médecins, psychologues et gendarmes.

Malgré la violence du coup porté par Lola et une perte de sang substantielle, le pronostic vital de Saint-Bernard n'était plus engagé. Placé en garde à vue, il reçut de temps à autre la visite d'un avocat derrière une porte protégée par deux gardiens de la paix. Son premier interrogatoire effectué par l'adjudant Levert dura plus de cinq heures pendant lesquelles le nomade de la médecine se consacra à s'affranchir des faits les plus graves qui lui étaient reprochés. Vincent Roth mort, le gourou n'eut aucun scrupule à lui attribuer la paternité du meurtre d'Esther Leconte à l'aide de l'arme de précision de marque Mauser qu'il avait dérobée à Jean-Paul Kaufmann, l'incendie de la bâtisse de ce dernier, l'appel anonyme faisant de Gaël Diniz un coupable idéal, et le transfert de l'arme à l'intérieur du moulin. Le cantonnier de La Pointe avait chaque fois agi de sa propre initiative, précisa-t-il.

— Roth n'a pas agi seul, pourtant, lui signifia le militaire. Lorsqu'il a tiré sur Esther Leconte sous les yeux de deux témoins, il sortait d'un 4 × 4 que quelqu'un d'autre conduisait.

— Je l'ignorais.

— Vous possédez bien un 4 × 4, non ?

— Je confirme. Mais posséder ne veut pas dire conduire. J'ai pu le prêter.

— À qui ?

— À Mireille, par exemple.

— À quelle occasion ?

— Je le lui laisse lorsqu'elle a besoin de se rendre à Charleroi ou à Bruxelles.

— On a retrouvé des traces de peinture sur la calandre avant de votre tout-terrain. Des traces ayant la couleur de la 2 CV conduite par Lola Rivière quand elle a été percutée sur la route départementale longeant la Meuse. Un commentaire ?

— Aucun. Je ne me souviens pas de cet événement. Mon véhicule devait être dans les mains d'une tierce personne.

— Sauf que le lieutenant Rivière, comme par hasard, s'est retrouvé séquestré dans votre ferme après l'accident…

— Ce n'est pas ma ferme. Elle appartenait à Vincent Roth. Je n'en suis que le pasteur. Quant à Lola, c'est Mireille qui l'a conduite jusqu'à nous.

— Pourtant, elle dément. Elle dit que Vincent Roth vous avait informé que le lieutenant Rivière enquêtait sur plusieurs disparitions de femmes et que c'est vous qui avez pris la décision de l'isoler.

— C'est faux. C'est Mireille qui a eu l'idée de la faire disparaître. Elle a falsifié un chèque qu'elle a déposé à la banque, poussé sa voiture dans le fleuve, fait croire à ses collègues qu'elle était rentrée à Paris. Moi, je n'avais qu'un objectif : engager une thérapie pour soigner le Crohn d'une brebis égarée.

Levert s'arrêta un instant, feuilleta ses notes. Puis reprit :

— Parlez-nous de vos recrues…

— Quelles recrues ? Il n'y a pas de recrues, juste des personnes en souffrance déçues par la médecine occidentale que j'ai guidées sur la voie de la guérison.

— Une médecine que vous avez exercée pendant plus de vingt ans, non ?

— L'important est de se relever de ses erreurs, vous ne croyez pas ?

— Peu importe ce que je crois. Ce que je vois, c'est que la plupart de vos patients sont très mal en point aujourd'hui…

— Ne vous fiez pas aux apparences. À l'intérieur, ils vont très bien.

— Vous êtes certain ? Faute de soins adaptés, l'une de vos patientes est en passe de mourir.

Il parlait de la femme au cou de girafe. Mylène Perrochon.

— C'est son retour à l'hôpital qui la tue. À la clinique, elle allait très bien.

— Et Virginie Deloncle ?

— Elle a avalé une quantité trop importante d'iboga. Elle n'a pas supporté.

— Qui l'a enterrée au milieu des bois ?

— Vincent Roth. Un agent communal, ça sait tout faire.

— Comment l'avez-vous connue ?

— À Paris quand j'officiais comme médecin de permanence à l'unité médico-judiciaire de l'Hôtel-Dieu. J'étais chargé de visiter les gardés à vue dans les commissariats. On avait un point commun. Elle détestait les hôpitaux à cause de la pratique à la chaîne des interruptions volontaires de grossesse. Une fois libérée, on s'est revus plusieurs fois. Je lui ai alors proposé de rejoindre notre petite communauté que je fréquentais encore en pointillé. Elle a accepté.

— À propos de grossesse, revenons à Esther Leconte…

— …

— Qui était le père ?

— Soit Damien, soit Vincent. Ce sont les deux seuls hommes de la communauté.

— On a retrouvé sur le disque dur de votre ordinateur des photos de nus de toutes vos patientes. Par ailleurs, je vous informe que le lieutenant Lola Rivière vient de déposer plainte contre vous pour agression sexuelle et tentative de viol.

— Elle était consentante. Toutes mes patientes le sont. Avez-vous d'autres témoignages de ce type ?

Abasourdi, Levert ne répondit pas.

— Vous voyez. Vous n'avez rien. Parce qu'il n'y a rien. Ma méthode est purement thérapeutique, c'est du sexe réparateur.

— C'est thérapeutique, de tuer un chien avec l'arme d'un officier de police judiciaire ?

— Ce n'est pas moi qui ai tué Harmonie.

— Vous êtes un grand malade ! hurla Levert en coupant l'enregistrement vidéo.

Les gendarmes n'écartèrent aucune piste. Devant eux, Gaël Diniz était revenu sur la mort accélérée de sa mère par la faute de Saint-Bernard qui avait convaincu cette dernière d'arrêter toute médicamentation. Le sportif s'en était pris à lui, l'avait menacé le soir même des obsèques, puis l'avait suivi jusqu'à La Pointe. En tant qu'ingénieur sécurité à la centrale nucléaire de la ville, il avait obtenu de manière illicite des renseignements auprès du service des ressources humaines de l'hôpital de Chinon.

Guillaume Desgranges était au téléphone avec Charlotte de Bussy lorsqu'il reconnut de dos la silhouette de la femme qu'il avait aimée avec ferveur. Il raccrocha, accéléra le pas dans le couloir avant de la héler. Il se tenait à quelques mètres, immobile, quand Sylvie se retourna. Il fit un pas dans sa direction.

— Non ! Ne t'approche pas !

Il obéit.

— Qu'est-ce que tu fais là ? aboya-t-elle.

Il ne savait pas. Il glissa une main dans la poche intérieure de sa veste, en tira une photo.

— On a retrouvé ça dans le bureau de Saint-Bernard. C'était sous clé avec toutes les affaires personnelles des autres pensionnaires.

Il la lui tendit. Elle reconnut le seul cliché qu'elle avait emporté en quittant Paris. Une photo de Victor jouant au ballon avec son père au milieu des arènes de Lutèce.

— Comment il va ?

— Bien. Il a vécu quelques épisodes douloureux à l'adolescence, mais maintenant ça va.

— Tant mieux, dit-elle sans tendre la main. Tu peux la garder. Ça ne me dit pas ce que tu fais là.

— Je suis venu te chercher. Victor est encore jeune. S'il ne parle plus de toi, je suis certain qu'il serait ravi de te retrouver.

— Tu ne lâches jamais, hein ?

— Détrompe-toi. Il y a longtemps que j'ai fait une croix sur toi, je te l'ai dit. Je ne serais pas ici si tu n'avais pas prêté un de tes pull-overs à Virginie Deloncle.

— Je ne te crois pas. Tu aimes pister les gens, tu es un chasseur. Tu y consacrais tes jours et tes nuits lorsque nous vivions ensemble. Au détriment de notre couple.

— Tu ne faisais pas moins d'heures sup' que moi, rétorqua-t-il.

— Sauf que, moi, à la maison, je n'avais pas la tête au boulot.

Elle avait raison. Il n'avait pris du recul qu'après sa disparition. Père célibataire, il n'avait plus été en capacité de passer plus de quinze heures par jour à traquer des voyous.

— Saint-Bernard t'a manipulée. Il a trafiqué tes bilans de santé pour te faire croire que tu avais un cancer.

— Tu es comme les autres, tu ne comprends rien…

Il se tut.

— Malades ou non, il nous a donné foi en la vie. Tel un guide, il nous a réparés, nous a préparés, nous a entrouvert la porte vers l'au-delà.

— En abusant de certaines d'entre vous ? En imposant des règles d'un autre âge ? En tuant Virginie et Esther ?

Elle sourit.

— Tu racontes n'importe quoi ! Ces filles sont mortes de ne pas avoir accepté la thérapie. Rentre à Paris, Guillaume. On n'a plus rien en commun.

— Si, un fils, Sylvie ! Prends cette lettre, tu la liras dans ta chambre, dit-il après lui avoir tendu une enveloppe bleue épaisse. Voici la vie de Victor couchée sur quelques pages. Ça m'a pris la nuit…

Elle le fixa sans jeter un œil au pli, avant de se retourner et de s'éloigner.

Gaël Diniz se trouvait au chevet de Lola quand Compostel et Zoé pénétrèrent dans sa chambre. La jeune enquêtrice récupérait très vite.

— Comment vont Zeinah et Connor ?

— Zeinah et sa tante sont sorties du CRA. Elles vont bénéficier d'un titre de séjour temporaire. Quant à Connor, tu lui dois la vie. Sans lui, on en serait encore à te chercher partout.

— Il est où, là ?

— Il a été placé en foyer dans l'attente d'une prise en charge en famille d'accueil, répondit le chef de la Crim'. Sa mère est en garde à vue dans une chambre sécurisée, au bout de l'aile occupée par les reclus de la clinique. Elle joue à fond la carte de l'emprise mentale et du chantage.

— Quel chantage ?

— Elle devait rendre des services à Saint-Bernard en échange des soins qu'il fournissait à Connor.

Saint-Bernard était entré dans sa vie à un moment où aucun médecin n'était en mesure de diagnostiquer le mal dont souffrait Connor. À l'époque, elle était encore bénévole à Reims pour des associations venant en aide à des personnes en difficulté. Avec plusieurs de ses collègues, elle s'était rendue à une conférence qu'il organisait sur les ravages de la médecine conventionnelle. Il l'avait conquise, elle était allée à sa rencontre dès la fin de son speech. Par la suite, il lui avait donné l'idée d'écrire un livre sur Connor. De fait, par le biais de Vincent Roth qui servait de prête-nom, elle lui trouva un lieu retiré, lui fit ses « courses » et lui recruta quelques brebis égarées telles que Damien.

— Elle a réponse à tout, mentionna Compostel.

— Presque à tout, le coupa Zoé. Elle refuse de s'expliquer sur la présence de l'ordonnancier qu'on a découvert dans son salon. Il est au nom d'un médecin rémois qui n'exerce plus depuis plusieurs années. Un médecin avec lequel elle a travaillé alors qu'elle était aide-soignante.

Lola leva la tête, se souvenant du nombre impressionnant de boîtes de médicaments empilées dans l'armoire à pharmacie de la salle de bains de Mireille Camus. Zoé l'arrêta :

— Les gendarmes ont perquisitionné son domicile de fond en comble. Le meuble à pharmacie était vide. Tu te souviens des noms des médocs ?

— Il y avait plusieurs marques. L'une d'elles commençait par Glu.

— Elle fait peut-être des allergies au gluten, rebondit Diniz.

— J'en doute. Il me semble que c'étaient des médicaments délivrés uniquement sur ordonnance.

Zoé sortit. Elle revint un quart d'heure plus tard, poussant la porte sans frapper. Compostel et Diniz avaient disparu, Lola s'était assoupie.

— Du Glutril ! C'étaient des boîtes de Glutril que tu as vues chez elle. Il y avait aussi du Daonil, de l'Amarel et de l'Euglucan. Je remonte de la pharmacie de l'hôpital. Mireille Camus est une de leurs clientes.

Lola ne connaissait pas ces marques. Elle émergea vraiment lorsque Zoé lui précisa qu'il s'agissait d'antidiabétiques, que la racine « glu » correspondait au glucose. La flic se redressa en s'appuyant sur son porte-perfusion.

— Qu'est-ce que tu fais ?

Le lieutenant de police ne répondit pas. À petits pas, elle progressa dans le couloir, pénétra sans frapper dans chacune des chambres, vérifia les bilans médicaux fixés sur les montants des lits, puis repartit sans un mot. Elle termina par celle de Mireille Camus qui réclamait qu'on lui rende son fils.

— Qu'est-ce que vous faites là ? Sortez d'ici !

Lola ne l'écouta pas. Elle se saisit du support fixé au montant du lit. Température et tension normales. Pas le moindre signe de diabète chez elle.

— Qu'est-ce qu'il y a ? Qu'est-ce que tu as trouvé ? s'enquit Zoé.

— Appelle l'adjudant Levert, s'il te plaît.

Zoé obéit. Quelques minutes plus tard, l'adjudant se gratta la tête quand Lola lui expliqua que la prise régulière de doses d'antidiabétiques était susceptible, sur le long terme, d'entraîner l'inflammation du pancréas. Ils furent rejoints par un interne, lequel fit venir le seul endocrinologue de la structure. La pièce ne fut plus assez grande lorsque le chef de l'établissement les eut rejoints, avec le dossier de Connor entre les mains. Si aucune trace d'ibogaïne n'était présente dans son sang, son taux d'insuline paraissait effectivement très élevé au regard de son âge.

— Je contacte tout de suite le procureur de la République, conclut le directeur.

— Qu'est-ce qui se passe ? s'enquit Mireille Camus lorsque Levert lui intima de se lever de son lit et de le suivre.

— Il se passe que nous allons vous transférer à la gendarmerie. Je vous place à compter de maintenant en garde à vue pour empoisonnement et violences volontaires par ascendant ayant engendré une infirmité permanente.

— Qu'est-ce que vous me chantez là ?

Lola, en retrait, ne perdait pas une miette de la scène. Loin d'elle tout sentiment de vengeance. Elle ne pensait à cet instant qu'à Connor dont la santé, nécessairement, allait s'améliorer malgré un pancréas en partie amputé.

ÉPILOGUE

Une perquisition de la clinique menée dans les règles de l'art par les autorités belges permit de retrouver de l'urine congelée dans des bouteilles en plastique et des produits anticancéreux destinés aux animaux domestiques achetés sur Internet. Ni l'un ni l'autre n'avait permis de sauver la femme au cou de girafe. Le procureur de la République, encadré du porte-parole de la gendarmerie nationale et du directeur de la police judiciaire parisienne, rendit ses conclusions en deux temps.

D'un point de vue sanitaire, plusieurs victimes de Saint-Bernard se trouvaient dans un état critique faute de soins adaptés à leurs maladies. De manière paradoxale, d'autres patients de la clinique étaient en bonne santé. L'exemple de Sylvie Desgranges fut cité, celle-ci n'ayant à déplorer que quelques caries.

D'un point de vue judiciaire, Michel Saint-Bernard était accusé, entre autres, de mise en danger de la vie d'autrui, d'abus de faiblesse, de détention et d'administration de substances illicites, de vol et d'escroquerie, de viols et d'atteintes sexuelles, d'homicides volontaires sur les personnes de Pierre-Jean, Maryse et Esther Leconte, de tentative d'homicide volontaire et d'enlèvement et de séquestration sur le lieutenant de police Lola Rivière. L'enquête promettait d'être longue, précisa le magistrat. Car, sans le témoignage circonstancié de disciples toujours sous emprise, plusieurs des infractions étaient susceptibles d'être remises en cause.

— Que vont devenir les adeptes de Saint-Bernard ? demanda une femme lors du point presse auquel assistaient Levert, Compostel, Desgranges et Dechaume.

— Certains vont rentrer dans leur famille, d'autres seront pris en charge par des associations d'aide aux victimes à l'issue de leur hospitalisation. Soyez rassurée, ils feront tous l'objet d'un suivi attentif de notre part.

Restait aussi à clarifier la complicité de Mireille Camus. Comme l'ensemble des reclus de la clinique, elle bénéficiait jusqu'à preuve du contraire du statut de victime. Mais, dans l'immédiat, elle n'échapperait pas à la prison. En des termes non juridiques, le procureur expliqua, notes à l'appui, que la mairesse de La Pointe était victime du syndrome de Münchhausen par procuration. En résumé, Mireille Camus provoquait chez Connor, depuis sa naissance, des problèmes de santé sérieux en lui administrant régulièrement des faibles doses d'insuline afin de gagner la compassion de ses proches et d'un corps médical en incapacité de diagnostiquer les causes de la pancréatite de l'enfant.

Les échanges avec les journalistes arrivaient à leur terme lorsqu'un greffier se dirigea vers les trois représentants de l'ordre pour leur glisser quelques mots.

Le regard d'Andrieux se porta aussitôt sur Desgranges tandis que plusieurs reporters consultaient leur téléphone. Le procureur n'eut pas le temps de clore la cérémonie. Une dernière question fusa :

— On nous apprend que les adeptes de Saint-Bernard viennent de quitter l'hôpital de manière inopinée. Un commentaire ?

Les trois hommes se regardèrent. Pris au dépourvu, le magistrat bégaya quelques mots avant de se ressaisir :

— On craignait cette possibilité. Malheureusement, ces personnes sont libres, elles n'ont commis aucun crime, et on ne peut pas les contraindre.

— Et vous savez vers quelle destination elles sont parties ?

Ils le savaient, bien sûr. Ingrid Van Houten, Damien, Sylvie Desgranges et les autres avaient pris le chemin de la Belgique. Ils retournaient à la clinique. Ils se doutaient aussi que l'un des membres allait reprendre le contrôle du groupe. Saint-Bernard incarcéré, il y avait tout lieu de croire que ce rôle serait naturellement dévolu à l'un d'eux. « Tout processus sectaire s'auto-alimente », résuma le lendemain la directrice de la mission interministérielle de vigilance et de lutte contre les dérives sectaires, interviewée dans les colonnes de *L'Ardennais*.

Avant son retour à Paris, Thomas Andrieux, le directeur de la PJ, tint à saluer une dernière fois Lola. S'il n'avait pas été tendre à son égard à la suite de son interpellation en Belgique, il devait reconnaître que son obstination avait permis de mettre hors d'état de nuire un manipulateur-né et, du coup, de redorer le blason du 36. Pour autant, il ne lui promit ni médaille ni promotion. Une procédure disciplinaire était engagée à son encontre, il ne pouvait s'y opposer. Elle prétexta une fatigue passagère, il quitta son chevet plus vite que prévu, immédiatement remplacé par Gaël Diniz. Ce dernier lui prit la main.

— On se reverra ? demanda-t-elle, inquiète.

— Si tu m'invites à Paris, oui. Je suis libre le week-end prochain.

Lola sortit deux jours plus tard, des dessins de Zeinah et Connor plein sa valise. Ses collègues avaient tenu à l'attendre, y compris Compostel. Ils montèrent à bord du 806, Desgranges démarra, conduisit tout en souplesse le temps de gagner l'autoroute.

— J'ai eu le directeur de cabinet du préfet en ligne, ce matin. Je lui ai fait une proposition vous concernant..., dit-il à Lola.

— Laquelle ? intervint Zoé, impatiente.

— J'ai négocié votre transfert en interne contre la suspension de la procédure disciplinaire. Il est d'accord.

Lola ne broncha pas. Elle comprit qu'elle n'avait pas le choix. Son regard, fixé sur les champs d'éoliennes à l'arrêt, s'embua. La formule utilisée par son taulier signifiait qu'elle allait nécessairement quitter le groupe Desgranges.

— La brigade va faire l'objet d'une légère restructuration dans les prochaines semaines. Depuis les attentats de Charlie et du Bataclan, les groupes de la section antiterroriste croulent sous le boulot. Ils ont besoin de renfort.

— C'est-à-dire ? demanda encore Zoé.

— Avec le directeur Andrieux, on a décidé de créer un groupe supplémentaire. Lola en fera partie, d'autant que son statut de cyber-enquêtrice est capital dans ce type d'unité.

— Et qui seront les autres punis ? poursuivit Zoé.

— Dès notre retour, je vais lancer un appel à candidatures. Si je n'ai pas de volontaires en interne, je serai obligé de trancher.

Personne ne réagit. Compostel enclencha l'autoradio. Alors qu'ils s'éloignaient toujours plus de la clinique, « Ma solitude » inonda l'habitacle. Un sentiment de tristesse s'empara de lui. Peut-être parce que Reggiani aussi avait souffert du suicide d'un fils aimé. Il serra les dents. Desgranges, à sa gauche, une main sur le volant, l'autre sur le pommeau de vitesse, quittait à jamais Sylvie. Celle-ci avait cédé au chant des sirènes comme d'autres, dans l'urgence, s'étaient raccrochés à une promesse de guérison.

Zoé fixa le rétroviseur intérieur jusqu'à croiser le regard de son chef de groupe. Elle devinait le trouble de Desgranges, perdu dans le souvenir d'une discussion stérile avec sa femme, condamné à affronter Victor qui aurait tant besoin d'une mère. Le téléphone de Guillaume ne cessait de biper. Les messages de Charlotte de Bussy, qui avait suivi les péripéties de son équipe à la télé, s'y accumulaient. Il le déposa dans le vide-poches central, cala le 806 sur la vitesse réglementaire, jeta un rapide coup d'œil à Zoé qui acquiesça. Il s'adressa à Compostel en fixant l'horizon :

— Pour votre nouveau groupe, Zoé et moi, on est volontaires.

REMERCIEMENTS

DRPJ
Brigade criminelle
36, rue du Bastion
75017 Paris

RÉPUBLIQUE FRANÇAISE
Liberté – Égalité – Fraternité

Le commissaire divisionnaire,
Chef de la brigade criminelle

À

Mme le Dr Claire Castelain
Mme Marie Eugène
Mme Sophie Jourdain
M. José Olivares
M. Laurent Collomb
M. Jean-Luc Balthazar
M. Louis Pauty

Objet : Témoignage de remerciements

Je tenais par le présent à vous témoigner de mes plus vifs remerciements.

Si la résolution de cette enquête tient en grande partie à l'investissement personnel et total du lieutenant Lola Rivière et du brigadier Zoé Dechaume, il est des enquêteurs de l'ombre, disponibles et dévoués, méticuleux et professionnels, qui, chacun dans leur domaine, ont traqué les coquilles, les erreurs procédurales et les diagnostics médicaux hasardeux.

Vos lectures incessantes, vos conseils avisés, vos doutes et remarques, vos notes dactylographiées, rapports d'étapes ou smileys ont su nourrir le rédacteur de ce récit d'enquête. Il vous en est reconnaissant.

En son nom, je vous prie d'agréer, Mesdames, Messieurs, l'expression de ma profonde gratitude.

À Paris, octobre 2018

Hervé Compostel

Cet ouvrage a été composé et mis en page
par Nord Compo à Villeneuve-d'Ascq

Imprimé en France par CPI
en décembre 2020
N° d'impression : 2055248

Suite du premier tirage : décembre 2020
S29217/02